講談社文庫

オールドタイムズ

本城雅人

講談社

目次

オールドタイムズ

プロローグ

俺は車のレザーシートは好きなのに、革のソファーは大嫌いだ……。

不動優作《ふどうゆうさく》は座り心地の悪い応接室で、心の中でつぶやいた。

タブロイド紙「東亜《とうあ》イブニング」の社員である優作は「早期優遇退職」の面談を受けている。ここ数年の部数減で、四十二歳以上の社員は全員、呼び出されて辞める気がないか聞かれている。四十六歳の優作は一回目の面談で「まったくありません」と答えた。それなのに面談に呼ばれたのは今回で三回目だ。東亜イブニングの中核記者として多少なりとも紙面作りに貢献してきた自分がなぜ、「指名解雇」のような扱いを受けるのか。

過去二回の面談相手は人事部長だったが、今回は専務の三宅《みやけ》になった。白髪《しらが》が目立つ短髪の三宅は、優作の新人の頃のデスクで、自分がここまでやってこられたのは三宅から「全国紙やスポーツ紙に出てないネタを取ってこい」と鍛えられたからだと感謝してきた。最近は編集方針でたびたび対立してきたが、三宅から不要だとみなされたことが、優作にはショックだった。

三宅は普段の険《けわ》しい眉《まゆ》を解《と》き、「退職金の割り増し金はこれだけ出る」「自己都合退職ではないので最長三百三十日は失業保険が支給される」「有料職業紹介会社にうちが一年間委託費用を払い、きみの再就職をサポートする」など業務的な話を続けている。優作は遮《さえぎ》るように口を開いた。

「専務、その話は前回までに人事部長から聞いています。それに会社が今、危機的な状況で、社員を一割減らさないことにはやっていけないことも理解しています」

「それならなぜ不動は前回、人事部長の面談で途中で席を立ったんだ」

「どうして自分がリストラ対象にされているのか、そのことに納得いかなかったからです」

「おまえが中心になってうちの紙面を作り上げてきたことは十分わかってる。だがこれからは夕刊紙も紙からデジタルになり、うちもサブスクリプション（期間内定額課金）を始めて、速報を即座にデジタル版に載せていく方針だ。それなのにおまえは会議で反対したじゃねえか」

普段見せない穏やかな表情だった三宅が、急に目を細め、睨《にら》み付けてきた。

「お言葉ですが専務、速さが大事だからといって、裏取りもせずに他紙の記事を出していいのでしょうか？」

優作も目を見返して言い返した。

「おまえは分かってない。時代が変わったんだよ」

「時代なんて関係ありませんよ。夕刊紙もメディアの一員です。他紙が書いたものを垂《た》れ流すだけなら、新聞社でなくてもできます。汗かかなくてどうするんですか」

全国紙のように警視庁や国会、司法などの記者クラブに入っていない夕刊紙は、関係者が取材を受けてくれず、なかなかスクープは取れない。それでも優作は広くアンテナを張って人間関係を築いていき、全国紙が書かないネタを書いてきたし、全国紙に抜かれたネタでも「独自取材して内容を深掘りしろ。その事件がなぜ起きたのか、背景を調べて読み応《ごた》えのある記事を書こう」と仲間に発破《はっぱ》をかけた。

ところが三宅たち上層部は「そんな時間をかけてどうする。うちは東都《とうと》や毎朝《まいちょう》、中央《ちゅうおう》や東洋《とうよう》新聞も、週刊誌だってライバルなんだ」と言い出し、全国紙の朝刊や週刊誌のスクープを「《○○新聞が書いた》《週刊○○がスクープした》と銘打《めいう》ってそのまま載せろ」と言い出した。

「誤報だったらどうするんですか」と反論した優作に、「その時はうちではなく、その媒体の責任だ」と言い出したのだ。実際、テレビの情報番組でも他社のデジタル版でも、全国紙や最近は週刊誌のスクープをそのまま扱うケースは増えているが、優作はそのやり方がメディアが信頼を失っている一因になっているようで、どうにも納得いかない。

「不動、おまえの考えは立派だよ。俺は今でも学生だったおまえを面接したのを覚えてる。あの時、おまえはなぜ自分は朝刊紙ではなく、夕刊紙を選んだのか、俺たちの前でとうとうと説いて、社長たちを感心させた」

「はい。朝刊紙とは締め切りにタイムラグがある夕刊紙だからこそ、きちんと取材して、バックストーリーを書きたいと言いました」

「それだけじゃないだろ。面接ではもっと偉そうなことも言ってたじゃねえか」

三宅は半笑いで、手で耳たぶを摑《つか》んで広げた。

「記者までが大衆に流されてはいけない。世間が納得した時こそ、なにか罠《わな》が隠されていると疑いの目を持って、取材すべきだと言ったことですか？　それこそうちのような夕刊紙の存在意義じゃないですか」

「ああ、そんな雄弁だった。学生がよくそんな理想を述べられるなと感心したよ」三宅はそう皮肉を言ってからさらに続けた。「俺が部長の頃、無名の科学者が年間三百六十日以上、研究室にこもって世紀の大発明をしたと全国紙がスクープした。その時、『これって本当ですかね』と真っ先に疑ったのは不動だった。宮家のご落胤《らくいん》だと名乗った男の豪華結婚式も『もし詐欺だったらどれだけ多くの人間が騙《だま》されてんだ？』と言い出したのも不動だったよな」

「そうです。そうやって大手メディアが一斉《いっせい》報道した時は尚更です。もし嘘《うそ》だと判明した時は、天地がひっくり返る大スクープになりますから」

「だけど二つとも、おまえは抜けなかったけどな」

両腕をソファーの肘掛《ひじか》けに置き、ふんぞり返った姿勢で三宅はフンと鼻を鳴らした。

確かに科学者の発見が嘘だったことも、ご落胤が虚言《きょげん》だったことも取材は進んでいたが、あと一歩のところで全国紙やテレビに先に報じられた。それでも優作は他紙の特ダネではないが、オネエ口調で人気のスタイリストが女性への暴行容疑で訴えられていたことや、グルメバラエティーの辛口採点で話題だった女性料理評論家の修業先が虚偽だったことなど、視聴者が信じていた情報を否定する、いわゆる『逆転のスクープ』を書いた。だがそれらは天地がひっくり返るほどの大騒ぎにはならなかった。

「それは夕刊紙の締め切り上……」

夕刊紙は朝まで記事が突っ込めるが、夜中に取材相手が応じてくれることはなく、朝刊紙記者と同じ時間に裏を取れば、朝刊紙に先に報じられる。だがそんなことは最初からわかって夕刊紙に入ったのだ。優作はぐっと堪《こら》えて飲み込み、「すみません」と頭を下げた。

「どうやら分かってくれたようだな」

三宅がいやらしく笑う。

「いいえ、今後は専務が納得できるよう、これまで以上に切り込んでいき、世間をあっと驚かせる記事を書いていきます。それに今後は速さも重視していきます」

そう言い返すと三宅の顔が紅潮していく。

「おまえは本当に分からず屋だな。今後、我が社はネットの速報にシフトしていくんだ。おまえの理想に金や時間をかける余裕はない」

唾《つば》を飛ばして言われたが、優作は「専務のお話は以上ですか。予定の三十分は経ちましたし、私は原稿があるので戻ってよろしいでしょうか」と席を立った。いくら会社の方針が変わったとはいえ、反対意見を唱えたくらいでクビになってたまるか。

「不動、また来週、呼び出すからな。ちゃんと考えておけよ」

背後から三宅の声が届いたが、その時には優作はこれまで以上に汗をかいて取材したいとの思いが強くなり、絶対に会社を辞めるもんか、と強く誓った。

応接室を出た優作は、階段を使って一つ下の編集局のあるフロアに向かった。隣の広告局から体の大きな男が出てきて、「おお、不動のエース」と酔っぱらった時に言う優作のあだ名でからかってきた。歳は二つ上の四十八歳だが、同期入社で広告部次長の大八木《おおやぎ》卓也《たくや》である。

「ヤギ、俺は今、退職者面談を受けて気分が悪いんだ。飲みの誘いならまたにしてくれ」

大八木とは二十五年前の入社試験の面接から一緒だった。最初に自己紹介した大八木が「私は苗字に『ヤギ』が付きますが、馬車馬のように働きます」と笑いを取ったおかげで優作も緊張が解けた。「苗字は動かずと書きますが、よく動きますのでこき使ってください」と言って面接官の興味を惹《ひ》き、その後に自分が夕刊紙を選んだ理由を話した。大八木とはその面接が終わって以来の親友で、大八木はバツイチ、優作も事実婚していた女性と破局《はきょく》したので独り者同士《ひと》、今もよく飲みに行く。

「しかも今日で三回目、相手は三宅専務だよ」

「三回って、完全にリストラリスト入りってことじゃないか。不動のエースをクビにするとは、ひでえ会社だな」

「だから、そのふざけた呼び名はよせって」

「で、なんて言われたんだ」

「専務からは、時代は変わった、おまえだけが変化に取り残されている、おまえの理想を聞いてる余裕はうちにはないと言われたよ」

「そう言われて『はい』と従う不動じゃないだろ？」

「もちろんだよ。俺はこれまでも取材もしないで他紙のスクープの後追い記事なんか載せない、横並びの記事も書かないし、大衆迎合もしない、世の中の多くの人が信じたニュースにこそ、裏には思いもしなかった事実が隠されていると思ってやってきたんだ。『これまで以上に世間をあっと驚かせる記事を書いていきます』と伝えたよ」

「そしたら三宅は？」

「また来週、呼び出すと言われただけだ。だけど何度言ったって無駄さ。いつかあの男に退職勧告したことを後悔させてやるよ」

少し偉そうなことを言い過ぎたと恥ずかしくなったが、大八木は「なんだかホンマもんの不動のエースになってきたな。俺も嬉しいぜ」とニンマリし、優作の首に手を回し、ヘッドロックをかけてきた。

「やめろよ、ヤギ、こんなところでプロレスごっこなんて」

手を使って首を抜こうとするが、百八十五センチ、百二十キロの大八木は力があるので、なかなか抜け出せない。

「それをやるなら、こんな会社にいたってダメだ。給料は下がる一方だし、社員も減っていく。残った方が後悔する」

首を固定したまま耳元で囁《ささや》いてきた。

「辞めたら何もできないじゃねえか」

「他の社でやればいいだろ」

「他ってどこだよ。おまえ、他人事《ひとごと》だからって勝手なことを言うな」

「違うよ。俺もさっき辞表を出してきたんだ」

「ヤギは辞めなくていい人間だろ」

広告部の稼ぎ頭である大八木はリストラ対象者には入っておらず、形ばかりの面談を一度受けただけのはずだ。首から手を離した大八木は、太い指を口に当てた。大声を出すなという意味だろう。

「俺の方から見切りをつけたんだ」

「辞めてどうする気だ。アテでもあるのか」襟《えり》を直しながら優作は小声で聞き返す。

「それがあるんだな。ネットニュース社を作ることにした」

「ネットニュースだって？」

「だから大きな声を出すなって」大八木はまた指を口に当て、周りに誰もいないことを確認してから先を続けた。「いいスポンサーを見つけたんだ。もう雇われんのはごめんだ。ナカジを連れていくつもりだったけど、そういう事情なら不動も入れ。ただの社員じゃねえぞ。俺たちも経営に参画するんだ」

四つ後輩で今は事件面のデスクをやっている中島嵩史《なかじまたかふみ》のことだ。全国紙でも通用しそうなほどのインテリで誠実な男だが、その性格が夕刊紙では面白みがないと仇《あだ》になり、不動同様、複数回の面談を受けているらしい。

「全国紙の毎朝新聞や東都新聞も早期退職者を募《つの》ってる。俺はその中から紙の新聞に愛想を尽かした三十人ほどの有能な社員に声をかけている。これだけの記者がいれば、おまえが言ってる世の中に流されない取材班が組める。どうだ、すげえ計画だろ」

「ヤギ、いつの間にそんなことを準備してたんだよ」

大八木はその問いには答えず、ドヤ顔で先を続ける。

「なぁ、不動、紙の新聞はいずれなくなるが、ニュースが不要になるわけじゃないだろ。新聞社は今後、ネット化を進めていくが、かといって紙の新聞を買ってくれる読者がいる限り、完全デジタル化など夢のまた夢だ。東亜イブニングがネットに軸足を移すといっても、よその焼き直しではいずれ読者に飽きられる。そうこうして既存の新聞社が出遅れている間に、俺らがネットメディアを作ってしまうんだよ。まぁ、見ていろ。アップルやマイクロソフトがＩＢＭを超えたように、数年後には俺たちが全国紙を飲み込み、メディアの中核になってる時代がくるぞ」

予想もしていなかったことにピンとはこなかったが、大八木が語る壮大な計画を聞いているうちに、三宅から戦力外通告を受けたショックも吹き飛んでいた。

エピソード1　ファーストラブ

1

俺はやっぱり紙の新聞が大好きなんだな……。

不動優作は家から持参した全国紙の朝刊を読みながらそう呟《つぶや》いた。

ペットショップが山に捨てた子犬五匹が、ボランティアの呼びかけで全頭引き取られたという小さな囲み記事を、優作は社会面の下の方で見つけた。不思議なものでいい記事は大抵、紙をめくって次のページに移ろうとした時に発見する。洗車した時にカーマットの下から小銭を見つけたのと同じくらい、きょうはツイてる気分になる。

社内で新聞を読むのは東亜イブニングでは当たり前の光景だったが、この部屋で読んでいるのは不動一人しかいなかった。人はいるものの静かで、聞こえてくるのはキーボードのタイピングと優作が印刷しているレーザープリンターの音だけ。プリンターは順調に紙を吐き出していたが、印刷途中でプツリと途絶えた。

「ありゃ、また紙詰まりか」

舌打ちした優作は、開いていた新聞を机に置き、プリンターに向かった。午前九時五十分、毎週月曜日は十時から会長を含めた「オールドタイムズ」の社員全員で、編集会議をやることになっているため、急がなくてはならない。

すると隣に座る髪をひっつめにした女性社員が、優作を追い抜いた。どうやら紙詰まりではなく、トナーが切れていたようだ。彼女はテキパキと入れ替えてくれた。

「相沢《あいざわ》さん、ありがとう」

礼を言ったが、相沢千里《ちさと》からは「不動さん、なんでもかんでもプリントアウトしないでくださいよ」と叱《しか》られた。

会議資料はPDFにしたものが社内メールに送られていて、パソコンを持参すれば見ることができる。東亜イブニングの会議では必ず紙が配られていたこともあって、優作はパソコン画面では今どこを説明されているのか分からなくなる。

「裏紙を使って節約してるんだから許してよ」

相沢千里は二十九歳と優作より十七も年下だ。立場も優作が「オールドタイムズ」

の取締役兼編集長であるのに対し、オンライン専門の旅行会社から転職してきた彼女は一番若い社員である。マスメディアで仕事をした経験もない。それでも優作が彼女に頭が上がらないのは、彼女の方が圧倒的にネットの知識が上だからだ。

優作は同期の大八木の誘いに乗って、東亜イブニングの早期優遇退職制度を利用して退社し、半年の準備期間の末、三ヵ月前に起業した。社名及び、プラットフォームの総名称である「オールドタイムズ」は優作が提案したものだ。

——そのネーミング、古くさくねえか。

社長に就任した大八木はそう難色を示した。

——俺たちはいくら背伸びをしようがオールドメディアと言われる新聞出身だ。古き良きものを受け継ぎ、ネットが不得手な中年男向けのネットニュース社を作るなら、最高の名前じゃないか。

優作の意見が通ったが、順調だったのはそこまでだった。一番の誤算は人材である。他の全国紙から約三十人の優秀な社員を集めると豪語していた大八木だが、「小さなネットニュース社に転職するのは心配だ」と辞退者が続出し、結局、大八木と優作、それと東亜イブニングの後輩、中島嵩史の三人だけになった。その三人が割り増し退職金の一部を出資した。ほかは二十九歳の相沢千里と、女性週刊誌「週刊ウーマン」出身の三十七歳の畑佑人《はたゆうと》、テレビの制作会社で、セントラルテレビの『news11』の担当をしていた三十三歳の茂木和己《もぎかずみ》の合計六人しかいない。

「不動さん、今朝、また三本同時にアップしたでしょ？」

解析サイトを開いてPV数を確認していた相沢から注意を受けた。オールドタイムズが作った三つのコンテンツのうち、優作がメインで担当している『週7そとめし』というグルメサイトである。

優作は毎日、フリーライターから送られてくる三本の記事を投稿する。相沢からは郊外からの通勤電車が混みあう七時五十分に一本目を掲載、その記事を読み終わる三分後の七時五十三分に二本目、さらに三分後の七時五十六分に三本目をアップし、サラリーマンが通勤電車でオールドタイムズを読むのを習慣化させていくように言われている。だがその三分置きという間隔が優作は守れない。前の晩のうちに仕上げて予約投稿もできるのだが、前日までに三本揃《そろ》うことはない。今日も一本目をアップしたら八時になっていて、「やばっ、これじゃ読者は会社に着いちまう」と、三本同時にアップしたのだった。

「俺だって、決まった時間にアップする重要さは理解してるよ。でもひどい原稿をそのまま載せるのも読者に申し訳ないだろ」

ライターは、本来はオールドタイムズに入るはずだった元新聞記者などを使っている。彼らは名もなきネットニュース社だから手を抜いているのか、それとも元から新聞記者はこの手の情報記事を面白く書くのが下手《へた》なのか、毎回手直しに時間を要する。

「直すよりまずアップなんですよ。昨日読んでくれた人が『今日は載ってない』と思っただけで他のサイトに飛んじゃうし、一度に三本アップしたって、いっぺんに読めません」

「それがネットニュースの特徴だというのは分かってるよ。でも間違いはダメだろ」

「間違いも、【UPDATE】とさえ残せば再アップできるのがウェブの特徴です！」

強い口調で叱られた。これではどちらが編集長なのか分かったものではない。

彼女が言いたいことは心得ているつもりだが、この日のミスはとても許容できるレベルではなかった。一本目は一行目から「ラム肉専門店で食べたマトンがうまかった」と書いてあった。ラム肉専門店で出てきたのならそれはすべてが生後一年未満のラム、もしくは「ラム肉専門店」の名称が間違っているはずである。マトンは生後二年以上の羊肉、最近は一年以上二年未満のホゲットという羊肉も人気だが、この元記者はとてもそこまでの区別はできないだろう。

昨日のライターは、店で出てきた白菜を「ブツブツした黒い虫食いのような部分もなく新鮮」と書いてきた。白菜の黒い模様は虫食いでもなければ、傷んでいるわけでもない。雪や冬の極寒に耐えた時にできる「ゴマ症」というポリフェノール成分で、抗酸化作用がある。優作はゴマ症の白菜を生のまま、玉ねぎのドレッシングをかけて食べるのが好きだ。

もっとも事実誤認はまだしも、細かい内容まで完璧に仕上げる必要がないことは、三ヵ月間この仕事をして、やっと身に付いてきた。相沢が言うように、紙の新聞とネットニュースの大きな違いは、修正できること。新聞は訂正するとなると翌日に「お詫《わ》びと訂正」を出さなくてはならないが、ネットニュースでは本文末に【○月○日○時○分、UP DATE】と明記すれば、簡単に差し替えられる。

「それと不動さん、ネットニュースではなく、うちはウェブニュースですからね。始まって三ヵ月になるんですからちゃんと覚えてくださいね」

「分かってますよ。だけどウェブもネットも同じじゃないの？」

小声だったのに「はい？　なにか言いましたか？」と聞かれた。「いいえ、とくになにも」と答えると彼女は編集部を出ていった。

「相変わらず不動さんは、相沢さんに叱られっぱなしですね。みんなに慕《した》われていた東亜イブニングの時とはえらい違いですね」

反対側の席から後輩の中島に同情された。東亜イブニングではIT担当もしていた中島も、ここでは要領を得ていないことが多く、相沢や他の二人の年下男性社員から頻繁に手ほどきを受けている。

「しょうがないよ。彼女からみれば今の俺は使えないおじさん、『オールドマン・イン・オールドタイムズ』だから」

「もしかして今の、『イングリッシュマン・イン・ニューヨーク』のつもりで言いました？　スティングなんてうちの若い社員は知りませんからね」

「ハハ、反省するよ」

部屋には畑と茂木という二人の男性社員がいるが、彼らはくだらないと呆《あき》れるどころか、聞いている素振りもない。

大八木からはニュースサイトを作ると聞いていたのだが、社員が減ったことでニュースサイトはペンディングとなり、中年男性をターゲットにした情報コラムのサイトからスタートアップすることになった。

その一つが、優作と相沢が担当する『週7そとめし』。自炊をしない独身男性に一人でも入りやすい飲食店を紹介するグルメサイトである。

さらにモテようがモテまいが、好きに生きるのがテーマの『邁進《まいしん》!! 男塾』。

そして定年退職者、早期退職者が放浪の旅をしたり、自宅で趣味に没頭したりする『食う寝るダラける』。

この二つは、中島と二人の男性社員で分担している。

記事はたまに社員が書くこともあるが、基本、取材と執筆はライターへの外注で、優作たちの仕事は、記事内容の確認、編集や企画立案などである。

どのカテゴリーも毎日三本はアップしているから、この三ヵ月間で記事は八百本以上にのぼる。それなのにヤフーニュースなど大手プラットフォーマーで話題になった記事は一本もない。毎日欠かさずアップしているが、いったいその先に読者はいるのだろうか……その不安は募るばかりだ。

「みんな、遅くなった。会議に行こうぜ」

扉が開き、社長の大八木が入ってきた。広告担当は大八木一人。無料サイトのオールドタイムズは、大八木が広告を取ってくることで成り立っている。

「会長は来てるのか?」

優作が訊《き》くと「もうとっくに来て、待ってるみたいだぞ」と指で上階を指した。オールドタイムズのスポンサーである会長は、複数のIT企業を経営し、そのすべては六本木《ろっぽんぎ》ノースタワーにある。当初はオールドタイムズにもタワーのフロアの一画が用意されるはずだったが、起業直前に一階はドラッグストア、二階は地元の住宅リフォーム会社が入る日暮里《にっぽり》の雑居ビルの三、四階を借りることに変更になった。三階が編集部で、四階が会長室。会長がここに来るのは週に一度、月曜日の会議の時だけ。端《はな》からこの会社は長続きしないと、期待していないのだろう。こんなことなら、居座ってでも東亜イブニングに残った方が良かったか。とはいえ東亜イブニングを含めた新聞社が、課金制にして収益が上向いたとは聞いていないが。

「来てんなら編集部に顔くらい出せばいいのに」

優作は不満に思いながらも「みんな、会長室に向かおうぜ」と声をかけた。中島と、畑、茂木、そして部屋に戻ってきた相沢を引き連れ、薄暗い階段を上がっていく。

「失礼します」

優作が先頭で会長室のドアを開ける。中には小柄で細身の庵野《あんの》龍二《りゅうじ》が、スタイリッシュなデスクチェアーのひじ置きに両腕を乗せ、足を組んで座っていた。

その姿はお洒落《しゃれ》どころか、異様だった。頭に宇宙飛行士のヘルメットのようなものを被《かぶ》っているのだ。その物体は小刻みに振動している。

被っているのは最新のヘッドマッサージャーである。空気圧とバイブレーションで頭皮を揉《も》んでくれるこの健康機器が庵野のお気に入りで、すべての会社に置いているらしい。一度「不動さんもやってみてくださいよ、リラックスしますから」と無理やり被せられた。頭や目の周りのツボを心地よく押されて気持ち良かったが、人前で被るには抵抗がある。

「では定例会議をやりましょうか」

ヘッドマッサージャーを被ったまま庵野は言った。

「えっ、その恰好で、ですか？」

「大丈夫ですよ、不動さん、ちゃんと皆さんの声はマイクが拾いますから」

ヘッドマッサージャーには本来、ヒーリング音楽を聴くためのイヤホンがついていたが、庵野は集音機能をつけてイヤホンに接続したらしい。だが庵野は良くても、こっちはマッサージ音で気が散る。

「なんか宇宙飛行士のコスプレみたいだな」

「っていうかモロ、宇宙人っしょ」

入口から入ったところで、畑と茂木が耳打ちし合っていた。

「畑さん、茂木さん、聞こえてますからね」

被ったまま庵野が注意すると、二人はその場で固まった。マッサージャーは目の付近がミラーレンズになっていて、庵野からはちゃんと見えている。

電子音の知らせで振動が止まった。終わったようだ。「あ〜、気持ち良かった」体を伸ばして庵野がマッサージャーを頭から外す。

静電気で立ち上がったウェーブのかかった茶色の毛が、被さるように目許《めもと》へと落ちた。童顔の甘いマスクが顔を出す。

このオールドタイムズのスポンサーである庵野龍二は、まだ二十八歳、この会社では相沢千里より年下の、最年少である。

2

会議が終わってから六本木に戻った庵野会長を除き、優作たち社員六人は、編集部で椅子《いす》を丸く並べてミーティングをした。始めて三十分になるが、出てくるのはため息ばかりで建設的なアイデアはなにも出ない。

「会長は『コンテンツがつまらない』『センスなさすぎです』と好き勝手言ってたけ

ど、今の三つのコンテンツをやれと言い出したのはあの若造だぞ」

優作が不満を口にした。バーティカルメディア――ニッチな層に特化したコンテンツを作り、そこでコミュニティーを形成していくのが望ましい、ニュースサイトが難しいとなった時、そう方向転換したのが庵野だった。

「みんなの前で会長を若造なんて言うな」

隣の大八木から諭《さと》される。庵野は、優作たち東亜イブニング組の三人とは比較にならない金を出資した。優作も立場はわきまえ、同期の大八木も、社員の前ではヤギではなく「社長」と呼んでいるが、庵野は「会長」。

会議ではいつものように大八木がこの一週間のPV数やそれによる広告収入などを説明していた。その時「もういいです。充分です」と庵野が遮った。そして優作の顔を見て「どれも不満足ですけど、中でも不動さんの担当するグルメ記事は、読んでいても全然刺さりません。あの記事を読んで、その店に食べに行きたいと思ったことは、僕は一度もありませんから」と言われたのだった。

「会長がつまらないと名指しで言ったのは不動さんの『週7そとめし』だけですよね。僕らはもらい事故みたいなもんです」

週刊ウーマン出身の畑が口を出す。彼は年上の優作にも「そうそう」「うんうん」

など会話の随所でタメ口を挿《はさ》み、口達者で失礼なことも遠慮なく言う。頭はいいのだが、なにごとにも冷めていて、やる気があるタイプではない。

「畑くん、寂しいことを言うなよ。俺だってライターに発破をかけてやってるんだからさ」

「なんでもいいから腹の中に入れときゃいいと思って入るような店ばかりで、読んでも涎《よだれ》も出てこないんですよね、っていうかカラッカラです」

「僕の両親がこの前、食べに行ったみたいですけど、『予想通り、美味《おい》しくなかった』と言ってました。二人で食べて美味しくない店なんて、一人で行ったら侘《わび》しいだけだって」

畑の隣に座っていたテレビ出身の茂木までが責めてくる。細身の畑と違って、少しぽっちゃりした茂木は、しょっちゅう鼻の頭に汗を浮かべて仕事をしているが、あまり要領のいいタイプではない。

大八木までが「俺はあの記事読んで、今日はメシ抜きでもいいかなと思ったこともあるからな」と散々だった。

「仕方がないだろ。俺は週七日も外食しなければ、わざわざ電車乗って、一人で飯を食おうなんて思ったこともなかったんだから」

黙っていられず優作は言い返す。ライターのせいにしたいところだが、自分の知識不足もある。これまでは牛肉の焼き方も、「強火で表面をこんがり焼き、あまりひっくり返さない」がセオリーだと信じてきたが、庵野からは「肉というのは火の遠い場所で、中が六十度より熱くならないように、何度かひっくり返して焼くのが、肉の繊維を壊さない最高の食べ方なんですよ」と指摘された。

そこで後輩の中島が顔を歪《ゆが》める。

「会長から『新聞記者はいつも領収書を切って、自分の金で食べてなかったんでしょ？　だから食のありがたみが分からないんですよ』と言われたのにはヒヤッとしましたけどね」

「バカ言え、ナカジ、東亜イブニングがそんないい時代だったのは、大昔の話だ」

優作が新卒で働き始めた頃はすでにバブルは弾《はじ》けていて、景気はその後も一向に回復した感覚がない。その間に生活に対する考え方は変わり、今は仕事一筋ではなく、堅実に貯金をしながらも、ライフワークバランスを重視している人が増えた。どちらかといえばモーレツサラリーマンに近い生活を送ってきた優作が、知識もゆとりもあるグルメたちを唸《うな》らせる食のサイトなど、作れるわけがない。

「そんなことよりどうすんですか。会長に皆さんは新聞社出身なのですから、世間をあっと言わせるニュースをやってくださいって言われてましたけど、新聞社出身なのは大八木社長と不動さん、中島さんの三人で、残り三人は違うんですけど」

畑が唇《くちびる》をひん曲げる。

「畑くんだって週刊誌にいたんだから、東亜イブニングよりスクープに煩《うるさ》かったろ」

優作が仲間に引きずりこもうとするが、畑は「それでも僕がいたのは新聞社ではありませんので」と屁理屈《へりくつ》を捏ねる。

相沢までが「私たちは新聞とは無関係なんですから三人で考えてください」と押し付けてきた。

——やっぱり読者を呼ぶのはニュースですよ。今のコンテンツと並行して初心に戻ってニュースサイトをやりましょう。

庵野が、そう言い出した時、てっきり通信社の配信記事や、テレビやブログの有名人の発言を、センセーショナルな見出しで報じる新聞の電子版のようなものにリニューアルするのかと思った。それでは三宅が言った速報重視のデジタルと同じだ。ところが庵野の考えは違った。

——我々が週刊誌や新聞のようなボリューミーなニュースサイトを作っても敵《かな》いません。記事を粗製乱造するのではなく、一週間で一本でいいので、一週間バズり続けるニュースを報じてください。

――一週間引っ張る大ニュースなんて、そんなの大手メディアでも無理ですよ。

優作は反論したが、ただちに庵野に言い返される。

――バズるかどうかは拡散の仕方次第ですから、大ニュースである必要はありません。あ、そうだ。いっそのこと動画にしましょう。うちのニュースはすべて動画のみ。動画ならユーチューブで、一気に拡散しますから。

――動画なんて、余計に無理ですよ。

――週刊時報でもカメラを向けて本人に追及してるじゃないですか。うちの会社は不倫疑惑の人物に『アー・ユー・ギルティー？』と迫るのもいいですね。では皆さん、さっそく取りかかってください。

庵野は思いつくまま、一気に話を進めて決めた。動画ニュースといってもこの人数でどうやって探すのか？　広告担当の大八木を除けば、動ける社員はたった五人だ。

「会長の話は無茶苦茶だけど、これからは大新聞が自分の新聞やサイトでニュースを発信するのではない、ヤフーやグーグルというプラットフォーム、あるいはユーチューブも使って、フォーマットを活かしながら生きていくんだよ。まして動画オンリーでやるなんて見事な目のつけどころじゃないか。アップできれば絶対に話題になる」

大八木が大声で話す。

「そこまで行き着けばだけどな」

「大変なのは分かってるさ、不動。だけどこのままでは軍資金もどんどん目減《めべ》りして、会社はもたない。そしたら俺たちの出資金だって返ってこなくなるぞ」

「それは勘弁してくださいよ。僕は大八木さんや不動さんと違って、女房と子供二人いるんですからね」

この中で唯一の家族持ちの中島が泣きを入れた。それぞれ出したのは三百万円だが、優作たちには大金である。人のいい中島は、大八木に「退職金を十倍にしてやる」と調子のいいことを言われたらしい。

「動画的にインパクトがあるニュースといえば、海外の民主化デモですかね。市民が流血したりしてますし、中東やアフリカに行けばさらに悲惨な状況が撮影できます」

セントラルテレビの『news11』で取材スタッフの一員として関わっていた茂木が真面目に話したその横から、「それなら戦場ユーチューバーがいいんじゃないですか」と畑が軽口を叩くように提案する。

「それって誰がやるのよ？」

そう尋《たず》ねた中島を畑はじっと見つめる。

「俺？　勘弁してくれよ。戦場取材なんて行ったことがないし」

中島は手を振って拒否する。

「だったら、不動さん」

「行かせてくれるなら俺は行くけど」

そうは言ったものの、隣で大八木が苦い顔をしているので「そういう実現性の低い話はやめよう。冗談言ってる場合じゃない」と止めた。

ここは編集長の自分がまとめるしかないと必死に頭を捻《ひね》るが、動画と言われたことで、いろいろと制約がつく。ニュースだからといって取材対象者をカメラで晒《さら》していいのか。モザイクをかけたらその段階で動画の価値が落ちる。そうなると取材対象は公人、もしくはテレビに出ているような有名人に絞らなくてはならない。

会議はすっかり停滞した。何人かがスマホを弄《いじ》りだし、畑は背を向けてリモコンでテレビをつけた。会議中にテレビとは……呆れながら画面を見ると、今週放送する番組の宣伝が流れていた。

「こんな男、どこがいいんだろうな？」

優作の左隣に座る中島が、画面にアップになった若い男を見て言った。その男性は背が高くてマスクは悪くはないのだが、なよっとして頼りなさそうに見えた。

「ナカジは、この番組知ってんの？」

「アーバンテレビが金曜夜十一時から放送している『ラブ・セレブリティ』ですよ。この児玉健太郎《こだまけんたろう》くんに注目が集まり、『ラブセレ』と呼ばれてネットで話題になってます」

中島が言うには、セレブな男女六人がリゾート地のラグジュアリーホテルに集合して週末の夜を一晩過ごすという、これまでの恋愛バラエティーの焼き直しのような内容だった。昼間から番宣をするくらいだからテレビ局は相当力を入れているのだろう。番宣では容姿のいい女性たちが、色気や愛嬌《あいきよう》を振りまき、二十七歳にしてアプリ開発者として成功している児玉という男性の気を惹こうとするカットが繋《つな》げられていた。

「畑くん、もう少し音量上げてくれないか」

優作が頼むと、畑がリモコンボタンを押し続けた。ボリュームが上がり、女性が『今晩、あたし、勝負に出て、児玉くんを落としますから』と宣言した。

「ナカジ、どうしてこの男性が主役扱いなんだ？」

番宣を見た限りでは、この児玉という男性より他の二人の男の方が今風で、イケメンである。

「僕もチラッと見ただけなんで、さっぱり分かりません。これって、これまで男女が同じ屋根の下に住んだり、一緒に旅に出ていた番組の劣化版《れっか》でしょ」

「大八木社長は分かるか？」右隣に振るが「知らねえよ。金曜の夜十一時なんて大抵飲み歩いているし」と大八木は肩をすくめた。

「もしや新聞出身のお三方は、児玉くんがどうして人気があるのか知らないのですか」

畑がにやついた顔を優作たち三人に向けてくる。

「では畑先輩に代わって僕が説明します。彼、童貞なんですよ」茂木が挙手して言った。「童貞どころか、キスもしたことがないそうです」

「それって長所ではなく、短所だろ？」

「今は充分に長所ですよ、不動さん。ピュアってことなんですから」

茂木がきっぱりと言うと、畑も「アプリを開発して、ビジネスマンとしても成功者である純粋な彼を、こんな優良物件を放っておくわけにはいかないと女性たちが取り合ってるわけです」と目を輝かせる。

「女性が男性を自分の好きなタイプに染めるってことか？」

「染めるって、やだなぁ。不動さんって今時、そんなこと考えてるんですか。さすがおじさん、考え方がやらしいですね」

「やらしいって……」優作は顔が火照《ほて》ってしまう。

「口説《くど》くのは男で、口説かれるのは女という考えじたい、前時代的発想ですよ」

「なに言ってんだ、畑。不動は結婚しても夫婦別姓でいい、相手が入籍も希望してないと知ったら、それなら籍も入れなくていいと事実婚で通したんだぞ」

「フォローありがとう、大八木社長」

優作は夕刊紙とはいえ、同じ業界ということもあって、上司に「中央新聞政治部の女性記者と暮らしています」と伝えた。彼女もそうしたようだ。法的な婚姻関係ではないため、家族手当も出なかったが、そういった戸籍に縛られない夫婦の形が当たり前のように存在し、認められる社会になってほしいと、今も思っている。

しかし三年前にワシントン支局に特派員として異動した彼女から、しばらくして別れを切り出された。彼女は現地で新しい男性と付き合った。大八木のフォローには、そんなあやふやな関係にしておくから逃げられたんだ、という揶揄《やゆ》も入っている。

「この児玉くんって、本当に童貞なの？　女性が苦手ならまだしも、こうして恋愛番組のテレビに出てるんだから興味はあるってことだろ。彼の容姿でＩＴの社長ならいくらでもモテそうじゃない」

中島が番宣をまじまじと眺めて言った。

「その発言、彼女がいないと、男としてダメみたいですね」畑が言い返す。

「そういうわけではないけど、性体験がないことまでテレビで告白することはないんじゃないのかな」

「ですから中島さん、そこが世代の違いなんですって。今はそういう男性が何人もいますよ。ねえ、畑先輩」と茂木。

「童貞告白は、恥ずかしいことではないですよ。中島さんみたいにガツガツした人にはわからないでしょうけど」畑が続けた。

「俺は全然、ガツガツなんてしてないけどね」

「童貞男子を恥だと思ってるでしょ？　中島さんの年代って、早く卒業したいからって、風俗に行ったんでしょ？」

「行ってないし。だいたいきみはいつもそうやってマウント取ってくるけど、俺ときみとでは五つしか違わないのを忘れないでよ」

四十二歳、温厚で知られる中島もムッとした。

「ねえ、相沢さんも付き合う相手の、性体験の有無なんて気にしないでしょ？」

茂木が相沢千里に振る。

「きみ、そういうの女性に訊いちゃダメだよ」

中島が茂木をたしなめた。

「私は別に気にしないですけど」

相沢は事もなげに答えた。

「ほら」

茂木がしたり顔を中島に向けたが、そこで相沢がぽつりと言った。

「でもこの人、どうしてこんなテレビ番組に出てるんですかね」

「そんなの当たり前じゃないの。ファーストラブの相手を見つけるためだよ」

「そうそう、二十七年間、大切に取っておいたからこそ、理想の相手を探してるんだよ」

畑と茂木が続けざまに言うが、相沢が「本当にそうですかね」と小首を傾げた。

「なにが疑問なのよ、相沢さん」気になって優作が尋ねた。

「彼はとても誠実そうに見えます。すごく純粋にも感じます。だからこそ、こんなミーハーな場所で相手を探さなくてもいいのにって思ってしまいます」

「この番組はこれまでのキャラ重視の恋愛バラエティーと違って、女性側も弁護士や三十歳で大手IT企業の役員になった人とかハイレベルな人ばかりだからね」と畑が説明する。

「女性弁護士なんか、嘘の健康食品に騙されたけど弁護士費用が出せないお年寄りに『お金は持ってる人からもらいますから大丈夫です』って言ったんですよ。あれはカッコ良かったな」と茂木が続いた。

「ハイレベルとかカッコいいとか言いますけど、単にテレビ局がオーディションで選んだ人ですよ」

相沢がそう返すと、それまで調子よく話していた茂木と畑も黙ってしまった。

「ねえ、相沢さんはなにが不満なの。もしかして彼が嘘をついていると思ってるの？」優作が尋ねる。

「それは分かりません。嘘だったらそんなことをテレビで告白する意図が理解できませんし、誰が得するのかも分からないし」

「なぁ、みんな、これをやってみないか？」

ふと思いつき、提案した。

「やるって、まさかこの男が本当に童貞なのか調べようとか言い出すんじゃないだろうな」

「そうだよ、大八木社長、それしかないだろ」

「くだらんことを言うな。たかがバラエティーだぞ。だいたい人の性体験を調べるなんて人権問題になる」

「バラエティーだろうが、これだけ話題になっている番組の設定がやらせだったら、視聴者はガッカリするだろ？」

そう言ったところで、優作ははたと閃《ひらめ》いた。

「そうだ、フェイクニュースだ！」立ち上がると、勢いで椅子が後ろに倒れた。

「なんですか、びっくりさせないでくださいよ、不動さん」中島が倒れた椅子を戻してくれる。

「俺たちはネットニュース界の隙間《すきま》産業じゃないか。だからこそフェイクニュースを暴《あば》くんだよ」

「どういうことですか」

「俺は東亜イブニングでは『耳当たりのいい言葉にこそ眉に唾をつけて考えよう』と言ってきただろ。だけどそれってネットだろうが新聞だろうが変わらないはずだ」

中島の顔を見てから、他に目を配っていくが誰もピンと来ている様子はなかった。もう少し嚙《か》み砕《くだ》いて優作は説明を続ける。

「つまりメディアはけっして大衆迎合してはいけない。世の中がその通りだと納得した時こそ、これにはなにか裏が隠されているかもしれないと、疑ってかかるべきだと思うんだ」

「それは分かりますが、そのことがこの番組とどう関係するんですか。フェイクであったとしてもニュースではないと思うんですけど」

理屈っぽい畑から茶化される。

「確かにニュースではないよ。ただ現代社会で問題になっているフェイクニュースは『誤報』『デマ』という意味だけでなく、『誰かがなにか意図をもって人を騙そうとしたもの』を指しているだろ。そういう意味ではこの番組だって同じだ。児玉という男性の告白が嘘だとしたら、誰の魂胆かは分からないけど、たくさんの人がそれに乗っかってしまっている。彼を擁護《ようご》するきみたち二人だって、彼が嘘のキャラクターを演じて世の女性たちの気を惹いているとしたら、納得いかないだろ？」

畑と茂木に確認した。

「そりゃ、騙された感はでますね」

「本人が狙って嘘ついてるならムカつきますけど」

「確かに人の性体験を調べるなんてことは、昔だったらタブー扱いしてましたけど、畑くんや茂木くんが言ったように、今は性経験がないことは恥ずかしいことでもなんでもないのかもしれません。だとしたら僕たちが固定観念を変えないことには新しいメディアなんて作れないような気がします」

中島が力説して優作の味方についた。

「ああ、これなら、うちみたいな小さなネットニュース社でもできる」

「確かにもし嘘だと判明したら、相当な話題になりますね。ツイッターでトレンド一位を飾るかもしれませんし」

茂木も賛成してくれた。

「どうだい。大八木社長。これこそ会長の言ってた我が社の新しいコンテンツのスタートにふさわしいんじゃないか。動画だけでなく、そこに世の中にまかり通っているフェイクニュースを暴くという役が一つ付くんだから」

「まぁ、フェイクニュース暴きの専門チャンネルみたいになったら話題にはなりそうだけど……」

会長を出したことで大八木も渋々ながら納得したようだ。

「よし、そうと決まったら、さっそく取材しよう。みんな、児玉健太郎の情報をくれ」

優作はノートを出して書き留める。

「先週までの放送では、高校以来、ずっと引きこもりだったのが、独学でプログラミングの勉強をして、三年前、二十四歳で写真加工のアプリの特許を取得。それから上京して起業したって話でしたよ」茂木が説明した。

「上京ってどこから？」

「テレビでは宮崎《みやざき》と言ってました」

「引きこもっていたのなら、彼女がいなかったのも信憑性《しんぴょうせい》が高いな。地方なら都会よりは同級生や近所の人を取材しやすいだろ」

基本情報を聞いてから優作は配置を決めていく。テレビ業界に強い茂木にはアーバンテレビの関係者、芸能ライターに知り合いが多い畑には最近の児玉健太郎の交友関係について調べるように指示した。

「ナカジは児玉健太郎の会社や自宅周辺を取材して、ルーティンを摑んでおいてほしい。最後は直撃取材をするわけだから」

「取材シーンを録画して配信するのが庵野会長の要求でしたものね」

「その時は茂木くん、カメラを頼むわ」

「えっ、僕は制作会社では記者だったんですけど」

茂木は頰を膨《ふく》らませたが、カメラワークに詳しいのは自分しかいないことに気づいたようで「スマホだと手ブレが怖いのでハンディムービーを買っていいですか」と大八木に伺いを立てる。

「あまり高くないのをな」

「価格比較サイトで最安値のを選びます」

「宮崎はどうするよ？　不動が行くか」

大八木に訊かれて、優作は二つ隣の椅子で、スマホを眺めていた相沢の顔を見た。彼女が視線に気づいた。

「えっ、私もやるんですか」

冷静な彼女が珍しく泡《あわ》を食った顔をした。

「相沢さんだってせっかくネットニュース、いやウェブニュースに来たんだから、色々な取材を経験しておいた方がいいでしょ」

「無理ですよ。私が宮崎に行ったところでなにもできないし。それに免許持ってないから、足がないし」

「なら俺も行って、運転手をやるよ」

「それはいい。不動さんと一緒なら相沢さんも参考になるよ」

中島に言われても、相沢は「勝手に決めないでください。無理ですって」と逃れるのに必死だった。もっとも優作が相沢を指名したのは、児玉の過去を調べるなら女性を取材する可能性も出てくると感じたからだ。その場合、男より女性記者の方が質問しやすい。

「そうと決まったら、みんな、それぞれのコンテンツの記事をアップしながら、取材に当たってくれ。児玉の学生時代から、今に至るまでのディテールのすべてだぞ。もしやらせだと判明して、無事、動画記事を載せた日には、大八木社長がたくさんの広告を集めてくれるから」

「おい、好き勝手いうな。広告は俺一人でてんてこ舞いなのに」

そう言った大八木の表情も反対していた先ほどまでとは一変し、やる気に満ち溢《あふ》れた顔に戻っていた。

3

ガレージの中のツーシーターのスポーツカーを優作はじっくりと眺めた。隣でがっちりした男が、優作の反応を待っていた。

「前田《まえだ》さん、見ないうちにずいぶん変わりましたね。一段とカッコいい車になりましたね」

そう称《たた》えると、男性は笑《え》みを弾けさせて、車いすの車輪を両手で回して、車のタイヤ近くまで移動した。

車いすバスケットボールの選手だった前田康暉《こうき》と知り合ったのは四年前になる。あるる国内大会で体内から禁止物質が検出され、前田は資格停止処分を受けた。パラアスリートのドーピング違反が珍しかったこと、またバイク事故で下半身不随になるまでの前田は素行《そこう》が悪く、昔の仲間に薬物密売で逮捕された半グレがいたことから、あたかも前田ならやりかねないといった報道が一部のメディアから流れた。

だが「イスバス」に打ち込んでからの前田は悪い連中との付き合いを完全に断ち、厳しい練習に専念していた。本人も「絶対に自分は違反していません」と涙ながらに主張し、友人やコーチに訊いても「康暉は不正をする男ではない」と皆、前田を擁護した。優作は上司の反対を押し切り、前田がドーピングは絶対にしていないと訴えるインタビュー記事を東亜イブニングに掲載した。

翌年、申し立てしたスイスのスポーツ仲裁裁判所は「物質が出たのは正当な医療行為で投与されたもの」と前田の提訴を認める判決を下した。その速報が出た時、近くにいた先輩記者が「不動、これ、おまえが言ってた逆転のスクープだぞ！」と祝福してくれたが、優作は自分のことよりも前田の潔白が証明されたことの方が嬉しかった。

年齢的衰《おとろ》えもあってパラリンピックの代表から漏《も》れた去年夏、前田は競技からの引退を決めた。憔悴《しょうすい》した前田を励まそうと、東京から宮崎まで自分の車を運転して来た優作は、最初は体力の衰えの影響が少ない他競技に挑戦したらどうかと提案した。そのことには関心を示さなかったが、前田は優作が自前でカスタムした愛車に興味を持った。大分《おおいた》までドライブしてサーキットを走った帰りには、すっかり明るさを取り戻していた。そしてマツダのロードスターをベースに、アバルトという会社がチューンアップしたこの車を購入、アクセルとブレーキが手で操作できる運転補助装置をつけ、独力でカスタムを始めた。近々レースにも出るらしく、時々相談のメールが来る。

「どうですか、不動さん、ツラッツラでしょ？」

前田がインチアップしたタイヤとマットブラックに塗装されたアロイホイールに触れた。優作は車の前方まで移動し、片方の目を瞑《つむ》って、車の側面の出《で》っ張《ぱ》りがないか目測した。

「本当だ。ちゃんとツライチになってますね」

そこで一人だけ会話に入れずに、欠伸《あくび》をしていた相沢千里が目に入った。

「相沢さん、ツライチというのは車のフェンダーとタイヤの表面が凸凹《でこぼこ》することなく一致してることを言うんだよ。元々は大工さんが複数の面に段差がないという意味で使ってた言葉なんだけど」

説明したものの、トレンチコートを着た彼女は両手で体を擦《さす》って、「はぁ」と答えるだけだった。昨日、優作が宮崎空港に着いた時は、まだ一月末なのに南国宮崎は春が近いんだなと感動したが、彼女が来た今朝は一転、霧島《きりしま》おろしが吹いて、東京並みの冬の気温に戻っている。

「前田さん、この車、車高も下げたんですね」

「はい、この体なのでなかなか大変でしたが、知り合いの整備士にも手伝ってもらって、なんとかやり遂げました。下げたといっても三十ミリだけなんですけど」

「それくらいがちょうどいいんですよ。カスタムで一番よくないのが、やり過ぎです」

「はい、またマスコミに『前田康暉はやっぱりワルだった』とか書かれてしまいますからね。あっ、マスコミと言っても不動さんは違いますよ。僕の唯一の味方です」

「その唯一の味方が、お金がかかるワルい趣味を教えたんですから、家族に叱られてしまいますね」

そこでまた欠伸をしていた相沢に「相沢さん、この車、車高が低くなってるでしょ。オリジナルのまま下げるとタイヤが内側に引っ込むんで、スペーサーをかませるんだよ……」と話す。だが途中で「いちいち説明してくれなくても私は大丈夫ですから」と手で遮られた。こんなところで時間をつぶさずに早く出発したいのだろう。昨夜に宮崎に入って前田と地元料理で一杯やった優作はぐっすり眠ったが、昨夜のうちに『週7そとめし』の原稿を予約投稿してきた彼女は、今朝六時台の羽田《はねだ》発の便に乗ってきた。

「本当にいいんですか、前田さん、大切な車を三日間も借りることになって」

「僕は平日は仕事をしなきゃならないんで、まったく問題ないですよ」

普段の前田は客の依頼を受けて、オリジナルの壁紙をパソコンで制作している。最近は依頼が増えて、忙しいようだ。「むしろ不動さんに乗ってもらうと車も喜びます。もっとこうした方がいいとかあったらアドバイスください」

「本当に助かります。空港でレンタカーを借りようとしたけど、プロ野球のキャンプが始まるので、すべて出払ってると言われましたから」

「不動さんはこれからその児玉健太郎とかいう人の実家に行くんですか。大変ですね」

「あれだけ東京で話題になっているのに、地元で知られていないとは思わなかったですよ」

昨夜、居酒屋で聞いたが、前田は児玉健太郎の名前すら知らなかった。

「その番組、こっちでやってないですからね」

宮崎は民放が二局しかないので『ラブ・セレブリティ』は放送されていないらしい。

「ネットで話題になっているみたいですよ」

「宮崎出身と聞いたとしても、児玉って苗字はこっちにはたくさんいますし」

児玉健太郎が育ったのは、宮崎市内から百キロほど北上した宮崎県北部の町である。

「出身地まで行けば知ってる人もいますかね」

「いるんじゃないですかね。僕も都城《みやこのじょう》の外れの出身ですが、誰が誰と付き合ったとか、町の人には筒抜けでしたから」

不動は革製シートに乗り込む。相沢もキャリーケースをトランクにしまい助手席に乗った。最近は少なくなったエンジンキーを回すと、装着した四本出しのマフラーから重低音のエキゾーストノートが響く。そこでふと思うことがあって、窓を開けた。

「前田さん、宮崎のこの時期のお土産《みやげ》って、なんですか」

「さっそくお土産ですか。気が早いですね。ご希望があればあとで送りますけど」

「いえ、買って帰りたいんです。できればひと目で宮崎の土産と分かるものがいいんですが」

「そうなると日向夏《ひゅうがなつ》ですかね。なにせ『日向』と付くぐらいですから」

前田は柑橘《かんきつ》系の果物をあげた。それなら以前、前田に送ってもらった。黄色の皮をりんごのように薄く剝《む》き、中の白い皮はそのままにして一口大に切り、砂糖をかけて食べる。甘酸っぱさが癖になった。

前田に会釈をしてガレージから車を発進させた。通常のペダルも使えるので、運転方法は普通の車と同じだ。

優作の車のようなマニュアル車ではなく、オートマだが、この車は「パドルスイッチ」といってゲームのコントローラーのような装置がハンドルの両脇につき、ハンドルを握った指先でギアチェンジができる。東九州自動車道に乗ると、しばらく二速で引っ張り、エンジンの回転を上げてから、三速にシフトアップする。前田が後付けした「レコードモンツァ」というマフラーは左右四本出しだが、普段は外側の二本は閉じていて、四千回転まで達するとその二本が開く。つまりアクセルペダルのつまさきの力加減で、エキゾーストノートが二重奏になったり、四重奏になったりするのだ。まるでオーケストラの指揮者になって、トロンボーンやコントラバスといった重低音楽器を自由に引き出すような愉《たの》しさが、この車にはある。

「相沢さん、どうだい、このサウンドがあれば、カーステも要らないでしょ？」

「サウンドってただ煩いだけじゃないですか」相沢は眉をひそめた。「この騒音、法律で許されてるんですか？」

「車検は通るし、全然問題ないよ」

「だとしたら日本もずいぶん甘いんですね。騒音問題は昔から言われてるのに」

「静かな車も問題なんだよ。最近のＥＶ車は音もたてずに忍び寄ってくるから、近くに迫られてビックリするじゃない」

「それは〝ながらスマホ〟をしてるからですよ。普通は気配《けはい》で分かるものです」

「俺は若い頃はそんなに興味はなかったけど、今になって走り屋の気持ちが理解できるんだよなぁ」

「そうですか。私は暴走族の彼氏に無理やり隣に乗せられた女子の気分がよく分かりました」

カスタムに興味がない者、とくに女性は大体、最初はこういった反応だ。もう少し走ると、今度は狭い、シートが硬いなど乗り心地に文句を言い出す。それもしばらくの我慢だ。そのうち楽しさが窮屈さを越えていく。

「音楽を聴く時は大音量でも気にならないだろ。相沢さんだってB'zのコンサートに毎年行ってるみたいだし」

彼女は去年、会社が始まって一週目に、B'zのコンサートに行くので休みくださいと言ってきた。もちろん許可はしたが、若いのに好みが渋い、と社内ではみんな驚いていた。

「私は耳栓しますから」

「コンサートに行って耳栓するの？」

「今の耳栓は周りの雑音を抑えて、アーティストの音だけを拾える優れものがあるんです。じゃなきゃアーティストもつけられないじゃないですか」

「あれって、イヤホンじゃないの」

「イヤモニもしますけど、耳を爆音から守るためにオーダーメイドで耳栓を作る人もたくさんいます。二つしてたら一つは耳栓です」

それくらいは常識ですと言わんばかりの澄まし顔をされた。

車の乗り味が勝《まさ》って、相沢からバカにされようが気にもならなかった。なによりも人生に絶望しかけていた前田が新しい楽しみを見出してくれたことが嬉しい。

前田がすでにこの車でサーキットの走行会に出た話をすると、相沢から「不動さんもレースに出たことはあるんですか」と訊かれた。

「あるよ。ワンメイクレースだけど」

「なんですか、それ」

「同車種の、改造範囲が限られてるレースのこと」

「そんなの出て楽しいですか」

「そりゃ、楽しいよ。コーナーは外から最内《さいうち》を攻め、また外に出してく。アラン・プロストじゃないけど、走ってるうちに最短ラインが見えてくるんだ。車は人の技術でいくらでも性能が上がるんだなって実感するね」

「今、自動運転の研究が進んでるってニュース、不動さんの耳にも届いてますよね？」

「相沢さんこそ、そのアラン・プロストって誰かって聞かないの？」

「どうでもいいです」

「知っといた方がいいんじゃない？　オールドタイムズの記事に出てくるかもしれな

いし」

「F1レーサーでしょ？　アイルトン・セナのライバルだった」

「なんだ、知ってんじゃないの」

少しずつだが会話は弾んできた。以前、畑とライターとの打ち合わせに出かけた時は、彼は車に乗るとイヤホンをして音楽を聴き始めた。相沢とも似た感じになるのだと思っていたが、彼女はもう少し配慮はあるようだ。

「不動さんのもこんなスポーツカーですか」

「俺のは違うよ。同じチューンメーカーだけど、ベースはフィアット500」

「値段は？」

「五年落ちの中古車で百万ちょい」

「でも百万ちょいで済んでないですよね？」

「あれやこれやとやったら三百万近くになったかな」

「ギエッ、改造に二百万も使ったんですか？」

相沢は大袈裟《おおげさ》に仰天した。そこでカーブに差し掛かり、シフトダウンしてからハンドルを切った。エンジンブレーキの効きもよく、きびきびと曲がる。相沢の体が寄りかかってきたが、彼女はシートを摑んで押さえていた。

「改造じゃなくて、カスタムと言ってよ」

「形を変えるんですから、充分改造でしょ」

「車に浪費しすぎて家庭が崩壊したなんて言わないでよ」

「そんなことはないでしょ。お相手は中央新聞の記者さんなんだし」

「俺よりはいい給料をもらってたな」

それでも当時は遜色《そんしょく》がなかった。今の給与で比較したら三倍くらい違うだろう。

さらにアクセルを踏んでいく。車高が低いため、タイヤがアスファルトを摑んで加速していくのが体に伝わる。宮崎市内を出ると右手に日向灘《なだ》が広がっていた。フルスーツを着たサーファーたちが波待ちをしている。雲の隙間から太陽が顔を覗《のぞ》かせ、ヤシの木が輝き始めた。早朝移動と興味のない車の話題に不機嫌だった相沢も表情が明るくなった。

「相沢さんも会社にいるよりテンションが上がってきたろ？　フランソワーズ・サガンもこう言ってたからな。『家事より楽しいものがある。それはギャンブル、ウイスキー、そしてフェラーリだ』って」

「誰ですか、サガンって」

「知らないの？　サッカーのチームじゃないよ。サガン鳥栖《とす》」

スルーされた。

「ごめん、サッカーではなく、作家だ」

言い直したのだが、意図せずにダジャレになってしまい、ますます白い目で見られた。

「だいたいその作家の発言、男性が家事なんかつまらないっていう女性蔑視《べっし》の発言じゃないですか」彼女は口を尖《とが》らせる。

「そう受け取られても致し方がないけど、そのフランソワーズ・サガンって作者、女性作家なんだよ。『悲しみよこんにちは』って聞いたことない？」

「えっ、女性なんですか？」

「俺もタイトルを知ってるだけで、読んだことがないから偉そうなことは言えんのだけど」

彼女だけに恥をかかせたら悪いと、そう付け加えた。

「不動さん、どうしてコレをやろうと思わなかったんですか」

「コレってなにをよ？」

「車をテーマにすることですよ。『週7そとめし』なんかより、車の方が断然好きみたいだし、読者が楽しめるコンテンツになるんじゃないですか」

「オールドタイムズのターゲット層は四十、五十代のサラリーマンだよ。世の中年男性は、家族みんなが楽に乗れるミニバンで、車を趣味にしている余裕なんてないよ?」

「そんなことを言ってたらなにもできませんよ。本当にそれが好きな人が書けば、読者だって読みたいと思うし、今は乗れなくても、子供が巣立ったらスポーツカーを買いたいと思う人が出てくるかもしれないし」

「そっかぁ。次にコンテンツを作る時は、今の意見を参考にするよ」

「次ってどれだけ呑気《のんき》なんですか、早くそれをしてくれてたら、私が記者もどきをやらなくて済んだかもしれないのに」

相沢は腕組みをしてため息を吐《つ》いた。会話をしているうちに児玉健太郎が育った町に到着した。

4

番組名に「セレブリティ」とつくだけあって、男性は児玉健太郎がIT企業の社長で、他の二人も医者と元Jリーガーの実業家、女性は弁護士、大手IT企業の広報で執行役員、フラワーアーティストと出演者六人が高収入の美男美女だ。平日はテレビカメラがそれぞれの優雅な私生活や仕事を追いかけ、週末に高級リゾートホテルの複数室あるスイートルームに宿泊して恋愛を発展させる。その浮世離れした内容に、局をあげて大宣伝を打ったわりには初回の視聴率は低かった。

ところが二週目、児玉健太郎が東京に出てくるまで引きこもりだったこと、さらに「僕はこれまで女性と一度も付き合ったことがありません。童貞です」と告白してから、番組は急展開し始めた。女性三人の彼を見る目が変わり、次々と彼にアプローチしていく。それまでも出演者の日常の様子を放送していたが、三週目からは児玉健太郎が下北沢《しもきたざわ》のマンションから代々木《よよぎ》のオフィスまで自転車通勤するシーン、会社で社員たちと和気藹々《わきあいあい》と仕事をするところ、さらにクリスチャンである彼が、番組出演のために参列できなかった日曜礼拝の代わりに、教会の横を通る度に祈る姿までカメラが密着するようになった。

出演する女性たちが二人きりになるチャンスを探しては手練手管《てれんてくだ》で気を惹こうとする。だが彼は少し触れられただけでも驚いて手を引っ込めてしまう。優作は一回目から先週の五回目まで見逃し配信サービスに入って視聴したが、彼が演技をしているようには見えなかった。

視聴率が上がり、ネットニュースやファッション誌、女性誌でも「二十七歳、無垢《むく》なヒーローが社会の常識を変える」「現代社会、ピュアこそ男の美しさ」「太古、男たちは皆、童貞だった」などと特集を組んで児玉健太郎を理想の男性像のごとく取り上げだした。少なくとも彼の告白に疑問を抱いている記事は一つもなかった。

優作と相沢は宮崎の児玉の実家を訪れたが、両親は昨年、父親が定年退職したのをきっかけにマレーシアに移住していて、空家になっていた。両親の夢を叶《かな》えるために費用を出したのは児玉健太郎らしい。

高校にも取材に行ったが、当時の教諭はすでに異動していて、なにも分からない。だが同級生は何人か当たることができた。

前田が言っていたように『ラブ・セレブリティ』は宮崎で放送されていないため、一人目の同級生は、話題になっていることすら知らなかった。二人目の主婦も「そんな噂《うわさ》は聞いたけど、彼とはクラスは違ったし、名前くらいしか記憶にない」と薄い反応だった。

しかし三人目、スーパーで店長をしている男性は、児玉健太郎と高二で同じクラスだったと言い、「俺よりもっと詳しい男がいる」と水産加工会社で働く同級生の甲斐《かい》浩二《こうじ》を紹介してくれた。

「あの健太郎が話題になっているのは知っちょるけど、そんな詳しいないよ。わし、あいつとは仲良うなかったし」

胴長靴姿で出てきた甲斐浩二は、休憩室で煙草《たばこ》を吸いながらそう語った。煙を吐くたびに相沢が手で扇《あお》いで嫌な顔をするが、お構いなしだ。

「児玉健太郎さんのことなら甲斐さんに訊けって言われてきたんですけど」

優作はスーパーの男の名前は出さずに尋ねる。

「誰が言っとるね？　テレビのことも、わし、最近、知ったんやし」

「テレビの話は誰から聞いたんですか」

優作が質問すると、「児玉徹平《てっぺい》からだよ」とスーパーの男を出した。児玉と聞いた時は親戚かと期待したが、前田が言っていたように宮崎では多い姓らしい。甲斐も多く、これまでに会った主婦と高校の教頭が甲斐だった。

「どうせ徹平がわしの名前を出しよったんしょ。あいつ、面白がって言っちょるだけよ」

彼らの悪ふざけに乗せられてしまったか。がっくりしながらも「番組の話を聞いた時、どう思いましたか？　見逃し配信を見たりしませんでしたか？」と質問を続ける。

「見たけどへぇって思ったくらいやな」

「変わったとか思いませんでした？」

スーパーの店長の児玉徹平は、テレビで見た時「あか抜けてて驚いた」と話していた。

「思ったよ」

「どう変わってました？」

「顔やろ。あと髪型も」

「別人に見えたってことですか？」

「そりゃそう見えるて。昔はあんなに喋《しゃべ》らんかったし。テレビでは結構爽《さわ》やかキャラやったっしょ？　東京行ったらあんなるんやなて」

「昔の児玉さんは暗かったってことですか」

ここまではメモだけを取っていた相沢が質問した。優作がなかなか本質を突かないのでまどろっこしく感じたのかもしれない。まだ児玉の恋愛については一切質問していない。

「暗《くれ》えし、地味やし。だからみんな、記憶にないって関心ねえんちゃ」

「テレビでは不登校だったことも話していますが、それなのによく学校を卒業できましたよね」

高校で出席日数などを尋ねたが、個々の生徒については明かせないと断られた。

「登校拒否や言ってもずっと来《こ》ん生徒もおれば、数週間、学校に行かんかっただけのヤツもおるて。卒業できたんやから出席日数は足りちょったはずよ」

「つかぬことを聞きますが、児玉さん、高校でガールフレンドはいなかったですよね」

優作はそこで核心に近づく質問をした。

「いるわけないやろ。あんなキモイ男」

目を背けた。今は主婦をしている女性の同級生からは卒業アルバムを見せてもらった。今の児玉健太郎は清潔に髪を整えているが、高校の頃は髪はぼさぼさ、今とは違う暗い顔が印象的だったが、キモイというほどではなかった。

「さきほど詳しくないって言ってましたよね。でもキモイと思うくらいならそれなりに記憶に残ってるんじゃないですか」

相沢が鋭いところを突いた。

「そんで徹平は、わしの名前を出しよったんじゃねえの？」

彼が怪しむような目で訊いてくる。これまでとは口調も表情も少し違った。

「どういうことですか？」

「そんなら、ええけど……」

明らかになにか隠している。

「お願いします。なにか私たちが知らないことがあるなら教えてください」

相沢が懇願《こんがん》した。こういう時はこっちが知っていると見せかけ、相手に勘違いさせて話させた方がいい。だが彼女の丁寧な姿勢に、彼は嫌な気持ちにはならなかったようだ。

「高校じゃのうて中学の話じゃけど」と断りを入れて話し始めた。

「健太郎って、ずっと片思いしちょる女子がおったんよ」

思わぬところで男女関係が出てきた。ただし片思いと言った。

「その女子とは高校も同じやったけ、中学の時にちょっとしたことがあって、騒ぎになったんよ」

「ちょっとしたことってなんですか」

優作がすぐさま訊いた。告白して振られたのかと思ったが、甲斐浩二は「それを徹平から聞いたんやろ？」とまた聞き質《ただ》してくる。

「だからその人からはなにも聞いてませんって」優作ははぐらかした。

「徹平のヤツ、わしを嵌《は》めたけ」

彼は完全にスーパーの男を疑っている。

「なにを嵌められたのですか？」

「ええわ。どうせ他も知っちょるし。健太郎って、中学の時、好きな女をカッターで刺したんよ」

「それ犯罪じゃないですか」

あまりに衝撃的な内容に、優作は声が裏返った。隣の相沢も「えっ」と声を出したきり固まっている。

「中二の頃、健太郎とあいつが好きだった女子の二人だけが教室におったんよ。女子のすぐ後ろの席が健太郎やかい、わしが入った時、健太郎はカッターナイフを持って、彼女の腕から血がドバッと流れてたんよ」

聞いているだけで総毛立《そうけだ》ってきた。刺したのなら傷害事件だ。だが児玉健太郎は高校に進学している。そのことを尋ねると「刺したんを見たわけでねえで」と言った。

「血は出てたんですよね。ドバッと？」

「いや、ポタッくらいやな。そんな大袈裟な話じゃねえ」右の二の腕あたりを左手で指す。

「ポタッでも血が出たのであれば、充分でしょ」

「せやけど、女子も冷静やったけ」

「冷静だったのではなくて、ショックで声が出なかったんじゃないですか？」

相沢が聞き返した。

「そこで甲斐さんが騒いで、それで他の生徒が部屋に入ってきたってことですか？」

彼は、教室には二人だけだったと言っていた。

「そりゃ、わしかて驚いたけ」

「みんなを呼んだんですね。先生はどうしたんですか？」

話の感じから警察には通報していなそうだが、普通は職員室で事情聴取をして、中学生なら親を呼び出す。

「どげんしたやろ。たいして騒ぎにはならんかったんじゃね？」

「血が出てたのに？」優作が訊く。

「ドバッかポタッかは知らないけど、血が見えたんですよね？」相沢が質問を重ねていく。

「ああ、そよ」

「それなのに問題なし？」

「真っ先に彼女を手当てしたのが健太郎やったし、先生が健太郎に聞いたら、カッターを持ってたところに、その女子が振り向いて当たったらしい。女子も保健室に行って、包帯を巻いてすぐ戻ってきたし」

どうも勝手にイメージを膨らませてしまったらしい。ケガをしたのは事実だが、血が見えたことも怪しく、かすり傷程度だったのかもしれない。

「そのことが高校生になってまたぶり返されたとか?」

思いつくままに訊いた。ぶり返されたのではない、おそらく同じ高校に進学したこの甲斐浩二が広めたのだ。

「それで不登校になったとか?」相沢がなかなか核心をついた質問をした。

「まぁ、そんな感じよ」少しおどおどして甲斐が答える。

「そんな感じって、甲斐さんが喋ったんでしょ」

「そや、わしが喋ったんよ」

彼は開き直るようにそう言い、パーマのかかった髪を掻《か》いた。

「どうして話したんですか」

「その娘《こ》がわしのこれやったけん」

小指を立てた。そういうことだったのかと合点がいった。児玉健太郎は高校に進学してからも、その女子に思いを寄せ続けた。だがその女子は甲斐浩二と交際した。遊び人風で、そこそこモテてもおかしくないこの男が、当時の児玉健太郎に彼女を獲《と》られると心配していたとは思えないが、手を出すなという意味もあって悪評を広めた可能性はある。

「みんなに言ったということは、彼が意図的に刺したという根拠があったのですか」

隣から相沢が強い口調で確認した。

「根拠なんてありゃせんよ。さっきも言うたろ。わしが入った時には血出てたって」

「それなら彼女さんがそう言ってたとか？」

「さぁ、どげんじゃったけ」

「言ってないのに話したんですか」

「じゃけど健太郎のカッターの刃が当たったのは事実やけん」

相沢の視線から隠れるように、甲斐はポケットから新しい煙草を出し火をつけた。

少しくらい後ろ暗さは持っているのかと思ったが、煙草をふかしている彼の表情に、反省の色は見られなかった。

エピソード２　ミソジニー

1

このコロコロを引いて旅行に行くのが私は大好きだったのに……。

相沢千里《あいざわちさと》はマンションの外廊下で愛用しているキャリーケースを引きながらつぶやいた。

まるで足が鎖《くさり》を引きずっているように重たい。行きは一時間半で到着したのに、午後一時に宮崎発の便に乗った帰りは、逆風で飛行時間がかかるうえ、到着機の混雑でなかなか羽田空港に着陸できず、三時間もかかった。そこから電車を乗り継いで三軒《さんげん》茶屋《ぢやや》のマンションに戻った時には日が暮《く》れていた。

鍵を回してドアを開けると、中から玉ねぎを炒《いた》めた甘い匂いが漂《ただよ》ってきた。安田勝《やすだしよう》伍《ご》がエプロン姿で出てきた。

「おかえり、千里」

「あれ、勝伍、今日会社は？」

「有給取ったんだよ、プランニングが一段落ついたから」

「そうだったんだ。だったら知らせてくれたらよかったのに」

「驚かせようと思ったんだよ。それより出張お疲れさま」二重《ふたえ》のくっきりした目で見つめられてからハグされた。

千里より二歳上、三十一歳の勝伍は、大手商社の菱田《ひしだ》物産で働いている。一年半前、千里が働いていたオンライン旅行専門の旅行会社のサイトで、菱田物産のランニングサークルのホノルルマラソン旅行を取り上げることになり、企画部にいた千里は同行した。そのサークルのまとめ役が勝伍だった。ツアーには女子社員も多く参加し、仕事の忙しさで三ヵ月も美容院に行けなかった千里が引け目を感じるほど可愛い子がたくさんいた。みんな闊達《かったつ》でリーダーシップのある勝伍が目当てのように感じたが、勝伍はマラソンで三時間四十分という自己記録を更新した夜、千里をホテルのプールサイドに呼び出した。そこで「男にうつつを抜かしているうちの会社の女子より、仕事に集中しているあなたがキレイだと思った。帰国したら付き合ってほしい」——これってなにかのドッキリ？　と思ったほど、大胆な告白をされた。

真剣な勝伍に、彼氏がしばらくいなかった千里が断る理由はなかった。しばらくして千里のマンションが更新時期を迎えた時から、このマンションで同棲を始めた。すいすいと物事が進んでいくことに千里は戸惑いながらも、友人からは「すごい玉《たま》の輿《こし》だね」と、もはや死語のフレーズで羨《うらや》ましがられる。実際その通りだと思う。自分のどこを勝伍が気に入ったのか、一年一緒に住んでも理解できない。

「千里が疲れてると思ってハンバーグを作ったんだ。クックパッドで一番美味しそうなレシピ探したんだけど、さて味はどうかな……」

「美味しいに決まってるよ。匂いで分かるよ」

千里が鼻を動かすと、勝伍は喜んでいた。出張した恋人のために、有給を取り、料理をして待ってるなんて、相当、難易度の高いサプライズではないか。勝伍のおかげで旅の疲れもすべて吹っ飛んだ。

すべてにおいて高スペックな彼氏だと千里も思う。それでも勝伍が『ラブセレ』に出演しても、児玉健太郎ほど話題になることはなかっただろう。

自分の純情さをテレビで告白し、それで女性たちを惹きつけている児玉健太郎はただでさえ謎多き男だが、宮崎で取材したことで、得体の知れなさに拍車がかかった。

その原因が中学の時、彼がカッターナイフで好きな女性を傷つけたという証言である。昨日、今日と、なぜそれが問題にならなかったのか、不動と二人で地元の人に訊いて回った。

——あれって甲斐浩二のフカシやろ？

嘘だと決めつけた高校の同級生もいた。

中学の同級生からは「ケガしたけどかすり傷だったんじゃなかったっけ？」と言われたから、騒ぎになって女子生徒が保健室に行ったのは事実のようだ。喫茶店で休憩中、千里はコーヒーを飲みながら当時の様子を想像した。前の席に座っている女子が振り向いただけで、カッターナイフが刺さることなどあるだろうか。それより女子はなぜ振り向いたのだろうか。カッターナイフを持った児玉健太郎が女子に呼びかけた映像が浮かび、体がブルッと震えた。

——相沢さん、どうしたの？

不動に気づかれ、そう訊かれた。

——いえ、昨日の晩に見た夢を思い出して。

——相沢さんでも怖い夢を見るんだ。

——見ますよ、なんだと思ってるんですか。

――アドベンチャーな夢とか見るのかなと思って。だって相沢さん、人に知られてない場所に旅行に行くのが好きだし。

――好きですけど、大人になってアドベンチャーな夢を見る人なんていませんよ。冗談を言い合ったおかげで、恐怖心は消えたが、それからも「私って先端恐怖症だったか？」と自分を疑うほど、自分の真後ろに常にナイフの先が向けられているような、気持ち悪さが拭えないでいる。


千里が、オールドタイムズに転職したのは、前の会社によく顔を出していた東亜イブニングの大八木に誘われたからだ。

勝伍の会社のサークルのツアーに参加したように、前の会社ではいろんな場所に行き、サイトに紹介記事を書いた。そのほとんどは、親会社の旅行会社が新たに売り出したツアーや、航空会社の新路線のタイアップ記事で、魅力が乏しい場所でもクライアントの意向に沿って面白く書かなくてはならなかった。

だが大八木の要望は違った。

――相沢さんが行きたい場所に行って、みんなが行きたくなる記事を書いて、今まで俺たちがヨイショして、拝《おが》み倒してどうにか広告をもらっていたクライアントの方から、おたくのサイトは面白いから出稿したいと言ってくるような記事を書いてほしいんだよ。

自分のセンスが認められたようで嬉しくなり、転職を決めた。

オールドタイムズに入ってからは担当する『週7そとめし』の編集の傍ら、沖縄《おきなわ》の赤瓦《あかがわら》の民家が佇《たたず》む渡名喜島《となきじま》と、流氷《りゅうひょう》が見える知床《しれとこ》に行き、ルポを書いて『食う寝るダラける』でアップした。いずれも数日後には観光サイトのリンクが付いた。リンクくらいではたいした収入にはならないが、会社に貢献したという達成感があった。

来月は一人で、電波が通じにくいと言われている沖縄の離島に行き、スマホを持たずに一日過ごす「圏外旅行」を密《ひそ》かに企画していたが、とてもそれを言い出す雰囲気ではなくなった。なんとなく大八木に調子よく乗せられた気がしないでもないが、恨むなら不動の方だ。不動が児玉健太郎を調べると言い出さなければ、そして「せっかくウェブニュースに来たんだから、色々な取材を経験しておいた方がいい」と千里を巻き込まなければ、慣れない対人取材で疲れ果てることもなかった。そして突如として湧き上がった先端恐怖症疑惑に悩まされることもなかった。

勝伍のハンバーグは、初めて作ったとは思えないほど、ナイフで切った途端に肉汁が溢れ出てきて、とても美味しかった。そのことは一口目から何度も褒めたが、勝伍は嬉しそうな顔をしながらも、「レシピ通りに作っただけだよ」と謙遜《けんそん》している。

「そんなことより、宮崎はどうだったの？」

「初日は寒かったけど、昨日と今日はコートが要らないほど暖かかったよ」

「他は？」

「うなぎと牡蠣《かき》、釜《かま》揚《あ》げうどんが名物なんだって。そんなこと、初めて知ったよ」

「へえ、そうなんだ、あとは？」

「一番の名物はチキン南蛮《なんばん》なのかな。だって、どこ行っても幟《のぼり》が立ってたから」

「食べ物の話ばかりだね。他にないの？」

それまで笑って聞いていた勝伍が真顔になり、「例えばその不動とかいうおっさんに迫られて嫌な思いをしたとか？」と訊いてきた。

「そんなわけないじゃん。ホテルも別だし、私は女性専用フロアを予約したし」

きっと心配するだろうと、勝伍にはあらかじめ『女性専用フロア』と出た予約サイトの確認メールを転送している。

「でも今時、男女で出張って、なしでしょ？」

「勝伍だって部下の女子社員と出張に行くじゃん」

「俺はリストラされたおっさんとは違うし」

「一応、その人、退職金から出資してんだよ。新聞記者としては結構名前が知れていたみたいだし」

「四十六にもなって独り者なんだろ。女に飢えてんだろうし」

彼は不動のことをギラギラした中年男性だと思い込んでいて、千里がセクハラされるのを警戒している。そういえば行く前から、やたらと「気をつけて」「なにが起きるか分からないからね」と念を押された。

「ねえ、ご飯はどうしたの？　まさかその上司と二人きりではないよね？」

「世話をしてくれた前田さんも一緒だったよ。メールした『イスバス』の元選手だった人」

一日目は前田も一緒だったが、昨日は不動と二人、嘘はつきたくなかったが、心配はされたくないのでそう言っておく。

連れていかれたのは煙がもうもうと立つ古い焼鳥屋だった。一般的な串刺しの焼鳥ではなく、表面が真っ黒なのに中はレア気味の骨付きのモモ焼きが、銀皿に一本、でんと置かれた。

——もしかしてこれを囓《かじ》って食べろって言うんですか？

――そうだよ、こういうのは豪快に食うのがいいんだ。頼めばナイフで切って、骨から外してくれるけど、そうすると骨の周りの一番美味しい部分が食べられなくなるからさ。

不動は骨付き肉にかぶり付く。仕方なく千里も、紙ナプキンが巻かれた骨を手に持ち、歯に挟んで肉を引き千切った。弾力のあるコリコリした鶏肉で、東京で食べる鶏肉とは食感からして違った。真っ黒なのに焦げた匂いはせず、香ばしく、嚙めば嚙むほど味が出た。

――旨《うま》いだろ、相沢さん。次はこれをつけてみ。味変《あじへん》するから。

テーブルの柚子胡椒《ゆずこしよう》を差し出された。塩味の効いたモモ焼きに、辛みが足される。食べ終わった後にナプキンで口を拭くと、紙が真っ黒になっていたが、相手が不動だから気にしなかった。

千里が、一本を食べ終えた時には、不動は二本目を注文していた。

――相沢さんも二本目、行けるだろ？　今度はニンニク味がいいぞ。さっきの塩とは全然違うんだ。

――食べれませんよ、二本も……。

一度は断ったが、不動の頼んだ二本目のニンニク味があまりにいい匂いがするため、「鶏はヘルシーだしいいか」と自分に言い聞かせて注文した。塩味とはまた違って、それも予想していた以上の美味だった。

――不動さんってグルメなんじゃないですか？

二本目を食べながら、千里は尋ねた。

――グルメじゃないなんて一度も言ったことはないじゃない？　俺はネットで他人が美味しいと言ってる店に行ってまで、一人飯をしようと思わないだけだよ。

――つまり奥さんがいた時は、美味しいお店を食べ歩いてたってことですか？

訊きづらいことも酔っぱらってきたので気にせず質問できた。

――食べにも行ったし、いい食材を買って家で作ったこともあるよ。だけど相沢さん、俺の場合、籍を入れてたわけではないので、正式には奥さんではないんだけどね。

そこから先は焼酎《しょうちゅう》のお代わりを頼み、不動が三年一緒に暮らした女性について訊いた。全国紙のやり手の政治記者だった彼女は、マスコミ業界に他にも元カレがいたそうだ。聞きながら『ラブセレ』に出演する、これまでの女性の恋愛観にとらわれない、自由で積極的な女性たちと重なった。

――彼女は元カレたちとは一年くらいしか持たなかったんだよ。だから俺が付き合った時も、たかだかタブロイド紙の不動優作が、全国紙の政治記者相手に一年持つかって、業界内で賭けが始まったんだ。だけど全員が一年以内で終わる方に賭けて、その賭けは成立しなかったんだよ。

——じゃあ、不動さんが「一年以上持つ」方に賭けとけば良かったじゃないですか。

——そうなんだよなぁ。三年以上持ったんだもんなぁ。だけど正直、俺も自信なかったし、最後は振られたわけだからね。みんなからはやっぱりなって言われたし。

——その人、結構な魔性の女だったんですね。

——魔性の女じゃなく、美魔女と言ってくれよ。まっ、どっちでもいいか。まだ未練を持っているのかと思ったが、そうでもなさそうだった。

——でも別れたのって、彼女が海外特派員になったからですよね？　別れるのを心配していたなら、どうしてそこで行くなって引き止めなかったんですか？

——それは止められないだろう。彼女は特派員になりたくて記者になったんだよ。その夢を俺の都合で止めたら申し訳ないじゃない。

——それで後悔してんでしょ？

——それはまったく別の話だよ。相手に後悔させたまま一緒に暮らす方が、よっぽど後悔になる。

その話を聞いた時には相当酔いが回っていた千里は、「案外いいこと言うじゃないですか、不動さん」と思い切り背中を叩いた。不動はつんのめって、手に持っていた焼酎をこぼしかけた。

——だけど本音を言うなら、まさかアメリカで、日本人駐在員と付き合うとは思わなかったけどね。ヤギからは『だから言わんこっちゃない、カッコつけてねえで籍を入れときゃ踏みとどまれたのに』と言われたけど、うちの奥さん、一度思ったら一直線に突き進む性格だから、入籍してても関係なかったよ。あっ、奥さんといっても籍は入れてなかったから、正確に言うなら奥さんではないんだけどね。

——大丈夫です。三年も一緒に暮らしたのなら、もう充分、不動さんの奥さんです。

いちいち断りを入れてくるのが面倒なのでそう言った。

不動は帰る頃には呂律《ろれつ》が回らないほどグダグダに酔っていた。それでも自分の分は支払おうとする千里を「いいんだよ」と制し、「じゃあ、相沢さん、お疲れ」と振り向かずに手だけ挙げ、客待ちしていたタクシーに一人で乗って帰った。よくテレビで見かける新橋《しんばし》の酔っ払いサラリーマンそのものだったが、この人、すごく楽しんで生きているなと思った。そう感じた理由の一つは、不動が魔性の女である元妻を、男だからとか女だからとか関係なく、すごくリスペクトしているのが伝わってきたことも、きっと大きい。

ご飯を作ってくれたので、後片付けは千里がした。シンクの中の食器をすべて洗い終え、ガス台も拭いておく。勝伍はご飯を作って満足げだが、台所は汚し放題。結局、一番面倒な仕事は千里がやらなくてはならない。

キッチンペーパーはあっという間に真っ黒になった。その時、ダイニングテーブルでスマホを弄っていた勝伍が、リモコンを取ってテレビをつけた。ザッピングしてニュース番組で止める。

そのニュース番組は幼女虐待死で同棲男性とともに逮捕され、一審で有罪判決を受けた母親が、二審で「男性から暴力を受けていた被害者だった」と逆転無罪になったことを取り上げていた。

嫌な予感がした千里は、「私お風呂入ってくるね」と勝伍が準備してくれた風呂に入ろうと寝室から着替えを取り、脱衣場に行って服を脱いでいった。すごく急いだのに、間に合わなかった。

「この裁判官、なに言ってんだよ。子供が殺されてんだぞ。母親なんだから子供を守るのが役目だろうよ、有罪にしろよ……」

聞きたくなかった声がダイニングから漏れてきた。

2

切通《きりとおし》あすみは美容師らしく、ショートボブの髪を根元から完璧に金髪にブリーチしていて、ワイドパンツが似合う女性だった。

だが彼女は吉祥寺《きちじょうじ》の喫茶店に入ってきた時から、千里とも不動とも視線も合わせてこなかった。警戒するのも無理はない。いきなりオールドタイムズという彼女からしたら聞いたことのないウェブサイトの会社から連絡が来て、「宮崎にいた時のことで話を聞きたい」と言われたのだ。

彼女こそ、中学生の時、児玉健太郎の出したカッターナイフでケガをしたという女性である。そのことを教えてくれたのは元カレの甲斐浩二だった。

——事故か事件かを知りたかったら、あすみに聞きゃいいよ。あすみは今は東京で美容師やっちょる。切通あすみで検索したら、いろいろ出てくっから。

甲斐浩二は、彼女の個人情報までぺらぺらと話した。その情報を元にこうして本人に会っているのだから、自分たちに彼を非難する資格はないのだが。

千里が検索すると、ヘアーカットのコンクールで入賞した記事が出てきた。「切通」という珍しい姓のおかげで、フェイスブックの彼女個人のページも見つかったので、不動の指示で、千里が連絡を取った。

もっとも不動も彼女の心の傷を心配していて、この喫茶店に着く前も「相沢さん中心で会話を進めてほしいけど、カッターナイフの件は向こうから喋らない限りは、訊かなくていいからね」と言われている。

頼んだ紅茶に切通あすみが口をつけた。ティーカップに橙色《だいだいいろ》のルージュがつく。

生返事程度だった彼女がそこで初めて会話をした。

「あたしのこと、浩二が喋ったんでしょ？」

「いえ、そういうわけでは……」

千里は、宮崎で不動がしたようにネタ元を隠すために返事を濁した。

「それなら徹平？　あいつらしか考えられないから隠さなくていいよ」

「どうしてそう思われるのですか？」

動揺を見せないように聞き返す。

「あいつら好き勝手言ってたでしょ。二人とも超いい加減で、デリカシーの欠片《かけら》もない男だから」

二人とも取材を受けたことを面白がっていたように感じた。だからと言って取材経験のない千里には、ここで切通あすみの不満に付き合う余裕はなく、頭の中で決めた順番通りに質問していくしかない。

質問を始めようとしたところで、先に彼女が言った。

「浩二から、あたしと付き合っていたことを聞いたんでしょ?」

「誰からとは言えないですけど、そんな噂はちらっと聞きました」

甲斐浩二からは「あすみは俺と付き合ったことを隠したりせんから大丈夫やけん」と言われている。だが彼女にはあまりいい思い出ではなさそうだ。

「付き合っていたというより適当に遊ばれたんだよ。ヤツ、二股掛けてたから」

彼女はそこでポーチからアイコスを出し「吸っていい?」と許可を取る。千里は「どうぞ」と手で促した。

「恥の搔き捨てついでに言っとくけど、徹平とも付き合ったよ。あいつもロクなもんじゃなかったけど。あたしも昔は真面目じゃなかったし、田舎《いなか》だと男の選択肢は少なくなるから、どうしてもそうなっちゃうんだよね。いいよ、笑ってくれても」

口角を上げ、口から蒸気を出す。

「笑いませんよ。私も男運、そんなによくなかったですし、自己中男ばっかりだったし」

そうとりなしたが、初めて会った千里が話したところで慰めにもならず、会話は一《いっ》旦《たん》止まった。

「嫌な記憶を思い出させてしまいすみません」

千里は頭を下げた。心の底から申し訳なく思った。本当に嫌な仕事だ。

「そっちはあたしのことより、児玉健太郎のことを調べるためにここに来たんでしょ」

「テレビで活躍されているのはご存じでした？」

彼女からそう言ってくれたことで、やっと想定通りの質問に戻れた。美容師ならファッション誌やその手のウェブ記事も読むだろうから、知らないはずはないと思っていた。

「そりゃあれだけ話題になったらね」

「放送は見てらっしゃったのですか」

「たまたま一回目にテレビをつけたら、健太郎が出てて、びっくりしたけど」

自分に淡い思いを抱いていた男性だからか。それともカッターでケガをさせられた同級生だからか。

「肝心の二回目は、飲み会行ってたから見てなかったんだけど」

千里が聞き返せずにいると、隣から不動が「肝心のと言いますと」と助けてくれた。

「二回目が『神回』扱いされてるじゃない。健太郎が童貞告白して」

結構な声で「童貞告白」と言われて、周りが気になったが、他の客は関心がなさそうだ。

「切通さんは、二回目の内容をいつ知ったのですか」千里は彼女が一本目のアイコスを吸い終えたのを待ってから訊いた。

「翌朝、スマホ見てたらネットニュースに出てて、ユーチューブにあがってたから見たんだよ。すぐに削除されたけど」

「見て、どう思いましたか？」

「急にモテ始めてたね。他の二人がいかにもオレ様キャラだから、余計に健太郎の爽やかさが際立ったんじゃないの？」

「他の二人ってそんなでしたっけ？」

「医者はあの日サロ焼けがどうにかなんないかなって思ったし、元サッカー選手も言うことはちゃんとしてるんだけど、リングからネックレスまでクロムハーツだらけだったし」

千里も他の二人は見かけの格好良さの割に、魅力を感じなかった。テレビを見た時は気づかなかったが、なるほど、そういう理由のせいかもしれない。

「率直に切通さんから見て、児玉健太郎さんは昔と比べてどうでしたか？」

「カッコ良くなってたよ。あなたはどう見えた？」逆に質問された。

「私にはすごく純粋に感じましたけど」

「どのあたりが」

「澄んだ瞳とか」

言いながら薄い感想だなと自分でも呆れてしまうが、のめり込んで見ていたわけではないのでそれくらいしか出てこない。彼女も「確かにいい目してたね。人生の成功者がしてそうなギラつきはなかったけど、真剣さは伝わってきた」と言った。

彼女が悪く言わないことに安堵して、千里は頼んだレモンティーに口をつけた。これまでの感触だと、中学の事件は、彼女の中では偶発的な事故で終わっているようだ。

「記者さんたち、健太郎が本当に女性と付き合ったことがないのかを知りたくて来たんでしょ？」

千里が紅茶に口をつけた時に、唐突に彼女から振られ、「え、はい、そうです」と返事をしてから、急いでティーカップを置いたせいで紅茶をこぼした。

「すみません」

彼女の方まで流れていきそうだったので慌てておしぼりで拭く。笑い声が聞こえた。自分の姿が新米記者のようで滑稽《こっけい》に見えるのだろうと思ったが、笑い声が言葉に変わった。

「違うよ」

「えっ、なにが違うんですか」

「だって、あたし、健太郎と付き合ったから」

次のアイコスを出しながら、彼女はそう言った。想像もしていない言葉が出てきたことに頭が混乱し、なにを訊けばいいのか真っ白になる。代わって不動が「付き合ったって、いつですか」と質問する。

「高校を出て二年くらい経った二十一歳から三年くらいかな」

「本当ですか」不動が確認すると、彼女は返事をすることなく、アイコスを咥《くわ》え、少し視線を遠くに向けた。

「あたしもいろんな男と付き合って、浩二や徹平みたいなチャラい男もずいぶん見て、あの頃、ちょっと弱ってたんだよね。美容師もまだ見習いで、シャンプーばっかりやらされて手荒れで嫌になってたし。そんな時に自分のことをずっと好きでいてくれた健太郎のことを思い出して、年賀状を出したんだよ」

「年賀状ですか」

彼女のスタイリッシュな雰囲気と一致せずに千里は聞き返したが、「メアドも知らないし、それくらいしか連絡手段がないじゃん？」と笑われる。

「それでどうなったんですか？」不動が訊く。

「年賀状の返事が来て、あたしがメアドを書いてたから、健太郎も書いてきて。それであたしからメールして、一度会おうってことになったわけ。といってもあたしは宮崎市内の店で働いてたし、健太郎は地元だったから最初は月に一、二度会うくらいだったけど。そのうち家まで帰るのが面倒くさいだろうと思って、『こっちで一緒に住む？』って訊いたの」

話が急展開で進んでいくことについていけなくなる。

「で、一緒に住んだんですか」

「健太郎も住みたいって言うから。それで二年半近く、宮崎市内のあたしが借りてた1DKのマンションにパソコンと洋服だけ持って転がり込んできて」

「二年半も同棲してたってことは、もちろん……」

不動の質問が途中で途絶えた。千里もじりじりして聞いていたが、だからといって同性の自分でも訊けない内容だった。

「体の関係でしょ？　もちろんあったよ。だから童貞ではないってことだね」

戸惑っている千里たちを気にすることなく、切通あすみは赤裸々《せきらら》に告白した。

「ということはテレビの設定は全部嘘ってことになりますよね」不動が確認する。

「そうなるね。それまで女性と経験がなかったのは事実だけど、あたし相手に初体験したわけだから嘘になるね。健太郎が自分から言ったのか、テレビ局から言わされたかは知らないけど」

彼女はそこでアイコスを口にし、ため息混じりの蒸気を吐いた。

児玉健太郎は二十一歳だった二〇一三年の八月から、二十四歳になった二〇一六年の一月まで二年五ヵ月間、切通あすみと同棲していた。そうなると彼が番組で、高校からアプリを開発して上京した二十四歳まで引きこもりだったと語ったことも真実味に欠ける。切通あすみの話では、児玉は彼女が出勤中も部屋でパソコンを弄って、独学でプログラミングを勉強していて、外出は滅多にしなかったという。とはいえ恋人と同棲していた人間を、引きこもりとは言わないだろう。彼は女性経験以外の過去でも、テレビで嘘をついていたことになる。

「彼がバイトなどをしていなかったということは、家賃や生活費は全部切通さんが出していたのですか」そのことは不動が確認した。

「違うよ。ネット経由でホームページの制作の依頼を受けていて、なんだかんだであたしより収入はあったから」

のちにアプリを開発して、大金を得るのだ。そういった才能はすでにあったのだろう。

「高校の同級生は不登校になったと話していましたがあれは本当ですか？」

不動が高校時代に話を巻き戻した。

彼女の眉根が寄り、鼻の頭に皺《しわ》が入った。だが厳しい顔になったのはわずかで、彼女はほとんど残っていないミルクティーを飲み、そして笑いながら言った。

「中学の時のことも、当然、浩二たちは喋ったよね？」

なぜか千里の顔を見て、彼女はそう言った。迷ったものの、ここで知らないとごまかしたら、ここまで話してくれた彼女を裏切るような気がして、「誰からとは言えないのですが、少しだけ聞いてます」と認めた。

「なんて言ってた？」

「それは……」

「切通さんがケガをした。そのことが高校で、児玉健太郎さんが故意にケガをさせたと噂になって、彼が一時不登校になったということまでです」隣から不動が説明した。

「あたしが、それは違うと言ってあげればよかったんだけどね。その時はあたしも浩二のツレだったから、あいつを否定することを言えなくてさ」

そう言いながら上着を脱ぎ、長袖のニットをまくり上げて右の二の腕を見せてくれた。たしかにうっすらとケロイド状になった傷がある。

「卒業後に児玉さんに連絡を取ったことにそのことは関係してますか？　つまりあの時のことを謝りたかったとか」

「そういう思いもあったかな」

「では事故だったんですね」不動が訊いた時には、てっきりそうなのだろうと千里は思っていた。でなければ彼女が付き合うはずがない。ところが彼女は「それがよく覚えてないんだよね」と焦げ茶のアイブローで描いた眉の間に皺を寄せた。

「どういうことですか」

「あたしが振り向いたからカッターナイフが腕に当たったのは事実なんだけど、自分がなんで振り向いたのか覚えてないし」

「児玉さんから声をかけられたとか？」

「それとも肩を叩かれて呼ばれたとか？」

千里、不動と続けて質問する。だが彼女の答えは「記憶にないんだな、これが」だった。

それからしばらく沈黙が続き、不動が「もし違ってたらすみません」と断りを入れてから尋ねた。

「二年半、同棲していたのに別れたのは、切通さんの記憶に、あの事故の恐怖が残っていたからではないですか？　あるいはなにかのきっかけで思い出したとか？」

千里も同じことを思った。なにも児玉健太郎がDVをしていたとは考えていない。そんな男なら今の児玉を「カッコ良くなってた」「いい目してた」などとは話さないだろう。だが二人が別れたことには、なにか理由があるように思えてならない。

「恐怖かぁ……」彼女はそう呟いて考え込んだ。だがすぐに「中学の時のケガは偶然だよ」と答えた。

「さっき、中学の時のことは記憶にないって言ってたじゃないですか？」

「わざとだと疑ったら、その段階で同棲を解消してるよ。だって怖いじゃん」

「そうですね。児玉さんはどうでした？　偶然の事故とはいえ、あなたを傷つけた申し訳なさのようなものはありましたか」

「どうだろ。なかったんじゃないかな。別れ話をした時もすんなりだったし」

「どうして別れたのですか」

「それは、まぁね」彼女は虚《うつ》ろな目でしばらく考え込み、無意識に次のアイコスを出しかけるが、そこでスマホを見て「あっ、ごめん、仕事に間に合わなくなる」と席を立つ。千里はお礼を言って連絡先を教えてもらえないか訊いた。

「いいよ。なにか訊きたいことがあったら連絡して」彼女の方からＬＩＮＥ交換を提案してきて、千里がＱＲコードを読み取ると喫茶店を出ていった。

最後は笑顔だったが、ケガは偶然だと言った直前、少し考え込んでいた時の瞳には怯《おび》えのようなものが宿っていた……千里はそう感じた。

3

その晩、食事を作ったのは千里だった。勝伍が好物の明太《めんたい》パスタにしたのに、彼は無口で不機嫌だった。夕方から臨時の編集会議があって帰りが彼より遅くなったからだ。

勝伍は、千里が仕事をすることには反対していないが、記者の仕事には賛成していない。転職も、東亜イブニングの広告部次長から新会社に誘われたと言ったのに、勝手に勘違いして、「あんな下流の人間が読む新聞、女のやる仕事じゃないだろ」と反対した。

タブロイド紙は女性が主な読者ではないが、記者をやってはいけないことはないだろう。東亜イブニングに入るわけでもないのに、その時は結構熱くなって反論した。気分を害するのは分かっているので、この日切通あすみに取材したことは話していない。

臨時の編集会議ではそのほかにも各社員から報告があった。「週刊ウーマン」出身の畑によると、週刊誌の記者の中にも「あの番組は胡散臭《うさんくさ》い」とやらせ疑惑を口にする者が出ているそうだ。

頭の中では会議の内容が思い浮かんできて、いろいろ考えてしまうのだが、そうやって黙ってしまうと勝伍はますます機嫌が悪くなるので、話題を考え千里から話しかけた。

「ねえ、勝伍のお母さん、教会通いしてるって言ってたけど、きっかけはなんだったの」

山梨《やまなし》に住む彼の母親は、毎週日曜に教会に通っている。確か結婚してからと聞いたが、高校も短大もミッション系というわけではないらしい。

「よく知らないよ。親父も『毎週、毎週、家族の食事の支度も放り出してよく礼拝にいくよ』って呆れてるから」

そういう文句を聞きたかったわけではない。宗教になにを求めているのか、中には懺悔《ざんげ》のような理由で通う者もいるのか、それを知りたかっただけなのに……。

切通あすみと別れた後、不動が「あっ、あのこと聞き忘れた」と児玉健太郎が本当にクリスチャンなのか気にしていたことを思い出し、千里が教えてもらったＬＩＮＥに連絡した。

《それは本当だよ。健太郎は一緒に住んでる時も、毎週、教会通ってたから》

　彼女はすぐにそう返事をくれた。この日の編集会議でもそのことが話題に出た。中島は事前に児玉の自宅のある下北沢周辺の教会に行ったらしい。神父からは「信者さん個人についてはお話しできません」と拒否されたが、教会の修復を手伝っていたボランティアの人が「テレビで言ってたことは本当ですよ。今は日曜は収録で来てないけど、前は毎週来てました」と答えてくれたという。

　児玉健太郎が教会に通うのは、中学で切通あすみにケガを負わせたことへの懺悔ではと、千里は感じ始めている。ただし教会に行くほど彼女に申し訳ないことをしたと悔やんでいるとしたら、テレビでなぜ誰とも付き合ったことがないと嘘を言ったのか、今度はそこに食い違いが生じるが。

「うちの母さんの場合、すがるものが欲しかっただけなんだよ。新婚の頃、親父は仕事で休みの日も出っ放しだったみたいだし、姉貴が小さい頃、体弱くて大変だったから……女って、すぐ何かにすがりたくなるじゃない」

　また始まったと千里はうんざりする。

「どうして、勝伍はそこでいつも女はって簡単にまとめるのかなぁ？」不満が伝わるように、わざと肩を落とし、ため息を漏らす。

「パワースポットとか神社参りとかも好きなのはだいたい女じゃない」

「男性だって好きな人はいるでしょ？」

「女ほどじゃないよ。千里は好きだけど、俺は全然興味ないし」

態度で示しても、勝伍に伝わらないのはいつものことだ。確かにそういった場所は女性の方が好きかもしれない。旅行会社では女性客を目当てにパワースポット特集を企画したが、読者ターゲットが男性のオールドタイムズでは、提案したこともない。だからといってそれが「女性だから」とか「女はすがりたくなる」と言われると、我慢できなくなる。

千里はけっしてフェミニストぶるつもりはなかった。結婚しても仕事を続けるつもりだが、子供が生まれて育児が大変になったり、転勤で夫婦のどちらかが仕事を辞めなくてはいけないとしたら、自分が辞めてもいいと思っている。それは大好きな人がどうしてもその仕事を続けたいと思っているからであって、彼の方が優秀だからとか、給与がいいからとか、ましてや仕事は男がするものであって、女は無理してまで働くことはないということでは絶対ない。

こうして感じる違和感を、勝伍にうまく伝えられないでいる。最初のうちは一緒に暮らしていれば、そのうち角が取れてきて自然と通じ合うと思っていたが、一年同棲してますます嚙み合わなくなってきた。一番酷《ひど》かったのは、オールドタイムズのサイトを立ち上げて間もない三ヵ月ほど前、二十二歳のシングルマザーが幼い子供を置いてパート先に忘れ物を取りに行ったところ、つけっぱなしのストーブから洗濯物に引火し、子供が焼死したというニュースが流れた時だった。

「馬鹿だな。後先考えないで子供なんか作るからだよ」

勝伍はそう言って母親を責めた。

「それって女性だけの責任なの？　責任をまっとうしていない父親にも非はあるんじゃないの」

千里は聞き流すことができず突っかかった。そういった議論になる時の勝伍は、目を剝いて、畳みかけるように話してくる。

「産んだのは女じゃん。男が産むなと止めても女が産むと言えばどうしようもないし、男が産んでほしくても産みたくないと言われた子供は生まれないわけだし」

「私はそんなことを言ってるんじゃないよ」

「俺は相手の男どうこうではなくて、自分のお腹を痛めて産んだ子なんだから、もっと自分が責任持てよと言ってるだけなんだよ」

違うのよ。私が言っているのは……あの夜は顔も見たくなくなり、早く寝て、翌日も会議と言って朝食を食べずに出社した。

それ以来、普段のなにげない会話にまで勝伍の女性を蔑視する考え方が含まれていると感じるようになった。菱田物産で仕事ができると評価されている勝伍は、よく仕事や会社の話をする。そういう時は必ず有能な上司や同僚の名前を出し、自分はそのグループに入っていると強調するのだが、そこに出てくるのは全員が男性で、女性は出てこない。

「勝伍の会社に男の人と同じくらいバリバリ働いている女性はいないの？」

そう尋ねたこともある。

「いなくはないけど、女は産休育休を取って休みに入るから、一番働かなきゃいけない時に使えないんだよ」彼はそう言い、「独身は独身で、なんか腐《くさ》ってるし」と続けた。「女は感情的だから論理的な俺たちのビジネスには向いてないんだよね」と千里が女性であることを気にせず平然と喋った。

その時も千里は反論したが、勝伍は引かず、「だったら言うけど、千里はすぐにそれは自分にはできないとか言うじゃんか。仕事にそういう甘えは通用しないんだよ。会社にとって従業員とは大事な資産だけど、資産というからには会社に利益を還元しないといけないんだよ……」と長々と諭され、結局、もう面倒くさくなって千里は引き下がった。そりゃ、今回の記者の仕事や体力的に無理なものはできないと言ってしまう、それを言うなら勝伍だって「俺には経理とか細かい仕事は無理」と平気で口にするではないか。

勝伍の中の仕事への自尊心は、エリート男子たちの絆《きずな》を強調することで確立されているようだ。それは仕事だけではない。普段のニュースなどを見て女性が取り上げられると、加害者であろうが被害者であろうが、その女性が経営者だろうが、国会議員だろうが、見下して愚弄《ぐろう》する。今のところ千里を直接的に批判はしないが、それは、今の彼は、自分の支配下に千里がいると思っているからに過ぎない。もし千里から別れを切りだそうものなら、勝伍はきっとこう言うだろう。こんないい条件の男と付き合えたのに、自分から別れるなんて千里は頭、大丈夫か、と。

急に息苦しくなった。周りからは羨ましがられるのに、肝心の自分は、心に爪を立てられるようで、落ち着かないのはなぜだろうか。それまで自分のことを考えていたのに、頭の中が急に切通あすみの不安げな表情に切り替わった。もしや彼女もそうではないのか。一見優しい彼氏がした何かに心を傷つけられた、それが別れた原因ではないか。そう考えたら居ても立っても居られなくなり、勝伍に「ちょっと仕事するから」と告げ、スマホを持って寝室に向かった。

「ちょっと、千里、家に帰ってまで仕事しなくていいだろ?」

勝伍の文句は聞こえたが、扉を閉めてＬＩＮＥの画面を開いた。

4

翌日の土曜日は休みだったが、日曜は不動から連絡があり、児玉健太郎への直接取材に向けた会議のため、出勤することになった。

化粧をしていると勝伍に止められた。

「千里はゴシップ記者じゃないんだから行く必要はないだろ？」

「うちは記者とか編集者とかじゃなくて、会長を入れて七人の小さな会社なんだよ。それに会議をするのに、ゴシップだからどうとか関係ないでしょ？」

相当な剣幕《けんまく》で怒ったことに少しはまずいと思ったようだ。

「日曜日だよ。俺ら土日しか一緒にいられないじゃん。今日は千里が見たいと言ってた映画行こうよ。俺も急に見たくなったんだ」

手を握って機嫌を取ってくる。

「勝伍だって休日に出かけることがあるでしょ。先週は仲間から頼まれたって会社に出かけたし、研修や飲み会に行くこともあるし、ゴルフにだって行くし」

「それは俺にとってもプラスになるからだよ。だけど今日の千里は違うだろ」

その言葉で最後の糸がブチッと切れた。

「プラスになるかどうかなんて、勝手に決めないでよ。もう、私に口出ししないで」

手を無理矢理解《ほど》き、千里は家を出た。


会議には会長の庵野も出席していた。愛用のヘッドマッサージャーも被らず、この日は最初から真剣な顔で社員の報告を聞いている。同じ二十代の千里から見ても、変わり者でつかみどころがないと感じるが、日曜日の会議にまで出てくるのだから、新たな取り組みを成功させたいという思いはあるのだろう。

「動画ニュースをやってくださいと言いましたが、まさか皆さんがフェイクニュースに狙いを絞るとは。僕もラブセレは毎週楽しみに見てますが、あの児玉健太郎くんが嘘をついているなんて夢にも思いませんでした。皆さん、素晴らしいです」

庵野は拍手《はくしゅ》してここまで取材した社員たちを称えた。

「私も所詮《しょせん》はバラエティーだし、世間から人権侵害だと訴えられるのではないかと気にしてましたが、聞いているうちに詐欺に遭ったような気がしてきましたよ」

あれだけ反対していたのに大八木は「みんな、反対して悪かった」と机に両手をつき、頭を下げて謝った。こういう潔《いさぎよ》いところが、この社長のいいところである。

「週刊誌がテレビ番組をやらせと報じて終了させたこともありますものね。うちがサイトに流すことでラブセレは打ち切りになるかもしれませんね」

「そうですよ、会長。そして我がオールドタイムズが日本中のニュースサイトのトップに掲載され、一躍有名になるんです。いいなぁ、フェイクニュース、最高」

大八木は小躍りするが、フェイクニュースをやりたいと言い出した不動が「まだ最後の直撃取材ができていません。児玉健太郎が認めないことには、このニュースは成立しませんから」と浮かれた空気を引き締めた。

「だけど、不動。元カノは交際を認めたんだろ？」

「だけど、彼女に告発する意思はないんだよ」

「そうなのか、相沢さん」大八木に訊かれた。

「はい、昨日ＬＩＮＥしたら《私からは非難したくない。嘘をついたのが悪いと思ってるのなら、それは健太郎が自分で話すべき》と返信がきました」

「なんとか元カノを説得できないのか？」

「無理です」千里は断った。動画ニュースに出演すれば、たとえモザイクをかけても、ネットや他のメディアに探し出されるだろう。嫌がる彼女を巻き込むわけにはいかない。

　そこで不動が一旦、話を戻し、この数日間、各社員が集めてきた情報を整理した。

　千里が休んだ土曜日も他の社員は働いていて、中島と茂木は番組のプロデューサーやディレクターを直撃したようだ。ディレクターは「ロケで児玉さんが発言するまで恋愛経験がないとは知らなかった」と言い、プロデューサーは「うちはきちんと本人たちの申告に基づいて番組を作っている」と言い張ったという。

「そんな取材をしたら、関係者から児玉健太郎に連絡がいって、明日の突撃取材のガードが堅くなるんじゃないか」

　大八木は心配したが、不動は「この取材は、最後は児玉健太郎の良心に問いかけるしかないから、事前に自分は取材されていると知った方がいいんだよ」とプロデューサーらへの取材は間違っていないと主張した。

「プロデューサーは過去にゴールデンで高視聴率バラエティーを作った人なんです。初回がイマイチだったから二回目でちょっと無茶をしたのかもしれません」

　茂木が前職の制作会社の社員から聞いた話では、番組のトップは早くもシーズン２の人選に入っていて、ゴールデンタイムに移行できないか局の編成に掛け合っているそうだ。シーズン２は男女それぞれに交際経験のない出演者を入れるなど、構想を練っているという噂も出ているとか。

「ナカジと茂木は、児玉健太郎主導ではなく、番組主導のやらせという考えなのか」

大八木は中島と茂木に聞いたのだが、畑が「童貞告白は番組のDも知らなかったんですから、プロデューサーの独断説が有力ですよ」と知ったか振りな口調で割り込んでくる。

「その決めつけは禁物だよ。俺たちのターゲットはあくまでも児玉健太郎だ。テレビ局にそう言えと命じられたとしても、この嘘が世に出て非難されるのは児玉だ」

「そうですね。不動さん、もう児玉本人にぶつけるしかないわけだから、どう質問すれば彼が話すのか、それを考えましょう」

児玉健太郎を追跡していた中島が、そう言ってから、彼の普段の行動を説明した。

平日の彼はテレビで放送された通り、毎朝八時に下北沢のマンションを出て、折り畳み式自転車で代々木のオフィスに向かう。仕事が終わるのは六時、夜遊びすることなく、自転車で自宅に戻る。自宅には友人が来ることもない。誰かと一緒に住んでいる様子もないという。

一昨日の金曜日だけは、キャリーケースを持ってタクシーで出勤した。それはロケ地に移動しなくてはならないからで、退勤後はタクシーで羽田まで移動したそうだ。

中島はJALの四国、中国、九州、沖縄方面の搭乗口がある南ウイングの手荷物検査場まで追跡した。七時十分だったそうだ。

「那覇《なは》行きの最終便が七時四十分ですから、ロケ先は沖縄じゃないですか」

畑がスマホを手にして言った。前回は北海道のスキーリゾートだった。旅行好きの千里には羨ましいが、今回はプロデューサーからメディアが取材していることを聞かされるだろうから、児玉健太郎は不安な気持ちで過ごしているのではないか。

「日曜の夜にいつもの『また来週、再会しましょう、See You〜』と別れを惜しむシーンを撮って、基本は翌日の朝に東京に戻ってくるそうです」

茂木が言ったので、不動は「そうなると取材するのは、明日の夕方がいいかな」と話す。

「で、誰が当てるよ」と大八木。

「動画もお願いしますね」庵野が念押しする。

「分かってます。最初なので俺とナカジが訊いて、カメラはもっくん、大丈夫だよな」不動が茂木に確認した。

「バッチリです。最新鋭のハンディムービーを買いましたから」

「不動さん、児玉健太郎に嘘をついていることを認めさせるには、私たちが切通あすみさんに会って真実を聞いたことまで、伝えなきゃいけないですよね」

千里が懸念していることを言った。

「相沢さんは、彼女が東京にいることを児玉に伝えることが危険だと言いたいんだろ？」

「はい、そうです」

そのことも彼女に尋ねた。別れてからは連絡を取っておらず、彼女が東京に出てきたことも、児玉健太郎は知らないだろうという。まだ児玉が彼女に未練があるかは分からないが、不用意に居場所を伝えるわけにはいかない。

「大丈夫だよ、相沢さん、そうなることも考えて、一応準備はしておいたから」

どんな準備か想像はつかなかったが、そこは取材経験豊富な不動に任せることにした。

会議中にもかかわらず、この日の千里は机に置いたスマホに手を伸ばし、触ってはLINEの着信を確認する。会社に来て送ったメッセージは、まだ既読になっていない。

「児玉にすべてを話させることが第一弾。それが番組主導だと判明すれば、次にプロデューサーにぶつけるのが第二弾になりますね」

中島が声を弾ませる。他の社員も明るい表情をしていたが、不動だけは違っていた。

「どうしたんだよ、不動」大八木も気づいた。

「俺が今、一番知りたいのは、児玉健太郎が番組で嘘をついた理由ではないんだよな」

「じゃあなんだって言うんだよ」

「彼が中学の時に好きだった子をカッターナイフで傷つけたのが本当に事故だったのか、俺はそっちを知りたいよ」

「おいおい、不動、なにを言い出すんだよ」

「ヤギはそう思わないか。事故ではなく、自分の意思でナイフを向けた、つまり刺そうとしたのなら、彼は二年半も自分が犯した罪と葛藤しながら、同棲してたことになるんだぞ」

「もしかして不動さんは中学の事件が、二人の別れた原因になってると思ってるんですか。切通さんにもそう訊いてましたよね」

「相沢さんだってそう思ってるんじゃないの？」

スマホを触ろうとしていたところでそう言われ、手を引っ込める。

「なんとなくですけど」

そう言ってごまかした。確かに切通あすみがなにかに恐怖を抱いているようには感じた。だがなにか根拠があるわけではない、すると中島が不動に話を振った。

「不動さんは『二人は後に付き合ったのだから、中学での出来事は故意ではなかった』と決めつけることに反対なんでしょ？　東亜イブニングでもみんながそうだと思い込むと、反対のことを言ってましたよね」

「それはあるよ。みんなが当たりだと安心して思考停止になった時に、人間というのは隙が生じるんだよ。偽情報はそこに入り込んできて、人々を誤った方向に扇動《せんどう》するわけだから」

「それってジャーナリストとしてとても大切な考えですけど、それは彼がなぜテレビで嘘の告白をしたのかという、今回の取材の論点からはズレてますよ」

「そうだぞ、不動。万が一、児玉に『刺しました』と告白されたところで、十年以上前の出来事で、それも事件化もされていない」大八木が注意した。

「それでもこのフェイクがなぜ生まれたのか、うちの動画ニュースを見た人は、次にはその疑問が生まれるわけだから」

不動が力説したが、庵野が釘《くぎ》を刺す。

「不動さん、今回はカメラが回ってるんです。そのことを質問した途端に、映像が公開できなくなることを忘れないでくださいね」

そう言われた不動は「分かりましたよ」と不服そうに言いながらも了解した。そこでスマホが鳴った。何人かが自分かとポケットからスマホを出して確認する。

「あっ、僕でした」電話に出たのは畑だった。席に座ったまま耳に当て、「その情報、本当ですか？」と大声を出した。

「どうした、畑、なにがあった」

不動が訊く。電話を切ってから畑が答える。

「僕が前にいた週刊ウーマンの知り合いからです。週刊時報が児玉を探ってるみたいです」

「まじかよ」不動だけでなく大八木や中島も声をあげる。週刊時報は一番スクープの多いメディアで、この手のやらせを暴く記事も過去に多く報じてきた。

「週刊時報の締め切りっていつでしたっけ？」茂木が聞くと、畑は「火曜の昼が最終締め切りのはず」と答える。

「だったら明日、児玉健太郎のマンションでうちと鉢合わせする可能性はあるな」

「いいえ、大八木社長、週刊時報はまだ取材を始めたばかりだから、当てるとしても火曜日じゃないかと言ってました」畑が言う。

「言ってましたって、誰が言ってんだよ」

「だから週刊ウーマンの人です」

「その週刊ウーマンは大丈夫なのか」

「断っておきますが、その人は僕のネタを横取りするような人ではありません」

普段は人を食った言い方をする畑が、真剣に言い返す。

「分かった、分かった。その人に感謝しなくてはいけないな。だけど週刊時報のことだからすぐに全貌を摑むかもしれないぞ」

不動がぎすぎすした場を鎮《しず》めた。

「では今日はこのへんで解散にしましょう。みなさん。明日が勝負なので今日はしっかり休んでください。お疲れさまでした」

庵野がそう言うと、大八木が「みんな、オールドタイムズ最初のフェイクニューススクープだぞ、動画ニュースのタイトルも考えなきゃな。頑張ってくれ」と発破をかけ、社員たちが立ち上がった。千里はもう一度スマホを確認した。ＬＩＮＥの表示は変わらず、切通あすみは千里が《昨日の最後の質問、あやふやでもいいのでなにか思いついたら知らせてください》と送ったメッセージをまだ読んでいない。日曜で美容院が忙しいのだろう。そう諦めて腰を上げた時、《既読》に変わった。すぐにメッセージが来て《記者さんの質問、やっと答えが出たかも》と書いてあった。

「ちょっと皆さん、待ってください」

千里は左手を上げて声をあげた。

「どうしたんだよ、相沢さん」

千里は返事もせずに、《その答えを教えてくれませんか》と書き込んでいくが、文字では答えづらいだろうと《これから会えませんか。仕事終わりで構いません》に変えて送る。

数秒のうちに《いいよ。今日は6時にはあがれるから、2時間後なら》ときた。

「不動さん、これからもう一度、切通さんのところに行ってきてもいいですか」

「新しい事実でも判明したのか。だったら俺も行くけど」

「いいえ、今日は私一人で行かせてください。私でなければ訊けないと思いますので」

急にそんなことを言い出した千里に、不動だけでなく全員が驚いていた。

5

マンションの前でタクシーが停止した。黒のダウンで、下に着たパーカーのフードを被った男が降り、トランクから引き出したキャリーケースのハンドルを引っ張り出す。午後六時、ロケ先から今朝帰ってきて会社に直行した児玉健太郎が、仕事を終えて自宅に戻ってきた。

「さぁ、いよいよだぞ」

五階建てのマンションのエントランスで待っていた千里の横で、不動が気合を入れた。茂木がハンディムービーを構える。

「相沢さん、落ち着いてな」

「はい」

取材班の一人は中島の予定だったが、今日になって、千里が希望して変更になった。不動と相談して想定問答を作り、トイレの鏡に向かって何度も質問を予行演習した。

エントランスの自動ドアに向かいながら、不動はショルダーバッグから帰りの宮崎空港で買っておいたものが入った袋を出した。

「不動さん、それ、どうするんですか」

「まぁ、いいから」

児玉が自動ドアの前に立つ千里と不動、もう一人の茂木がハンディムービーで自分を撮影していることに顔色を変える。

「オールドタイムズの相沢と言います。ラブ・セレブリティで児玉さんが話された内容について聞かせてください」

千里が名刺を出すと、不動も「編集長の不動です」と名刺を出し、カメラを構える茂木も「茂木です」と口頭で挨拶した。

「取材でしたらテレビ局の広報を通していただけますか」

児玉は名刺を受け取らずにそう答えた。事前にプロデューサーからそう対応するよう命じられているのだろう。

エントランスの自動ドアからオートロックのガラス扉まで五メートルほどしかない。オートロックの中に入られたらそれ以上追いかけられないため、千里は不動から教わった通り、行く手を遮るように彼の前に立って質問した。

「児玉さんがテレビで誰とも付き合ったことがないと話していたこと、あれは嘘ですよね」

　直球の質問に、児玉健太郎の瞳が揺れた。優しい顔をしているが、背が高いため、怖さはある。カッターの刃が女子生徒の腕に当てられている映像が脳裏に浮かんだ。

「我々は児玉さんの学生の頃の友人にも話を聞いてきました」

　その質問も無視だった。千里を避けるように横をすり抜け、ポケットから鍵を出し、それをオートロックの鍵穴に差し込む。

　このままではなにも聞けずに終わる。千里は彼の後ろから「私は、児玉さんが二十一歳の時からお付き合いした女性に会ってきました。彼女、二年半もの間、児玉さんと同棲したことも話してくれました」と言った。

　児玉の動きが止まった。だが彼が真っ先に見たのは不動が持っていた袋だった。

「これお土産です、児玉さんはいい思い出ばかりではないでしょうけど」

　不動が日向夏の入った袋を差し出すと、児玉は思わずというふうに受け取った。準備はしておいたと言ったのはこういうことだったのか。この話の流れで土産を渡せば彼女は宮崎にいると勘違いするかもしれない。

　袋を持って固まっている児玉健太郎に、千里は今がチャンスだと喋り続けた。

「彼女は番組を見てましたよ。一緒に生活していた頃よりずいぶん変わった。カッコ良かった。他の二人と比べても、健太郎の爽やかさが際立ってた。女子が夢中になるのも当然だと話してました」

今でも気があるように勘違いされないよう言葉を選んでそう言った。さらに「児玉さんって彼女と一緒に暮らしていた時、すでにプログラミングで収入を得ていたそうですね。彼女は、独学で勉強したのだからすごい。全部、児玉さんの努力だと感心してましたよ」と早口で、だが彼女の気持ちがきちんと伝わるように話し続けた。

いくら切通あすみの話をしても、児玉がすでに彼女への興味を失っていれば意味はない。止まっていた児玉の手が動き、鍵を回した。オートロックが解除され、ガラス扉が開く。ダメか——落胆しかけたが、彼の足は一歩も動かなかった。開いた扉がゆっくりと閉まっていく。

「彼女、番組の中身について、なんて言ってましたか？」

硬い表情だったが、彼は千里の目を見て、そう尋ねた。

6

部屋は番組で見た通り、ＩＴ経営者とは思えないほど質素《しっそ》だった。千里が住んでいる三軒茶屋のマンションの方が家賃は高そうな気がする。

テレビとパソコン、それと座布団代わりとなるクッションがいくつか置いてある八畳ほどあるフローリングのリビングに、児玉健太郎は体育座りをしている。児玉の前で、千里と不動はクッションに正座した。茂木だけはリビングの端からハンディムービーを回している。撮影は部屋に入る前、改めて児玉に許可を取った。

「児玉さんと同棲していたことは自分から話してくれましたけど、だからといってテレビのことを非難はしていなかったです。自分が仕事のストレスをぶつけて、喧嘩ばかりだったことは申し訳なかったと。健太郎はいつも『口が悪い』って注意してくれたけど、それなのに直そうとしなくて、健太郎を傷つけてたと反省していました」

カメラが回っているとあって、千里はあすみの名前を出さないよう注意して話す。

「彼女、僕がテレビで嘘をついた理由も分かってたんじゃないですか」

この時点で童貞ではないと認めたようなものだ。

「そうですね。児玉さんから純愛を押しつけられているように感じたと言ってました。だから今回のテレビも、あの時に戻ろうとしているんじゃないかって」

《やっと答えが出たかも》と返事をくれたのに、二人で会った昨日、彼女はうまく話せないでいた。だが千里が前日に質問していた《別れたのは児玉健太郎さんのことが怖くなったからではないですか》の問いに関しては一生懸命説明してくれた。

――中学の時にケガをしたのがもし故意だったら、自分はとんでもない人間と一緒に暮らしていると想像したことはあったよ。でもその疑念はすぐに消えた。健太郎はそんなことをする人間じゃないって。でも記者さんが言うように恐怖のようなものは消えなかったんだよね。

――恐怖が消えなかったのは、児玉さんから抑圧されていると感じたからではないですか。

彼女はそこで口角を上げた。

――さすがだね、記者さん。健太郎は「自分は一途だった、なのにあすみは他の男とも付き合ってきただろ」ってずっと言ってた。それがあたしには、純愛を押しつけられてるように感じて、だんだんしんどくなったんだよ。

千里が思っていた通りだった。昔から片思いをしてくれていた児玉健太郎に付き合おうと誘った切通あすみと、自分には釣り合わないと思っている勝伍から告白された千里とでは、立場は真逆だ。だけども優秀な相手から無理やり劣等感のようなものを抱かされ、いつしか支配されている感覚に陥《おちい》る……そこに息苦しさを感じたのは同じだった。

「純愛の押しつけですか……彼女はそう言ったんですね」

千里の説明に、児玉健太郎は小声で復唱した。

「実際はどうですか？　児玉さんの中にそうした感覚はありましたか？」不動が尋ねる。

「意識したことはないですが、自分は彼女と違って純粋だという気持ちはあったかもしれません。いえ、ありました。だから番組でも、自分は女性と付き合ったことがない、性体験がないと告白したわけですし」

「あの告白は事前にスタッフと打ち合わせしたわけではないのですか？」

「引きこもりというエピソードはオーディションの時から言ってましたけど、撮影が始まると、それだけではみんなが僕に関心を寄せてくれてない気がして……それで二回目に告白したんです。そうしたら撮影現場の空気まで変わりました。ロケ後にプロデューサーに呼ばれ、『本当に童貞なの？』って確認されましたが、『はい』と嘘を重ねてしまいました」

「テレビ局主導ではなかったんですね」

「テレビはまったく関係ありません。ただ自分が思っていた以上に反響があり、取材が殺到していると聞いてからは、いつかバレるという不安に襲われました」

「どうしてバレると思ったのですか。あなたは彼女以外にも付き合った女性がいたのですか」

「付き合ったのは彼女一人だけです」

「それならどうして？」

「やっぱり嘘だからです。僕はあるものをないとテレビカメラの前で話したんです。そんな嘘、すぐにバレます」

彼はしばらく視線を泳がせさらに続ける。「だけど中学の頃から好きだった女性とやっと付き合えたのに、その事実までなかったことにしたわけですから。彼女を落胆させ、悲しませたのかもしれません。テレビを見てくれた人もそうですが、彼女に申し訳ないことをしました」

告白する姿を茂木が近づいてアップで撮影している。すべてを告白し、項垂《うなだ》れている今の方がテレビより本当の姿に見えた。

これだけ話せば充分だろう。カメラを回す茂木も、モニターから目を離して、そろそろいいでしょうと、不動に合図を送る。

「嘘をついたのはそれだけですか」

不動が別の質問をした。

「それだけって？」

膝を抱えた姿勢のまま、児玉は目だけを不動に向ける。

「テレビと言うより、彼女に対してです。他にあるのでしたら話してくれませんか」

「不動さん、ちょっと」

茂木がカメラを回しながら注意する。千里にも不動がなにを訊こうとしているのか分かった。中学でのカッターナイフ事件のことだ。

「児玉さん、僕は今回の取材中、そんなに好きだった彼女と、あなたがなぜ簡単に別れたのかが一番気になり、その理由が知りたくなりました。彼女が別れたのはあなたの想いを重荷に感じたからだとしても、あなたが身を引いた理由が私には理解できません。過去にあったことが関係してるんじゃないですか」

あれほど庵野と大八木から忠告されていたにもかかわらず、不動は訊いた。

「それは……」児玉は言い淀《よど》む。頭の中で彼の答えが見えた千里は「いいんです。児玉さん、無理に答えなくても」と止めた。

「やめましょうよ、その話は訊かないって、会社で約束したじゃないですか」と茂木も注意する。それでも不動は「昔から好きだったのなら、もっと必死に繋ぎ止めるものじゃないですか」としつこく質問を重ねる。

「あすみはそのことをなんて言ってましたか？　当然あすみからも聞いたんですよね」

ついに実名を出し、千里の顔を見た。これまでカメラの前で気を配って発言していたのに、気が動転したのだろう。やはりナイフのことだと分かっている。

「あれは事故ではなかったのですか？」不動が尋ねる。

「事故ではないです。あの頃、僕はみんなから悪口を言われていたんです。その悪口が聞こえた時、その輪の中に好きだったあすみの顔が見えたんです。そんな時、教室で二人きりになりました。自分がカッターナイフを出したらあすみはどうなるかっておかしな気が湧いて、気が付いたらナイフをあすみの腕に近づけていました。気配を感じたあすみが振り向いた時、僕もナイフを前に出していました」

前に出した？　いや刺したのだ。

「そうしたらあすみの腕に当たり、制服のブラウスは破れ、血が滲《にじ》んでいました。僕は咄嗟《とっさ》に『大丈夫？』って介抱しようとしましたが、あすみはなにが起きたのか分からない顔をしてて……騒ぎになって初めて、とんでもないことをしたのだとパニックになりました」

ついに答えてしまった。予想はしていたが、改めて本人から告白されると、本当に冷たいカッターナイフを体に押し当てられたかのように全身が凍える。

「でも先生には『カッターを持っていたところに女子生徒が振り向き、たまたまナイフに当たった』と話したのですね？」

不動の質問に児玉は涙声で返事にならず、ただ頷《うなず》いた。手の甲で洟《はな》を啜《すす》る。

「テレビで女性と付き合ったことがないと言ったのも、その事件が関係しているのではないですか」

千里も児玉がなんと答えるのか、その目をじっと見る。

「あすみの腕の傷跡を見るたびに、自分はとんでもないことをした、もっと大事《おおごと》になって、警察に通報されて捕まっていたかもしれない、そう思うと怖くなって体の震えが止まらなくなりました。その気持ちは別れてからもずっと消えませんでした。そのうちあすみのことを記憶から消せば、自分の心の中に湧き起こった中学の時の激情からも解放されるのではないか、そんな都合のいい考えをするようになったんです」

ぼそぼそした声だったが、耳にはしっかり届いた。やはりそうだった。ケガを負わせた過去を忘れるために、テレビで嘘の告白をしたのだ。

「これであなたがどうしてテレビで虚偽の自分を作ったのかすべて分かりました」

「すみません。いえ、これはあすみに言うべきことですね。でもあすみは僕なんかと会いたくないでしょうけど」

「本当に彼女に申し訳ないと思っているのなら、番組の中で真実を伝えるべきですよ。中学の話ではありませんよ。テレビで嘘をついたことです。私たちは今日聞いたことは報じませんので」

不動の言葉に千里は耳を疑った。「報じないって、どういうつもりですか」茂木もモニターから目を離して、そう言った。

「だって今の話を流せば、事故だと思っている切通さんにまで、伝わってしまうだろ」

「最後の部分はカットして、編集すればいいじゃないですか」

「編集なんてしたら、リアリティーがなくなる、やるならノーカットだよ。うちが暴こうとしているフェイクニュースは、元来、誰かが意図的に流したものなんだから、この報道を事実と思わせたいという企《たくら》みのようなものが入った段階で、結局同じになる。それは視聴者に誠実じゃない」

「番組で告白したら、ラブセレの視聴率が上がるだけですよ」

「いいじゃないか。元々はテレビから始まったものだし」

「それでいいんですか、そちらは？」

児玉からも心配された。それなのに不動は「うちのスタッフにとっても、最大の謎が解明できたのですから、これでいいんです」と答えている。

「うちがやらなくても、次のロケまでに週刊時報に書かれますよ」と茂木はまだ諦めていなかった。千里だって同じだ。宮崎まで行ったのに……。

「それならそれで構わないさ」そう答えて不動が千里を見た。「ほら」と顎《あご》で催促される。「せっかく聞いたんだから伝えておいた方がいいんじゃないの？」

動画ニュースで流すのなら言わないつもりだったが、ボツにするのなら隠す必要もないだろう。千里は児玉の顔を見つめた。

「あすみさんは、今でもカッターナイフの件は偶然の事故だと思ってます。そういうことを考えたことはあるけど、すぐに消えた。健太郎はそんなことをする人間じゃないって」

「嘘だ、あすみは気づいてましたよ、だって……」彼はそこで口を噤《つぐ》んだ。

「はい、一緒に暮らしていて、恐怖を感じたことはあると言っていました」

「ほら、やっぱり」児玉は言ったが、千里は首を左右に振った。

「それは児玉さんに日常生活を注意されたり、考え方を押しつけられたりした時です。美容院の同僚男性と飲みに行ったり、お客さんから誘われた話をすると、児玉さんは明らかに不快な顔になり、しばらく口を利いてくれなかった。疚《やま》しいことはないと言っても、『俺はあすみしか女は知らない。だけどあすみは違うだろ？』と言われ、『あすみはもっと自分を大切にした方がいい』『また昔みたいなクズ男としか付き合えなくなるよ』と注意してきたって。何度も言われているうちにあすみさん、自分はいつも健太郎さんに否定されてると感じ始めたそうです」

彼女の話は千里にとっても他人事ではなかった。自分が責められているうちに、自信を失う、自分はこの相手にふさわしくない、そんなことまで思うようになっていく……。

「あすみさん、別れてからは、自分は自分なのだから、それまでの人生を他人に否定される筋合いはなく、後ろめたさを感じる必要はないと気づいたそうです。ただ自分が苦しく感じたことを、あの時、児玉さんにきちんと伝えて、正面からぶつかるべきだったと悔やんでました」

彼が顔を上げた。彼女が去ったのが中学の事件より、当時の児玉自身に原因があることを知らされたのが、なによりもショックだったに違いない。

「あすみさん、健太郎がテレビで嘘をついているうちは、相手にまた同じ苦しみを与えてしまう。だから自分の口で嘘だと告白してほしい。そうしないとまた同じことを繰り返し、健太郎は誰と付き合っても幸せになれないって話していました」

「そうですか。あすみは僕のことを心配してくれているんですね」

「あすみさん、健太郎とはいいことも悪いこともあったけど、健太郎と出会っていなければ、美容師の仕事も長続きしなかった。だからあたしは感謝してるし、これからも健太郎を応援するって」

児玉健太郎は瞬《まばた》きもせず、千里の顔をじっと見ていた。彼の目に映っている女性は自分ではないようだ。瞳が滲み、涙が頬をこぼれる。彼は両手で目を覆った。

エピソード3　親衛隊

1

きみは心の中でこう思ってるんだろ？　あなたが言ってる人間味なんて、僕には全部きれいごとに聞こえますって……。

畑佑人《はたゆうと》はかつて目の前に座る本人から、心のつぶやきを読まれたことがある。

十年前だから、まだ二十七歳の時だ。あの頃の佑人はなにに対しても斜に構え、行動しないくせに意見だけ言う「口先人間」だった。

中途入社した第壱社《だいいちしや》で、女性週刊誌「週刊ウーマン」に配属された時、新編集長になったのが、今、目の前に座る荒木田篤利《あらきたあつとし》だった。当時の荒木田はテレビに多数出演し、落ち着いた風貌と、よく通る声、柔らかい口調で適確な発言をすることから、名前を音読みしてヘンリーさん、もしくは「ジェントルマン・ヘンリー」と呼ばれ、コメンテーターとしてとくに女性に人気があった。

社内でも部下から「ヘンリーさん」と慕われた荒木田は、売り上げが低迷していた雑誌の立て直しに乗り出した。取り上げる内容はタレントや俳優のゴシップ等、他の女性週刊誌と同じなのだが、荒木田は記事のインパクトより、読み応えのある中身を求めた。「スキャンダルの事実だけで満足してはいけない。取材というのは事実を知ってから始まるんだよ。もっと人間味を掘り下げなさい」それが荒木田の口癖だった。

荒木田の手腕で部数減を抑えていたが、近年の出版大不況はどうすることもできず、荒木田は一年半前、編集長から更迭された。

だが新しい編集長になっても業績は悪くなる一方で、無理な飛ばし記事が増えた。仕事にやりがいを感じなくなった佑人は、一年前に退職願を出し、ネットの求人サイトで見つけたオールドタイムズに転職したのだった。

その荒木田が二ヵ月前に編集長に復帰した。ところが雑誌を再建する間もなく、先週号をもって週刊ウーマンは廃刊した。原因はここ数年急激に注目されるようになった女性准教授からの記事への抗議だった。廃刊に落胆している荒木田を少しでも励まそうと、佑人は今、荒木田が贔屓《ひいき》にしている会社近くの喫茶店まで会いに来たのだった。

「創刊六十年近い週刊ウーマンが、一人の准教授から抗議を受けたくらいでなくなってしまうとは思ってもいませんでしたよ。第壱社にメディアとしてのプライドはないんですかね」

昔、社内でアイデアに詰まった時、荒木田に勧められたナポリタンを食べながら、佑人はそう言った。

「会社を責めたらかわいそうだよ。今回の抗議がなくても、遅かれ早かれ週刊ウーマンは終わってたと思うよ」

テレビで過激な意見を言うコメンテーターを諭す時のように、荒木田は言った。

「この後どうするつもりですか」

「自分よりスタッフだよ。うちは下の子も大学を出て自立したけど、編集部には小さな子供のいるフリーランスの記者もいるから」

「その気配りが、いかにもヘンリーさんらしいですね」

「畑がすでに新しい会社に移ってくれていたおかげで、一人分、楽になったけどな」

「僕は有能な編集者ではなかったですから、今も残ってたら最後まで行き先が見つからず、ヘンリーさんに迷惑をかけたと思いますよ」

「そんなことはないさ。きみはゴシップ取材でも、遠くから眺めて書くのではなく、取材対象の気持ちに入り込んで取材していたよ」

「それはヘンリーさんに煩く言われて、何度も取材し直したからですよ」

「編集部の中でも、畑はとくに扱いづらかったけどな」

「僕が腐ってた時、ヘンリーさんにこの店に呼ばれましたね」

佑人にとって第壱社は、大卒五年目にして四度目の転職先だった。最難関の帝都《ていと》大学卒という学歴のおかげで、都市銀行に入り、その後も保険会社、外資系コンサルと転職で困ることはなかった。だがどこも長続きしなかった。自分から溶け込もうとせず、冷めた目で仲間を見ていたからだ。

週刊ウーマンでも最初はそうだった。浮気や熱愛といったタレコミが入ると、みんな目の色を変えて張り込みに向かう。芸能人の尻を追いかける自分がみじめに感じ、ある時デスクに「こんなたいして有名でない役者とグラビアアイドルの浮気に、読者は興味ありますかね。手間と人件費がかかるだけじゃないですか」と不平を述べた。

その場でデスクにキレられ、佑人は編集部内で孤立した。一週間後、荒木田にこの喫茶店に呼び出されて、「きみは心の中でこう思ってるんだろ？　あなたが言ってる人間味なんて……」のセリフを言われたが、それでもなお佑人はふて腐れた態度を取った。だが続けて聞こえた言葉に、この人を信じてみようと考えを改め、それから約八年半、荒木田の部下として心を入れ替えて働いた。

思ったことをすぐに口にしてしまう性格は、その後も変わっていないが、みんなと同じように雑誌作りに没頭していくうちに、「畑の御託はジョークと思えば聞き流せる」とキャラが浸透するようになり、仲間との距離感も縮まった。

「編集部員の再就職先が決まったらヘンリーさんはどうしますか。すでにどこかの編集長に決まっているとか？」

「まさか。私はもう五十五歳だし、今さら雇ってくれる雑誌なんてないよ。その時はフリーライターで生きていくから、オールドタイムズで書かせてくれよ。『週7そとめし』でも『食う寝るダラける』でもなんでもやるぞ」

眼鏡の奥の垂れ目をさらに下げて言う。イケメンミドルの笑顔だが、無理やり作ったようで痛々しい。

「ヘンリーさんは外食なんて滅多にしないでしょ」

「そんなことないよ。私はせんべろ好きだし」

「フードコーディネイターの奥さんに毎晩手料理を作ってもらえる人が、千円でべろべろに酔える店が好きなんて言ったら、本物の酔っぱらいに叱られますよ。ヘンリーさんは仕事人間だから、ダラけて過ごすこともないし」

「オールドタイムズには『邁進!! 男塾』というコンテンツがあるだろ？ 私はナヨっと見えるだろうけど、こう見えて元空手部だぞ」

「うちの『男塾』はモテない男性でもそんなこと気にせず自由に生きるのがコンセプトなんです。リア充のジェントルマン・ヘンリーが記事を書いても、説得力はありません」

「私はそんないい人生を送ってないよ。振り返れば、人に迷惑をかけてばかりだったし」

これまでの人生の悔いを滲ませたように、目から生気が消えた。

「最近立ち上げた動画ニュースサイトが認知されるようになったら、そっちでお願いできるかもしれません。今は社員でやっていて、外部ライターを雇える予算はないのですが」

少しでも元気づけようと思いついたことを言う。荒木田なら、週に一本のスクープを目指すオールドタイムズの新コンテンツにふさわしいニュースを任せられるのではないか。

「私にはあんなニュースは無理だよ」

「うちの不動という編集長も考え方はヘンリーさんとよく似てます。不動さんはヘンリーさんほど部下を引っ張るリーダーではなく、思い立ったら自分で決めちゃうタイプなので、僕らも時々頭を抱えますけど」

「不動のエースだろ?」

「不動さんのことを知ってるんですか」

「新宿の飲み屋でみんなに弄られているのを目撃しただけだよ。たった七人のオールドタイムズの名前を、ツイッターでトレンド入りさせたんだから、評判通りの人なんだな」

「あれはたまたま運が良かっただけですよ」

荒木田が言ったトレンド入りとは、『ラブ・セレブリティ』の児玉健太郎の一件だ。不動の独断で、撮影した児玉の童貞告白が嘘だったという発言はボツになった。会社に戻ってきた不動に、大八木社長は「あれほど中学の話は聞くなと言ったのに……」と呆れていたし、佑人も「自分でやろうと言い出しておいてやめるなんて、不動さんは身勝手です」といつもの調子で文句を言った。

あの時は本当にやる方なかった。本人にぶつける前日、「週刊時報が動いているぞ」と佑人に連絡をくれたのが荒木田だった。だがその週の木曜日に報じた週刊時報も記事の扱いは小さく、たいして話題にもならなかった。

このままうやむやに消えるかと思った。それが二週間後の『ラブ・セレブリティ』の番組内で、児玉健太郎が出演者を集め、自分に過去に恋人がいて、その女性と性体験があったことを告白して状況が変わった。児玉健太郎は番組内で〈オールドタイムズというウェブニュースがすべて調べました。だけどオールドタイムズは『本当に元カノに申し訳ないと思っているのなら、番組の中で真実を伝えるべきです』と言って僕が話した動画を報じないでくれたんです〉と言った。その直後、オールドタイムズというワードがネットで急騰《きゅうとう》した。

「運が良かったと言うけど、きみたちが児玉健太郎くんが心を開くまできちんと取材したからこそ、彼はテレビでオールドタイムズの名前を出してくれたんじゃないのかな」

「同じことをまたやったところで、全員が児玉くんのように感謝してくれるわけではないですからね」

社内でも運が良かっただけだという意見がもっぱらだ。

動画ニュースは現在、『Ｒｅａｌ ｏｒ Ｆａｋｅ』というコーナー名となり、毎週金曜日の朝七時五十分に週に一本だけ流している。先々週は飲食店から小さい子供を連れての入店を断わられたとブログに書いた政治家が、地元では有名なクレーマーで、断わられたことじたい嘘だったこと。さらに先週は中学時代にいじめの加害者だったと書き込まれて引退した女性アイドルが、そんな事実はまったくなく、彼女をよく思わない数人が書いたフェイクニュースだったことを動画ニュースで配信した。

「オールドタイムズの『Ｒｅａｌ ｏｒ Ｆａｋｅ』がまたスクープ！」と注目され、ＰＶ数は伸びた。ただし政治家は地方議員だし、アイドルもそこまで有名ではない。

「それだったら高堂繭《たかどうまゆ》のスキャンダルでも探りましょうかね。日本中のネット民が夢中になるアイドル准教授がたとえば不倫してたとか……そんな事実を暴き出せば児玉健太郎以上の話題になること間違いなしでしょう」

実現不可能だと思いながらも、わざと明るく振る舞った。彼女こそ、週刊ウーマンを廃刊に追い込んだ社会学の准教授である。

対応に腐心した荒木田だけに「やめといた方がいい」と苦笑いされると思ったが、険しい顔のまま口を結んでいた。

「もしやヘンリーさんは、独自で高堂繭に仕返ししようとしているのではないですか」

直感的に思ったことを尋ねた。

「仕返しなんてしないよ。そういう感情で取材することが我々の一番してはならないことだろ」

「じゃあ泣き寝入りするってことですか」

「……畑には分かってほしい。週刊ウーマンは絶対にフェイクニュースは書いてない。それだけは本当だよ」

佑人の目をしっかり見て、荒木田はそう言った。

2

月曜日の編集会議で佑人が次のテーマを提案すると、社長の大八木が両手をあげて、そっくり返った。

「おいおい、俺たちまで高堂繭に喧嘩を売ろうと言うのか。畑の冗談は笑えんぞ」

「喧嘩を売るのではなく、高堂繭に関してフェイクがないか、それを調べるだけです」

これまで会議で佑人が積極的にプランを出したことはなかったため、全員が当惑していた。

「そんなことして、高堂繭が気に入らないことがまた出てきたらどうするんだよ。週刊ウーマンが高堂繭を批判する記事を書いた途端、彼女の親衛隊と言われるファンたちが一斉に第壱社のサイトにアクセスしてきたらしいじゃないか。第壱社は他の雑誌ページまでアクセス不能になったとか」大八木が言うと、庵野会長も「彼女のファン、マユリストって呼ばれて、ネット上にすごい数がいるんですよね。超大手の第壱社が廃刊を決めるまで追い込まれたんですから、うちが事実無根だと攻撃されたら、あっと言う間につぶされます」と顔を強張らせた。

「会長、僕は抗議されるような事実無根の内容を書くつもりはありません。事実を書くんですよ」

「畑先輩、そう熱くならないで。畑先輩が高堂繭級に弁が立つのは分かってますから」

後輩の茂木から茶々を入れられた。高堂繭は口だけでなく行動力もあり、帝都大から米国の有名大学に留学後に名門慶和《けいわ》大学で教鞭《きょうべん》をとり、八年前、三十一歳の若さで社会学部の准教授になった。ここ数年急にテレビでの討論会、コメンテーターに引っ張りだこになり、出す本は次々とベストセラーになっている。

彼女の人気が沸騰したのは、これまでの社会学者が言ってきたような万人ウケする意見ではなく、「そんな生温《なまぬる》いことを言ってるとあっという間に戦後まもない発展途上国に逆戻りですよ」と、討論相手が年配者や有名人相手だろうが、怯《ひる》むことなく発言をしてきたからだ。佑人は彼女のことは十年前、無名の頃から知っていて、講演を聞きに行ったこともある。

「だけど、あの美しい顔で強い言葉を吐かれると、なんとなく納得してしまうんだよな」

中島が口にすると、茂木が「大物の論客たちが、彼女に叱られると嬉しそうな顔をするんですよね」と言った。

「俺も彼女になら叱られたい」と大八木がふざける。いつの間にか論点がズレていった。

「相沢さんは彼女のこと、どう思う?」

佑人はこの日、髪の毛を明るいブラウンに染めてみんなをびっくりさせた相沢に話を振った。服装も今までスカートが多かったのがデニムになった。しかも膝のところがダメージ加工されていた。

「週刊ウーマンが高堂繭の怒りを買ったのは知ってましたけど、いったいなんて書いたんでしたっけ？」

外見は変わったが、これまで通りのクールな口調で逆に質問された。

「《民自《みんじ》党から出馬する可能性も!?》って「ビックリはてな」を付けて見出しにしたんだよ。テレビの仕事などを受けている彼女は立候補するとはひと言も言ってないんだけど」

「そりゃ怒るわ。出るつもりだったとしても本人が表明するまでは営業妨害だし」大八木が言った。立候補すれば中立を期すためにテレビ局は出演依頼を自粛するし、公示前でも噂があると収録番組などには呼ばれなくなる。

庵野も「見出しを曖昧《あいまい》にしたつもりでも、今は記事の一部が切り取られて拡散されてくわけですから」と高堂繭の味方をした。

「でも高堂繭が怒ったのはそのことではないんです。文中に彼女が昔、右派的な発言をしていたって書いた部分です」

「右派的？　彼女はリベラル派だよな？」

みんながパソコン持参の中、一人だけメモを取っている不動から質問された。

「本人はリベラルだと言っていますが、そうでないと言っている人もいます。実際、週刊ウーマンは《彼女が過去に右派ポピュリズム的な発言をしていたことに触れ、与党内には、擁立に慎重な意見もある》と書きました。ネット上のマユリストはそのことに『フェイクニュース』だと総攻撃をかけてきました」

「過去の発言ってどんな内容だったんだ」不動に訊かれる。記事にはそこまで詳しく書かれていなかったが、内容は荒木田から確認した。

「在留外国人に税金を使うべきではないとか、外国人犯罪者を日本に残すなとか、そういった排他《はいた》主義的な発言のようです」

「それが事実だとしたら、批判されて当然じゃないですか。彼女、テレビで自分は弱者の味方だって言ってるんですから」相沢が言う。

「高堂繭はそんな発言はしてないと言ってんだろ?」大八木に確認された。

「細かい内容一つ一つに反論はしていませんが、彼女は『すべてフェイクニュース』と言ってるわけですから同じことです。でも外国人ではないですけど、たとえばセクシャルマイノリティーが気を悪くするような発言を彼女がしているのは僕も聞いたことがありますから、排他的な発言をしていたのは間違いないです」

「それでも世のマユリストたちはそう受け取らなかったんだな。単に週刊ウーマンがフェイクニュースで高堂繭をいじめてると」

「そうです、不動さん。書き込みがさらに新しい書き込みを生み、中には『週刊ウーマンは高堂繭をレイシスト扱いした』というまったくの嘘の書き込みまで拡散していきました」

「いかにもネットにありがちな『切り取り』と『拡散』ですね。それだけで廃刊になったのは信じられないけど」相沢が小首を傾げた。

「そこが今回の問題点でもあるんだよね。マユリストたちは炎上させるだけでは満足せず、週刊ウーマンや第壱社が出版するあらゆる雑誌に出稿するクライアントに『第壱社に広告を出すな』『出したら商品の不買運動をするぞ』と抗議を呼び掛けた」佑人が答えた。

「そんなことをうちの会社にされたら大変ですね、大八木社長」中島が冗談交じりに言う。

「なっ、エグいだろ？　だから俺は反対してんだよ」大八木は両手で自分の大きな体を抱いて、身震いする振りをした。

「その取材した記者に話を聞けないのか？」

不動から訊かれた。

「僕もそのことを荒木田編集長に尋ねたのですが、書いた記者はネットに実名を晒されて、メンタルを壊したようです。今は心療内科に通っています」

佑人はその外部記者とは面識はないが、荒木田は優秀な記者だと話していた。

「取材した本人に話が聞けないとなると真相は藪《やぶ》の中ですね」

中島が両手を頭の後ろで組む。

「無理、無理。畑の説明では荒木田編集長が戻ってくる直前まで週刊ウーマンはろくに裏も取らずに記事にしてたんだろ」大八木が言う。

「そうですね。それで僕も辞めたので」

「だったら記者の質も下がってたんだろ。週刊ウーマンが嘘を書いたと考える方が正しいんじゃないのか」

「でも荒木田編集長は週刊ウーマンは絶対フェイクニュースは書いてないと言ってました」

話すうち、週刊ウーマンの仇《かたき》を取るのは難しいと思い始めた。第壱社には法務室もあり、弁護士とも顧問契約している。それなのに全面的に戦わなかった。

「面白いじゃないですか。やってみようよ」

こめかみにノック式のボールペンを当て、押したり引っこめたりしていた不動が突然、言い出した。

「またぁ、不動は天邪鬼《あまのじやく》なことを言う」大八木がすかさず止める。

「天邪鬼じゃないよ。俺は耳当たりのいい言葉にこそ眉に唾をつけて考えたいだけだ」

「おまえの耳にどう当たろうが、真実は真実なんだよ」

「みんなが信じてたことが、デタラメだったことなんて、過去にいくらでもある。人気の社会学者がフェイクニュースの被害者だと、彼女とそのファンたちが女性週刊誌を廃刊に追い込んだ。だけど実際の彼女らがフェイクニュースの加害者だとしたら、『Real or Fake』で取り上げるにはピッタリのテーマじゃないか」

「それは不動の推測だろ。おまえはいつも勝手に決めるが、児玉健太郎の件だって、奇跡的にうまくいっただけで、おまえの独断で会社はつぶれてたかもしれないんだからな」

「奇跡的は言い過ぎだろ」

「だったら不動は、児玉が番組でうちの名前を出してくれるって確信があったのかよ」

「あるわけないだろ。だけど相沢さんが元カノの美容師から、真に迫る告白を聞いてきたから」

「えっ、私のせいなんですか！」

相沢が声をあげた。

「いや、そういうわけではないんだけど……」相沢に睨まれ不動もしどろもどろになる。

「いいえ、今のは私のせいで、せっかく撮影した映像をボツにしたという言い方でした」

「相沢さん、不動は昔からこういうずるい男なんだよ、耳当たりのいいなんちゃらと格好つけたことを言ってみんなの気を惹こうとするけど、今のでよく分かったろ。東亜イブニングの頃から、自分のことを不動のエースと呼んで調子乗ってんだよ」

「俺から言ったことは一度もない。周りがからかって言ってくるだけだ」

話が逸《そ》れていったことに、佑人が「皆さん、話を戻しましょうよ」と両手で制した。「不動さんが言ったようにうちらしいテーマです。今のネットリンチには、被害者だと名乗った者が、結果的に加害者にトランスフォームしていることがたくさんあります。高堂繭がそうだとは言いませんが」

佑人が言うと、相沢が「私は彼女が、国境の壁の建設やEU加盟国の移民受け入れ拒否に、現状では排除も仕方がないと発言したのを聞いたことがあります」と話した。中島も「高堂繭って、言いたいことをズバッと言ってから、周りの反応を読んで修正するんだよね。それでなんとなく正論を言ってるように見えるだけで、俺は彼女が弱者の味方だとは一度も感じたことはないな」と不動側についた。

「社長、これで畑を含めて七人中、四人がやる気になったぞ。さぁどうする。ここは民主主義の会社だよな」

目に笑みを宿した不動が、大八木に迫る。

「俺が毎回、どんだけ苦労して広告を取ってきてるのか、みんなは全然理解してくれてねえんだから」そう文句を垂れ、「会長、どうします？　会長が反対するなら、独裁企業と言われようが、社長権限で却下しますけど」とコの字型に並べたテーブルの上座に、一人だけで座る庵野を横目で見た。

「ジャーナリズムに聖域なしが私の考えですので、とりあえずやってみましょうか。でも危ないと思った時は、大八木社長に迷惑をかけないためにも、撤退を頭に入れておいてくださいね。うちもいずれはサブスクに移行していきたいですけど、今は無料で、大八木社長が取ってくる広告収入だけが頼りですから」

積極的ではなかったが、成り行きを見ていた庵野も容認した。

3

翌日は、不動の愛車、やたらと騒音のする小型車に乗り、文京区《ぶんきょう》にある帝都大学にやってきた。不動が言うにはこういう小型で車体が軽くて、速く走る車を「ホットハッチ」と呼ぶらしい。ハンドルを握る不動から、車についていろいろ聞かされたが、ペーパードライバーの佑人はまともに相槌も打たなかった。大学の正門で車を停めてもらい「それでは行ってきます」とレーシングカーのような硬いシートにつくシートベルトを外した。

「最初の取材からあまり核心はつくなよ。くれぐれも慎重にな」

「週刊ウーマンの二の舞いにはならないように発言には気をつけます」

「今日だけは御託は我慢してな。ヤバいことを言いたくなっても、そこはぐっと堪えて。言い負かしてやろうとか、そういう気は起こさないでな」

「もちろんですよ」

「それでもどうしようもない衝動に駆られた時は、ウォーとか奇声をあげるんだぞ。そしたら向こうが気味悪がって逃げてくれるから」

「不動さん、本気で言ってます？」

「半分は冗談だけど、半分は本気だ」

佑人をよほどの常識知らずと思っているようだ。思わず笑いがこぼれ、おかげで緊張がほぐれた。

車を出て、正門をくぐる。帝都大学のキャンパスに来るのは、卒業以来初めてだから十五年ぶりになる。銀杏《いちょう》並木を通ると、シンボルである講堂が見えてきた。

入学してしばらくの間、佑人も他の学生同様にこの大学の学生であることに誇りを持ち、クイズサークルに入って、それなりにキャンパスライフを満喫していた。だが一年生の途中で自分の中に変化が生じ、帝都大生でいることにすら冷めてしまった。一応、単位はすべて取得し、四年で卒業したが、卒業した頃には性格が屈折し、なにもやる気が湧かなくなっていた。

高堂繭が講師を務めるセミナーは、このキャンパス内にあるホールで行われている。学生向けのセミナーだが、おそらく彼女のファンも入り込んでいるから接触は無理だろう。佑人はホールの裏側にある来客用の駐車場に向かった。荒木田から「彼女はテレビ出演する際でもハイヤーを断り、自分で運転して行っている」と教えてもらった赤のジャガーが、白線を踏み、少し曲がって前進駐車されていた。

佑人はヘッドライトの陰で、地面に腰を下ろして身を潜め、スマホを操作した。《週刊ウーマン》と打っただけで、《高堂繭》《廃刊》《フェイクニュース》《レイシスト扱い》と予測入力の候補が出た。一方的な批判が多すぎて、知りたい情報は見つけられなかった。二十分ほどすると背後から談笑する声が聞こえた。

「それでは先生、今日はどうもありがとうございました」

座ったまま車の脇から覗くと、襟なしの黒のレザーブルゾンにロングのフレアースカートの女性を囲むように五人ほどの大学の職員らしき男性たちが挨拶していた。靴音が近づいてくると、佑人は地面に手を着いて立ち上がり、ジャガーの運転手側に出た。

ブルゾンに両手を入れて歩いていた高堂繭は、いきなり車の陰から人が現れたというのに、とくに驚きもしなかった。マスコミだと分かったようだ。「なにか用かしら」と形よく整えられた眉を吊り上げ、リモコンキーで解錠する。

「オールドタイムズの畑と言います、といっても先生は、そんな会社、ご存じないでしょうが」

名刺を出すと、受け取った彼女は見ることもなく、革のブルゾンのポケットにしまった。

「知ってるわよ。最近、出来たウェブニュース社でしょ？　Ｒｅａｌなんちゃらとかいう動画ニュースを作った」

無視されるのも覚悟していたが、彼女は余裕たっぷりにドアに手を伸ばす。

「その前に僕は、先生と同じこの大学の文三、文学部行動文化学科社会学専修です。僕の方が二期下ですが」

「あら、そうなの」

「先生のように優秀ではなく、大学院も海外留学も行ってませんが」

「ちょっとあなた、取材は禁止ですよ」

佑人に気づいた職員が、走ってきた。しかし彼女が「大丈夫よ、すぐ追っ払うから」とドアを開けたままの状態で手で制した。

「ＯＢだったらセミナーに参加して、質問なさったらよかったんじゃない？」

「それも考えましたが、私は昨年まで週刊ウーマンの編集部にいましたもので」

刹那、彼女の目が光った。だがすぐに戻り、「私をレイシスト扱いした出版社ね」と薄いルージュを引いた唇の端を持ち上げた。

「週刊ウーマンは先生をレイシストだなんてひと言も書いていませんよ」

「ネットにはそう書いてあったけど？」

「それを書いたのは一般のユーザーです」

あなたの熱狂的なファン、マユリストと呼ばれる人たちですよ——言葉は出かかったが、ここで彼女の神経を逆なですべきではないと呑《の》み込んだ。

「週刊ウーマンが書いたのは選挙についてです。次回総選挙の目玉候補だけど、擁立に向けて民自党内からも慎重な意見があると」

彼女の瞳が膨らんだように見えたが、「右派ポピュリズム的な発言」とは言っていないから問題ないだろう。背負っていたバッグを下ろし、中からノートを出した。

「先生が民自党の関係者と会っているのは事実ですよね。この二週間だけでも、幹事長、派閥のトップと食事をしたのを我々は摑んでいます。なんならここで日付と場所を言うこともできますが」

開いたノートを見ながら言う。不動が知り合いの全国紙の政治記者から聞いてきた。

「食事をしたからって、それで選挙に出るとは限らないでしょ」

「要請くらいはされたのでしょうから、この件だけでも週刊ウーマンの記事はフェイクニュースと言われるほどではないのでは……」

「ネットの人は、それだけについてフェイクだと言ってるわけではないんじゃないの？」

「それだけとは？」聞き返したが高堂繭はその問いには答えなかった。やはり彼女が気にしているのは「右派ポピュリズム的な発言」と書かれたことなのだろう。

「つぶれた女性週刊誌の件で恨みがあるなら、私ではなくてそれを書いたネットユーザーを探して、その連中とやらを非難するなり訴えるなりすればいいんじゃないの？」

彼女を守るまさしく「親衛隊」である人間たちを、疎《うと》ましそうに「連中とやら」と言った。佑人はそこには突っ込まず、ノートをめくって次の質問に移った。

「先生は一昨年、報道番組で米国大統領の国境の壁建設にやむを得ないと賛同する意見を述べましたね。その前月、別の討論番組では、ＥＵ諸国がシリア難民の入国を拒否したことにも、正しいと肯定的に述べています」

相沢が指摘したことを、テレビの制作会社にいた茂木が、発言した日時まで調べてきた。

「移民に反対したわけではないわよ。中東からの移民は、言葉や法律を教える教育施設と彼らへの仕事の用意など受け入れ体制が整えられるまで待つべきだと言っただけだし、米国への中米からの移民は、ハナから不法入国なんだから、労働ビザの発給を増やし、ちゃんと働いた出稼ぎ労働者のビザを延長すべきと発言したはずだけど」

テレビでもその通りに発言した。佑人を論破したと思ったのだろう。犬でも払うように手で一度払ってから頭を下げてローヒールの靴を車内に載せる。

「テレビや講演では、社会的弱者に目を向けるのが社会学者の責務と言ってますよね」

「それも同様よ。まずはすべての人が安心して暮らせるシステムを再構築すること。エキセントリックに政府批判することが弱者の救済、すなわち社会学者の役目になるとは思わないわ」そう言って運転席に座った。

「LGBTについても非常に興味深い話をされていましたね」

ドアに手を伸ばしたが、閉めずに佑人を剣呑《けんのん》な目つきで見た。

「十年ほど前のことですが、僕は高堂先生の講演を聞きに行きました。そこでLGBTについて、先生はこう言いました。LGBTは容認すべきであり、社会が許容すべきだ。だけども彼らのために、社会の仕組みまで改革して、そこに税金を投入しなくてはならなくなると、そこにはまた違った問題が生じると」

「それもまた、一部だけ切り取られると誤解を招きそうな発言ね」

ドアに手をかけたままそう言う。車に乗ったが、なかなかエンジンもかけないことに職員が「先生、大丈夫ですか」と近づいてきた。「大丈夫だって言ってるでしょ」という彼女の感情的な声に、職員はうろたえるように足を止めた。

「十年前の話を蒸《む》し返されても覚えてないわね。録音データがあるならそれを出してよ」

「データはありません、あるのは僕の記憶だけです」

「それじゃ、ここで議論しても意味ないんじゃないの？」

「先生はこう言いました。たとえばすべての公共施設に税金でＬＧＢＴの人専用のトイレや更衣室を作る、そこまで話が発展すると、今は賛成している人の考えまで変わる。権限を守ることと手厚く扱うこととでは意味が違うし、彼らもそんなことは望んでいないと」

「記憶にないけど、私もいいことを言ってるんじゃないの？　セクシャルマイノリティーの人たちはアイデンティティーを認めてほしいのであって、なにも特別扱いしてもらいたいわけではないはずだから」

「悪い発言ではないと思います」

「じゃあなにが問題なのよ？」

「弱者の側に寄り添って立つという先生の姿勢とは違う気がします。それを望むかどうかの判断も含めて当事者に委《ゆだ》ねるのが目指すべきダイバーシティです。先生は当事者じゃないですよね」

そう言うと、再び黒目が大きく膨らんだ。

「大昔の、どこで拾ってきたかも分からない発言をあなたは書く気かしら？」

「そうしたら、どうされますか」

「きちんとエビデンスを示してほしいということよ。でなければ……」

そこで高堂繭は意図的に黙った。気づいた時には佑人が「週刊ウーマンのように我々もつぶしますか？」と言葉にしていた。

自分がつぶしたわけではない、そう異を唱えてくると思ったが、「そうしたいところだけど、まだメディアとして認知されてない会社をつぶしても意味ないでしょ。もういいかしら。時間がないのよ」とエンジンをかけた。不動の車とは異なる、排気量の大きな、けれども上品なエンジン音が聞こえる。

「もちろん書く際は、我々が調べたことが事実であると確認出来た時です。あっ、少し話が逸れてしまいましたが、我々が調べたいのは週刊ウーマンが本当にフェイクニュースを書いたかどうかであって、先生にそのような事実がないのであれば、先生の過去の発言をいちいちほじくり返すわけではありませんので、その点はご安心ください」

「別に心配なんてしてないわ。だけどこういう失礼なことは金輪際《こんりんざい》やめてちょうだいね。次からは警備員を呼ぶから」

「大変失礼いたしました」

ドアを閉めると、ジャガーは急発進して走り去った。

駐車場を出ようとすると、職員の一人が「あなたどこの社ですか。勝手なことをしては困るよ」と注意してきた。だが佑人が「私もＯＢです。二〇〇五年卒業の畑佑人と言います。卒業者名簿で調べてください」と言うと、それ以上注意してこなかった。

翌朝、編集部内が騒がしかった。

「ねえ、相沢さん、ログインができないんだけど……」

不動がパソコンキーを叩いて訊いていた。

「私も記事をアップしたいんですけど、サイトが重くて動かないんです。どうしたんだろう」

デジタルに詳しい相沢も苦戦していた。

佑人も昨夜のうちにライターから送信されていた『邁進!! 男塾』の原稿ファイルを開こうとしたが、パスワードを打っても画面が切り替わらない。

「大変です。うちのサイト、炎上してますよ」

茂木が大声をあげた。

「どういうことだよ」

不動と一緒に、佑人もどうにかログインできた茂木の画面を見る。

茂木が見たのは彼が担当する『食う寝るダラける』のコメント欄だった。その記事は、安いキャンピングカーを改造し、この夏に宿無し旅行に出かけるという記事だった。それなのにコメント欄にはオールドタイムズを誹謗中傷する、気持ち悪いほどたくさんの書き込みが並んでいた。

4

《オールドタイムズという訳の分からないネットニュースが、高堂繭准教授を貶《おとし》めようと動いているらしいぞ》
《大学に不法侵入して、職員の制止を振り切って失礼な取材をしたみたいだ》

《繭様の活動を邪魔する週刊ウーマンと同じ愚かな行動》

《女性の社会進出を嫌うミソジニー集団》

コメント欄だけでなく社の公式ツイッターやフェイスブックにも批判は殺到していた。

「だから言わんこっちゃない」

クライアント先から急遽《きゆうきよ》戻ってきた大八木が両手で顔を覆《おお》った。まだ広告主への影響はないようだが、彼らはいずれクライアント企業を攻撃してくるだろう。

「畑の取材は大学職員しか見てなかったんだろ？　なんでこんなに早く広まるんだ？」

中島が疑問を口にしたが、大八木は「みんな助けてって、高堂繭が親衛隊にＳＯＳを出したんだよ」と決め付ける。

「彼女がそんな弱気なこと言うわけないじゃないですか。『あなたたち、オールドタイムズをつぶすのよ』と命令したんですよ」と茂木が女王様口調で言った。

「それより俺は、彼女がどうしてこんなにムキになるかの方が疑問だけどな。畑は彼女を刺激するようなことは言っていないんだから」

不動がボールペンをノックしながら首を傾げた。不動には昨日の帰りの車内で取材内容を説明した。自分たちの目的は彼女の過去を掘り返すのではなく、週刊ウーマンが本当にフェイクニュースを書いたかどうか明らかにすること。つい「週刊ウーマンのように我々もつぶしますか」と口から出てしまったことも伝えたが「それくらいは問題ないよ」と言われた。

「そうですよね。しいて言えば、彼女の反応が変わったのは、僕が十年前に彼女の講演を直接聞いた話をした時くらいですかね」

「それについては『私もいいことを言ってるんじゃないの』と自画自賛してたんだよな」

「そうです。ただ僕が『先生はセクシャルマイノリティーじゃないですよね』と聞いたのは多少引っかかった様子でした」

「それのなにが問題なんだ？　まさか彼女、同性愛者なのか？　そう言えば未婚だよな。浮いた噂も聞いたことないし」

「やめろ、やめろ！　そんな会話が伝わったらつぶれるだけじゃ済まない。名誉毀損《きそん》で賠償金を払わされる」

大八木が宥《なだ》め、その話題は発展しなかった。

午後になってサーバーにアクセスできるようになったが、批判コメントは続いている。いつしか高堂藺から、児玉健太郎の取材の件に書き込みの内容が変わった。

《オールドタイムズって児玉健太郎の性体験を探った下衆《げす》なメディアだよな》

《あれだってプライバシー侵害だろ》

《童貞じゃなかったらいけねぇのかよ》

そのコメントにまた誰か乗っかり《オールドタイムズってゲス新聞社からトンデモ記者が集められたんだって》《日本の未来を考える議連の政治家が出資してるらしい》など、知らない人間が読んだら信じてしまいそうなフェイクニュースに発展し、その果てには《性差別集団！》《こいつらもレイシスト！》と書かれている。

「明日にはこの騒動をどこかのネットニュースに書かれるぞ」

クライアントから貰《もら》った缶コーヒーを飲んでいた大八木が眉をひそめる。

「まぁ、社長、もうパンドラの箱は開けちまったんだ。そんなの放っておいて、このまま行くしかないだろ」不動はびびるどころか、やる気が増しているようだった。

「畑さんが講演で聞いたのと似た内容を、実はあっちこっちで言ってたんじゃないですかね」

「相沢さんはどうしてそう思うの？」

「だってそれ以外、ここまで怒るとは考えられないんですもの。彼女がファンに攻撃させたことは、畑さんにはバレるわけだし」

確かに今回のことは高堂繭らしくない軽率な行動である。

「畑が昔行った講演って、いつのことなんだ」

「僕が週刊ウーマンに入った直後ですから、十年前ですけど」

「そんな昔かよ」と大八木が嘆く。

「昔だろうが、彼女は今や有名な社会学者で、テレビに多く出演して、本は売れて、講演は満杯だ。そして次期選挙に出れば当選間違いないほどの人気者だ。おそらく表に出て困る発言がたくさんあるんだよ」と不動。

「危ない発言は今もですよ。今朝も朝の情報番組に出てたんで、注意深く見てたんですけど」相沢がそう言って、その内容を話した。「イクメンの話になった時、出演者全員が、男性の育児休業取得を実施する会社には政府が補助金を出すなり、認めない会社には罰を与えるなりして法制化すべきと言ったんです。そんな中、彼女だけは『そんなことしたらサボりたいだけの不真面目な人間ばかりが得するじゃないですか。ますます経済が悪くなりますよ』と言ったんです。スタジオは一瞬凍り付いたんですけど、彼女が『共稼ぎ世帯の女性の平日の家事時間は四時間、男性は五十分というデータが出ています。政策よりまず男性が率先して家事をやるくらいにならないと、男女の育児負担は五分五分になりません』と話をすり替え、司会者をはじめ、全員が『その通りだ』で収まりました」

相沢の説明を聞き、これこそ高堂繭のテクニックだと思った。インパクトのある発言で自分を認知させてから、批判を受けないように逃げ道を作る……政治家に転身したとしても、こうやって人気を掴んでいくのだろう。

「もうギブアップです。一万七千八百まで数えましたが、次々と湧いてきて限界です」

大八木に命じられて批判コメントを集計していた茂木が音《ね》を上げた。

「書いてる人間はごくわずかなんだろうけど」

「不動さん、そんな少ない数では、うちのサーバーはパンクしないですよ」

相沢が言った通りだ。最初は数十人単位だったとしてもすぐに拡散し、何万に膨れ上がる。批判している者の中には、オールドタイムズなど興味もなければ、知らない者もいる。ただメディアが弱者をいじめていると聞き、悪を懲《こ》らしめている気分で、オールドタイムズを攻撃し、楽しんでいるのだ。

「高堂繭ってツイッターのフォロワー、二十万人もいますからね」茂木が言うと、缶コーヒーを飲んでいた大八木が「二十万も！」と口から吹き出した。

「それでも彼女、数年前から過去のツイートをちょくちょく消してるんですけど」

「どうして消すんだ？」不動が茂木の顔を見てから、今度は佑人に顔の向きを変えた。

「これは僕の予想ですけど、政治家になりたいと考え始めたのがその時期だったんじゃないですかね。だから過去の発言の中からまずいものをバレないように少しずつ消していった。消したらスクショされてない限り、もう読めないですから」

「なんだよ、畑、スクショって」

「スクリーンショットといって表示画面を画像として保存することです。誤爆が一瞬でアウトになるのは、投稿を消しても証拠として残されてしまうからです。不動さんはデジタルタトゥーを聞いたことがないですか？　個人情報や投稿はネット上で公開されると完全に削除することはできないって」

「知ってるか、社長？」

不動は分からないことがあると大八木に振る。「知らん。タトゥーで思い出すのは、サウナにある『入墨《いれずみ》、タトゥーの人、お断り』の看板くらいだ」大八木の答えは大方、予想通りだった。

「でもネット上の発言が削除できないのなら、過去のまずい発言は出てくるんじゃないの？」中島が佑人に訊いてきた。

「一応、スクショされてるものも調べましたけど、完全にアウトなものはなかったです」

編集会議のあとから調べているが、社会学者としてギリギリの発言はあったが、大概そういう発言はその後に上手にフォローをしていた。

「やっぱりなにか理由があったから消しているんだろうな」不動はあくまでも高堂繭に憂慮することがあったとこだわる。

「私はアカウントごと替えちゃいましたけど、高堂さんくらいの有名人だとそういうわけにはいかないんでしょうね」

「相沢さんはアカウント替えたの？　なんで？」佑人が尋ねた。

「最近彼氏と別れたんで」

「えっ、相沢さんって彼氏いたの？」

茂木が驚いた声で言うと、相沢が「いたらいけないんですか？」と聞き返し、茂木は「いや、そういうつもりで訊いたんじゃ」とあたふたする。

「彼氏と別れたからって、アカウントを替えなくても良かったんじゃないの」中島が訊いた。

「連絡できちゃうじゃないですか。ブロックすると相手を余計に刺激しちゃうし」

「ということは向こうはまだ諦めてないってことだ」

「私のことはもういいです。はい以上」

相沢はそう言って切り上げたが、ほぼ全員が相沢のことに興味が移っていた。佑人も、だから髪型もファッションも変わったの、と喉元《のどもと》まで出かかったが、口にするのは止《や》めた。突然髪を切ってきた女性社員を「男と別れたみたいだぞ」と陰口を叩くような男性社員を、佑人はこれまで軽蔑してきた。

「ツイッターってフォローしてたら連絡取れるの？」不動が佑人に訊いてきた。

「取れますよ。ダイレクトメッセージを送れます。ただ突然送ると気持ち悪がられることも多いですけど、普通にツイートにリプライして会話することだってできます」

「それだよ。そうやって昔のことを知ってる人間に聞いて回ればいいんじゃないか」

「不動さんは、フォロワー全員に聞けとか言うんじゃないでしょうね」

中島がそう返してから「もっくん、さっき何人って言ったっけ」と尋ねた。

「二十万七千二百五十人です」茂木はそう言い、「こうしてるうちにも増えてると思いますけど」と付け足す。フォロワーを当たるのは無理と伝えたつもりのようだが、不動に聞いている様子はなかった。

「六人いるから、一人当たり三万五千人だ。たいした数ではないな」

「たいした数ですよ」と茂木が音を上げる。

相沢だけは「なにも全員に聞かなくても過去のツイートを遡って、昔からのフォロワーだと思ったら、リプライしたらいいわけだし」と提案した。不動は「なんかデジタルなのに手作業だけどな。だけどこういうのは俺の得意分野だ」とワイシャツの袖のボタンを外して、腕まくりをし始めた。

不動以外は全員がツイッター、フェイスブックをやっていた。だがさすがに自分のアカウントから接近するのは危険すぎると、それぞれがもう一つのアカウント、いわゆる裏アカを作って、そこから彼女のフォロワーに接触しましょうと佑人は提案した。

佑人は週刊ウーマンの時から裏アカを持っていて、ストレスが溜《た》まると社会への不満をつぶやいていた。そのことを正直に伝えると、「俺も持ってるよ」と中島が照れくさそうに言った。

「僕もあります」

茂木も手をあげる。

驚いたことに相沢までが「私も裏アカを持ってます」と白状した。

5

全員で高堂繭のフォロワーを調べ始めた日の夕方、茂木が息を切らして帰ってきた。

「戻りました」

「どうだ、もっくん、マユリストと会えたか」

不動が席から立ち上がる。

昼間、茂木がテレビ関係者からの情報で、高堂繭が数年前まで自分のフォロワーを集めたオフ会をやっていたという情報を仕入れ、その参加者の一人に会えると言い出した。「そんな人間に接近したら危険だよ」佑人は反対したが、茂木は「うちの正体がバレないようにうまくやります」とアポを取って、昼間に出かけていったのだった。

「会えました。三十代のフリーターなんですが、今はアンチです。高堂繭はオフ会ではとくに移民制度に反対していて、労働力不足だからと受け入れても、帰化を認めた途端に生活保護を払うハメになるとか、オフ会では結構、過激発言をしていたそうです」

「今の弱者救済のスタイルと全然違うじゃない」佑人も驚いた。

「ただしツイッターでの発言は慎重で、過激意見はシンパたちに書かせていたって」

「なんか今回の週刊ウーマン事件と似た構図が見えてきたな。そのフリーターがカメラの前で証言してくれれば充分ニュースになるんじゃないの」

心が躍ったが、茂木はあまり嬉しそうではない。「どうしたのよ、もっくん」

「あまりにムキになって言うのが怪しくなって、制作会社で取材した警察署長に問い合わせたんです。そしたらその男性、高堂繭からストーカーと訴えられてて……男性に確認したら、あの女が警察に通報しただけで、自分は逮捕もされてないし、ストーカーもしてないと言い張るんですけど」

「おいおい、もっくん、それ、最初に言えよ。うっかり載っけたらこっちが高堂繭に訴えられてたぞ」大八木が慌てる。

「でも高堂繭の過激発言については絶対、事実だと言ってましたけど」

茂木は主張するが、不動が「そういう曰《いわ》くがある人物なら、もっくん、残念だけどやめとこう、お疲れさま」と労《ねぎら》った。大八木は「ネットは怖いよな。どんな人間か分からないで接触するわけだから、いつ詐欺のような目に遭っても不思議はない」と梅干しでも食べたかのように顔を萎《しぼ》めた。

そこからは再び、全員でツイッターを探る作業に戻った。午後からずっと、大八木を含めた六人で、高堂藺のフォロワーに接触を試みている。接触する方法は、マユリストとおぼしきアカウントの過去ツイートを調べる。古いフォロワーだと分かったら、《新規なので、ドM心をくすぐる昔のマユタンの発言をちょーだい》などと書いて、過去の発言を引っぱり出す。古参であることを誇りに思う心理がファンにはあるため、稀《まれ》に情報をくれる。

中には勘の鋭い者もいて、《おまえ、マスゴミだろ?》と書かれたり、《さてはおまえオールドタイムズだな》と核心を突かれた。そういう時は思わず「ヤバッ」と声をあげる。ただここで消えると認めるも同然なので、《明日の生テレビ、マユタン、黒のストッキングで出てほしいな。オミ足、大好き》と送った。

《マユタンが汚れる。童貞野郎は消えろ》

どうやらバレずに済んだようだ。ここでやめるわけにもいかず、《おまえこそ彼女いないんだろ?　キモ》と佑人も打ち返す。また挑発文が来た。終わりのないやりとりを、隣の茂木に覗かれた。

「彼女いない同士、なんか楽しそうですね」

「うるさい。もっくんだって彼女と別れて一年以上と言ってたじゃんか」

そう言いながらも「俺は変態かよ」と情けない気持ちになった。

「しかしこんな不毛な作業で、探し出せるんですかね。アンチだったら、もうとっくにフォローを解除してますよ」外もすっかり暗くなって相沢が欠伸をした。さすがに一日中同じ作業を繰り返したことで、飽きがきているようだ。他の社員にも疲労が見える。確かに不毛な作業だが、ここまでやってきたのだから、なんとかアンチにたどり着きたい。

「相沢さん、アンチでもたまに覗いている物好きがいるだろうし、人間は恨み辛みが大きいほど、相手が気になるって言うじゃない」

「どうしたんですか、畑先輩。普段だったらこんなあてのない仕事、労働効率が悪すぎるとか、真っ先に屁理屈を捏ねそうなのに」

「もっくん、俺だってやる時はやるんだよ」

そう言ったが、長い時間苦労して成し遂げた仕事こそが美化されるなんて、旧態依然とした全体主義そのものであり、自己満足でしかない……銀行や保険会社ではよくそのような発言を上司にした。だが週刊ウーマンに移ってからは、無意味だと思えることでも地道にこなし、それがいずれ大口の契約や大きな投資に結びつくことが世の中にはたくさんあると思い直した。そこまでできるかどうかは、自分の熱意を地道に相手に伝えていくしかなく、それはネットという便利なツールが増えた今でも、変わらないと。

裏アカでも、どこでどう特定されるか分からないため、念には念を入れて、《マユタン新規。昔の情報クレメンス》と聞きかじったことのあるネット用語を使ってメッセージを送った。一時間ほどすると《あんなくそ女、やめたほうがいいぞ》と返事が来た。

「アンチ見つけましたよ！」佑人は叫んだ。

「本当か」全員が周りに近寄ってきた。

《そうカッカすんなって。俺はまだファンなりたてだから、教えてちょーだい》

砕けたメッセージを送り、返事を待つ。だが来た内容を読み、その理由にがっくりきた。

この相手も高堂繭のオフ会の参加者だった。オフ会で彼女を囲んだ写真をブログに載せ、そのことが高堂繭の逆鱗《げきりん》に触れたとか。ただしその理由は許可なく載せたからではなく、高堂繭の写りが悪かったかららしい。「あなたは自分が一番よく写ってる写真を選んで載せたでしょ？　他の人のことをまるで考えてない」と猛烈批判され、ツイッターをブロックされるようになったそうだ。

「どうでもいい内容ですね」と相沢。

「高堂繭の自己顕示欲が強いというのがよく分かるエピソードではあるけどね」と不動。

「そんなのこれまでの言動で分かりきってますよ。だってあの女、ナチュラルメイクを売りにしてるくせに、無茶苦茶注文が多くて、メイクさん泣かせでしたから」茂木が口を尖らせた。茂木が関わっていた報道番組に、高堂繭は何度か出演したことがあるそうだ。

「高堂繭の裏の顔を暴くには、まだまだ遠い道のりですな」

中島が椅子に座ったまま背伸びをした。

「あっ、アンチ発見！」

相沢が叫ぶ。今度は佑人も、他の社員と一緒に相沢の周りを囲む。相沢は古いフォロワーを探しながらも、自分は二十九歳の女性だと明かしたうえで、高堂繭のアカウント宛てにこう書いて、ツイートしていた。

《高堂先生の本を読んで、これまで社会になにも貢献してこなかった自分が恥ずかしくなりました。私も高堂先生の手伝いをしたいんですが、ボランティアスタッフとか雇っていらっしゃいますか。ちなみにセミナーには参加しましたが、恥ずかしくて話しかけられませんでした》

そのツイートに《今の彼女が、あなたの信じるすべてではないと思いますよ》とリプライしてきた人物がいたのだ。

「あっ、また来ました」

眉を動かしてそう伝えた相沢が、リプライを声に出して読んだ。

《世の中には自分が思っていたほど評価されずに、悩んでいる人もいます。人間は弱い生き物ですから、このまま誰からも認められないで終わると勘違いして、周りから注目を惹くような悪目立ちする言動を取ってしまうのだと思います。そんな時こそ誰かが救いの手を差し伸べてあげるべきなのですが（続）》

「なんじゃこの説教臭いメッセージは。宗教の勧誘かよ」

大八木は顔を歪めたが、相沢は「続くとあるから次があるはずです」と言い、「来ました！」と言って、また読み上げる。

《そうした時期の発言がのちに、恥ずかしくなって、反省することもあります。だけど本人が悔やんでいたとしても、すでに有名になっていて、その時には周りからもそうといった発言を望まれていますから、簡単には修正できないのだと思います。彼女もきっと葛藤しているのではないでしょうか。私はそう信じたい》

「やっぱり説教臭いな」

大八木が言う。不動は「最後は私はそう信じたいと書いてるから、アンチよりファンじゃないのかな」と首を捻った。

「ファンかもしれないですけど、聞いた限り、マユリストって感じではないですけどね」

「もっくん、どうしてそう言えるんだよ」

「だって不動さん、文章が長すぎるし、いちいち思いますなんて使いません。若い人はもっと断定的です。どう考えてもこれ書いてるのオヤジですよ」

佑人も年配男性だと思った。そこでふと、メッセージを読んだ相沢の声が、知っている人間の声に重なった。

「相沢さん、そのスマホ、見せてくれない」

「いいですけど、どうぞ」

渡された画面の、ユーザー名を見た。

@Gentle-H-1965

6

高堂藺への二度目の取材は、直撃ではなく、取材申請書を送って実現した。彼女から指定されたのは慶和大学の彼女の研究室だった。

オールドタイムズの会長室で庵野が使っているのと同じハーマンミラーの椅子に、足を組んで座る高堂藺の正面で、佑人は折り畳み椅子を開いて腰を下ろした。持参した三脚に許可なくハンディムービーをセットしたが、彼女からはなにも注意は受けていない。

「十二年前、大学の講師だった高堂先生は、ある右派系の国会議員のパーティーに招かれてこんな発言をされたそうですね。それはちょうど大阪で子供を持つ不法滞在の南米人女性が日本人男性を殺害して逮捕された時でした。女性には子供が二人いて父親は不明、人権派は子供は日本で育ったのだから日本社会が育てるべきだと主張しましたが、あなたは『日本に残せば外国の犯罪者の血が残り、それが日本人と混ざってしまうのは単一民族である日本にふさわしくない』と発言をした。その国会議員も排他主義者でしたので、参加者は大喜びしました」

高堂繭は口を挿《はさ》まなかった。今回は録音データを出せとも言わない。

「それをあの人は暴露するって言ったの？」

形の整った眉を寄せて言った。こうして一対一で話すことが出来たのは、取材申請書に「ある名物編集長から過去の発言内容を聞いた」と荒木田を匂わすことを書いたからだ。

「荒木田さんもそのパーティーを取材していた。帰りにあなたに『ああいう発言は絶対にしてはいけない』と注意した。あなたは『みんなが心で思ってることを代弁しただけよ』と反発した。それでも荒木田さんは『あなたが今後も社会学者を生業《なりわい》にしていくのであれば、自分の言葉で傷つく人のことまで考えなくてはいけない』と諭したそうですね」

彼女は荒木田のアドバイスに従ったわけではない。ただその後も何度か荒木田から注意を受けたことで、きついコメントをしても、その後にフォローの発言を加えるようになった。それはけっして荒木田が望んだ姿ではなかったが、「彼女は少しずつだけど、自分を変えようと努力をした。私には表面上取り繕っているようにしか見えなかったけど、次第に不器用ながらも、女性に厳しいアカデミックな世界でガムシャラに結果を出そうとする彼女が、いとおしくなったんだ」と話した。

そのことを伝えてから「あなたも荒木田編集長に惹かれたのでしょう。荒木田編集長は既婚者でしたが、あなたのことを本気で考えて注意してくれたのです。二人が恋愛関係になるのに時間はかからなかったのでは？」と彼女に投げかける。

十二年前、荒木田が四十三歳、高堂繭が二十七歳だった。不倫関係は二年続き、終わったのは荒木田が「週刊ウーマン」の編集長に就任する数ヵ月前だったらしい。

「そのことをあの人は認めたのね？」

「はい。書くなとも言われていません」

「そんなことをすれば、あの人だって……」

「このことで家庭が壊れても、自業自得だと言ってましたよ」

――私は本当に彼女が好きだった。考え方が若くて未熟だったけど、自分の思っていることを素直に口にできるところ、間違っていると指摘すれば、場当たり的に修正するのではなく、次に会うまでに必死に考えて、自分なりの方法で再びぶつけてくる。そんな正直さが羨ましかった。いつしか私の心は彼女でいっぱいになった。

荒木田が惹かれたのは、口癖である「人間味」を彼女に感じたからだろう。荒木田は離婚も考えたが、婿養子で、フリーの編集者として食えなかった頃、妻の実家にはずいぶん世話になったことからそれはできなかった。「私は最低のクズ男だよ」そう自嘲した。

別れを切り出した時、高堂繭は理性を失い、荒木田の妻に暴露するとまで迫ったそうだ。結局、そんな修羅場は訪れることはなく二人は別れた……。

完璧だと思ってきた彼の告白にがっかりしなかったかと言われれば嘘になる。荒木田からその話を聞いた時、佑人は納得できないことがあった。荒木田が彼女と別れた後に、芸能人の不倫スキャンダルなどを扱う女性週刊誌の編集長に就任したことである。

――それってヘンリーさんなりに、十字架を背負ったつもりだったのですか？

――そんな恰好いいものではないさ。オファーを聞いた時、私には資格はないと断った。だけど何度も説得されるうちに、逆に経験者だからこそ、そこにどんな事情があり、どうして不倫に陥ったのか。避ける道はなかったのか。そこまで深掘りした雑誌があってもいいと思い引き受けたんだ。

荒木田から聞いたすべてを話した。彼女は腕を組み、言葉を挿むことなく聞いている。

「僕が言うと身贔屓になりますが、週刊ウーマンはとてもいい雑誌でした。あなたの記事を書いた外部記者もあなたのファンだったそうです。ただ彼は民自党が要請していることを知り、出馬の可能性があること、そして民自党のハト派議員があなたを警戒していると書いただけです。なのに週刊ウーマンへの批判が始まりました」

「それは週刊ウーマンがフェイクニュースを書いたからよ」

彼女がようやく声を出した。だが目は佑人を見ていない。

「フェイクニュースなのは、あなたが流した内容の方ですよ」

彼女は目線を上げた。黒目がちの目はこの日は威力を感じなかった。

「あなたがマユリストと呼ばれる熱狂的なファンに週刊ウーマンつぶしを頼んだのは、荒木田氏の指示でその記事が出たと誤解したからではないですか？　あなたは荒木田氏に過去の発言を暴かれることを恐れた。その結果、週刊ウーマンを廃刊に追い込んだ」

ここまで話しているのはほぼ佑人で、彼女が不倫を認めたわけではない。だが「あの人は認めたのね？」と訊いてきたことからも、視聴者は、不倫は事実だと思うだろう。だがこのシーンを他人が目にすることはない。

「ここから先、録画してもいいですか」

佑人は三脚に設置したハンディムービーを一度手に取って尋ねた。彼女は薄くアイラインを引いた目を丸く見開き、何度か瞬きした。

「今までは撮ってなかったの？」

「録画ボタンは押してません。僕が知りたいのは、週刊ウーマンがフェイクニュースを書いたかどうかの真相だと言ったはずです。十年以上前の不倫を報じることは、僕の目的ではありませんので」

彼女から不倫関係を匂わせる発言まで聞けたのだ。録画していないことを明かすのは賭けだった。しかし不倫の事実を交換条件に、フェイクニュース扱いにした真実を聞き出すという卑怯《ひきょう》な取材はしたくなかった。

腕を組んで考え込んでいた彼女が、佑人に視線を向けて口を開いた。

「分かったわ。私がしたこと、すべて話すわ」

討論番組で疑義を唱える共演者を論破する時のような顔つきだったが、届いた声に攻撃性は感じなかった。

7

〈私はネット上で熱心に応援してくれているフォロワー数人と、個別にやりとりをしていました。講師の頃は数人とオフ会もやっていました。そんな彼らに、過去に何度かバッシング記事が出た時に相談したことがあります。最初は私の代弁者として、彼らが否定するコメントを述べてくれることに助けられました。彼らの意見が方々に拡散され、それによって私への批判が止んだからです。週刊ウーマンの記事についてもそうです。私は自分が発した過去の発言を、週刊ウーマンに暴露されるのではないかと心配していました〉

〈過去の発言とはどういうことでしょうか〉

〈一言で言えば、週刊ウーマンが書いた、右派ポピュリズム的なものです。十年以上前の私は、外国人選挙権、移民、セクシャルマイノリティーの方々を否定し差別する意見を述べていました。若い女性学者が遠慮なく発言することで、メディアに取りあげてもらえるのではないかという打算がありました〉

〈今はどうですか。先生自身は自分はリベラルと言っていますが〉

〈違うでしょうね。私はメディアで名乗っているような弱者に寄り添った社会学者ではありません。自分の中ではこんな考えでいていいのかという思いは持っていますが、テレビ局や視聴者から、歯に衣《きぬ》着せぬ発言を期待されていると感じ、転換するタイミングを見つけられないまま、今に至ります〉

〈その転換のタイミングが、政界進出だったのですか〉

〈それもあります〉

彼女はそのことも認めた。だが〈でも政治家になれば今以上に人気の上がり下がりが気になり、スタンスはもっと先鋭化していったでしょうね〉と視線を遠くに向け、〈民自党の幹部の方からお誘いを受け、真剣に出馬を検討しましたが、今は、自分に国会議員になる資格はないと考え、出馬はしません〉と述べた。

〈週刊ウーマンが報じた内容はフェイクニュースではありません。一方、週刊ウーマンが私を貶めようとした記事を書いているとたくさんの私のファンがネットに書いてくれたこと、それこそがフェイクニュースです〉

質問していた佑人も、彼女がここまで自分の非を認めるとは思ってもいなかった。炎上を親衛隊に煽《あお》ったことまで認めれば、現在の地位を失ってしまうかもしれない。そこまでしたのは、彼女はやはり不倫について報じてほしくなかったからではないかと考えた。ましして彼女は振られた側である。

だがカメラを見て、はっきりと話す彼女の声を聞き、途中からは考えが変わった。

荒木田が彼女を《葛藤している》《私はそう信じたい》と擁護したように、彼女も荒木田を守ろうとしたのではないか。佑人がそうだったように、高堂繭にとっても、荒木田篇利は、自分のことを一番知ってくれている理解者であることに変わりないのだ。

——畑、私たちはテレビやファンの前では見せない芸能人の素顔を探っている。それが人間味だ。だけどきみは心の中でこう思ってるんだろ？　あなたが言ってる人間味なんて、僕には全部きれいごとに聞こえますって。

十年前、解雇されるのを覚悟で呼ばれた喫茶店で、荒木田はテレビで見せるのと同じ、穏やかな表情でそう言った。その顔が余計に佑人の心をささくれ立たせた。

——その通りです。人間味なんて言っても、それって感じる人間で違うし、だいたい女性週刊誌なのに編集長も男だし、スタッフだって男の方が多いし。

入社して一ヵ月なのにずいぶん生意気な口を叩いたものだ。荒木田は言葉を選び、先を続けた。

——私はまだきみのことがしっかり理解できていないから、もし間違っていたら申し訳ない。私には男性目線とも女性目線とも違った、きみ自身の視線というものがあるような気がしてならないんだよ。だからもしきみの目から見て、この記事を世に出すのは正しくないと思ったら、その時は遠慮なく私に言ってきてほしい。その意見も私は大事な読者の代弁者として、受け止めるから。

その時の佑人は、心の中まで見抜かれたような気がして、心臓の鼓動は、恐ろしいほど早くなっていた。

大学一年になって自分自身でようやく気づいた事実を、荒木田はなぜ分かったのか。しかもたった一ヵ月で……。そのことはその後も荒木田の下で仕事をしたが謎のままだった。

もっとも荒木田は、佑人がセクシャルマイノリティーであることは気づいたが、誤解していた。佑人はゲイではない。異性も同性も愛することができない、「アセクシャル」日本語では「無性愛」と呼ばれる他人に対する性的憧れや性欲を感じないタイプである。医者にも、家族や友人にも相談したことはないが、三十七年間生きて、そのような欲求を感じたことがないのだから間違いない。だが人間の軽率な行動や発言、そうしたことをしてしまう人の心理には興味を持っていた……。

「しかしうちの『Ｒｅａｌ ｏｒ Ｆａｋｅ』がヤフーニュースのトップに扱われるとはな。開始してまだ四ヵ月なのに、これはどえらいことだぞ。業界がざわついている」

月曜朝、先週末にアップされた高堂繭の動画ニュースの反響に、大八木は上機嫌で「ネットに溢れるニュースの真実を炙《あぶ》りだすのが我がオールドタイムズの役目だ。これからもみんな頼むぞ」と完全に舞い上がっていた。

ヤフーニュースだけでなく、ツイッターのトレンドにランクインし、拡散されていく。「無断で載せられる前にうちでアップしちゃいましょう」という茂木のアイデアで急遽、ユーチューブチャンネルを開設した。視聴回数は一万、五万、この日は十万超えと、雪だるま式に増え、チャンネル登録数も増加の一途だ。他の社員も浮かれていて、間もなく会長室で次の編集会議が始まるというのに、誰もなにも準備していない。

その中で不動だけは、いつものように集めた資料をプリントアウトして、蛍光ペンを引き、ぶつぶつと声に出して読んでいた。佑人は「手伝いましょうか」と隣に座った。

「悪いな、畑。せっかくこれだけ注目されたんだ。この次、なにをやるかが大事だからな」

「そうですね。一発屋はいくらでもいる。二発、三発と打ち続けて、初めてスクープって言える。僕の元上司もそう言ってました」

「さすがジェントルマン・ヘンリー、いいこと言うな。そのセリフ、次使わせてもらうよ」

プリント用紙を見ながら不動が微笑《ほほえ》む。

「不動さんとヘンリーさん、よく似てます」

「伝説の人と一緒にしてくれるなんて光栄だよ」

荒木田は「人間味」が口癖だったが、不動は「耳当たりのいい言葉にこそ眉に唾をつけて考えよう」と熱く語る。一見違うようだが、見えないものを必死に見ようとしている点では、二人の取材姿勢は一致している。

「だけど俺はあやうく、大きなミスをしでかすところだったけどな」

「ミスって、不動さん、なにかしましたっけ」

「ほら、俺は、あれ……」言いにくそうに口だけ動かした。

「そう言えば、不動さん、高堂さんのことを同性愛者なのかって言ってましたね」

「そうなんだよな。しかもその根拠はなにかといえば、三十九歳になって未婚だということだけなんだよ。今の時代、それだけで充分、アウト発言だよ、メディアの一員として恥ずかしい限りだ」と目をすがめて、自分の頭をゲンコツで叩いた。

「畑だって、三十七歳で独身なんだものな」

言われた途端、十年前と同じ動悸《どうき》が起きた。だがそれはすぐに治まった。

「でも畑はモテそうだから、彼女いるんだろ？　バツイチの俺には羨ましい。あっ、俺は事実婚だったから、バツはついてないんだけど」

オールドタイムズが発足してから何度も聞いた自虐ネタを口にする。

「その話はもういいです。ねえ、相沢さん」

「はい、はい、もう面倒くさいので、うちの社内では不動さんは『バツイチ』、その元カノさんは『元奥さん』で統一してください」

スマホを眺めていた彼女は、不動の顔も見ることなくそう言った。

「はいはい、これからはそう言いますよ」

不動は頭を掻いた。

荒木田と不動が似ていると思ったのは佑人の早とちりだったようだ。不動は荒木田ほど勘が鋭くない。

それでもこの人の下でなら働けそうだと思った気持ちには、変わりはなかった。

エピソード４　法の番人

1

　鉛筆の書き心地って、俺こんなに好きだったっけ……茂木《もぎ》和己《かずみ》が候補者の名前を書きながらつぶやくと、隣で投票用紙に書き込んでいた中年女性が怪訝《けげん》な顔を向けた。和己は咳払《せきばら》いし、書いた小選挙区の投票用紙を二つに折って投票箱に入れた。

「比例代表投票です」

　ボランティアの女性から投票用紙を渡され次に向かう。壁には各政党名が記されている。

　大学を中退し、民放の報道番組に携わるテレビ制作会社でアルバイトを始めてから、どんなに仕事が忙しくても選挙は必ず投票してきた。結果が分かっていようが、自分の意思を国民の一票として投じる、それをしなければ報道に携わる資格はないと思っている。

制作会社からオールドタイムズというウェブニュース社に転職した今回も、小雨《こさめ》の中、家から十五分離れた投票所に来た。投票はもう一つ残っている。

「最高裁判所裁判官の国民審査です」

ボランティアの女性から渡された投票用紙には、前回の衆議院議員総選挙以降に任命された六名の最高裁の判事の名が記載されていた。

この罷免《ひめん》投票もこれまでは客観的に判断してきた。判決に不満を持つことはあっても罷免を可としたことはない。

だが今回は少し悩んだ。

六名の裁判官の中から「小手川信《こてがわまこと》」一人だけ鉛筆でバツをつけ、二つに折って投票箱に入れた。

2

高堂繭のスクープに続いて、オールドタイムズは先週も若手ミュージシャンの二股疑惑が虚偽だったと報じた。ツイッターで《二股をかけられた》とつぶやいたベテラン女優が嘘をついていて、実は彼女の方がストーカーで、ミュージシャンは警察に相談していた。そのことを、双方を知る複数の知人、関係者の証言を使って『Ｒｅａｌ　ｏｒ　Ｆａｋｅ』で発信した。女優は過去にも似た騒動を起こしていたことも判明し、《リアフェイまたスクープ》とネットが賑《にぎ》やかになり、相当なＰＶ数を稼いだ。

一月末までは無名だったのに、この一ヵ月余でネット上では知らない人がいないのではと思うほど、有名になった。オールドタイムズはネットに散乱するフェイクニュースを暴くための新しいウェブメディア――そんな声も方々から聞かれる。

グーグルで《オールドタイムズ》とサーチをかけると、自分たちのサイトが一番上に出てくる。庵野会長によると、アルゴリズムの解析で、クリックしてくれる確率は二ページ目では三十パーセント以下なのが、一ページ目なら八十パーセントまで上がるようだ。ツイッターのサジェストにも《オルタイ砲》《リアフェイ　スクープ》と出てくる。

入口はあくまでも『Ｒｅａｌ　ｏｒ　Ｆａｋｅ』だが、読者はオールドタイムズのニュース以外の他の三つのコンテンツも読んでくれるようになった。今、人気があるものの一つは中島が担当する『邁進!!　男塾』の中の来日した外国人を取り上げる『ジヨン寅次郎《とらじろう》』という連載、それと和己が担当する『食う寝るダラける』の、一人キャンプで日本縦断する連載記事『ロンサム・カウボーイ』だ。その連載に、今日からアウトドアメーカーの広告がつくようになった。大八木からは褒められたが、「ステマと言われないように気をつけてくれよ」とも言われた。無理してスポンサーのご機嫌伺いするような記事を載せなくてもいいぞという意味だ。

それらは各担当に完全に任せられていて、今、行われている月曜の会議では、今週の金曜日の朝七時五十分にアップする『Ｒｅａｌ ｏｒ Ｆａｋｅ』のテーマを決める。この日持ち寄ったテーマは全員が同じだった。ところが会議の途中、そのテーマへの切り口が百八十度変わった。

「ん？　なんだか、耳当たりのいい言葉に聞こえてきたぞ」

不動が得意ゼリフを言い出したからだ。

「おい、おい、また嫌な予感がしてきたぞ。まさか不動は『逆転判事』は認知症ではなかったとか言い出すんじゃねえだろうな」

大八木が顔をしかめて言った「逆転判事」が、この日テーマに上がった東京高裁の矢野幸雄《やのゆきお》判事である。三日前に自動車のブレーキとアクセルを誤操作して、コンビニのガラスにひびを入れる事故を起こした。

近年、ペダルの踏み間違え事故が多発していることもあり、すぐにネットニュースに上がった。しかし、ただの物損事故にもかかわらず、そのニュースが注目されたのは、矢野判事が東京高裁の判事に就任したこの二年間で、七つの控訴審が逆転無罪、もしくは差戻しになっていた事実が明らかになったからだ。いつしかネット上で《逆転判事》と呼ばれるようになり、《矢野判事には認知症の症状があったらしい》《認知症の裁判官が正常な判断力のないまま、一審で有罪だった元被告を、社会に野放しにした》といった噂が匿名掲示板やSNSに書き込まれるようになった。

「俺はけっして矢野判事の味方をしているわけではないよ。だけど六十四歳で認知症と言うのはどうかと思うだけだよ」

不動はそう主張した。

「それは分かり易《やす》くそう言ってるだけだろ。ネットにはアルツハイマーや脳血管性認知症などの疑いもあるという書き込みもあったし、ネットニュースには大学病院の脳神経科に通っていたという記事も出てたぞ」と大八木は物言いをつける。

「それだってソースは明記されてなかっただろ？　大学病院の脳神経科に行ってたと矢野判事が言ったわけではないんだし」

「記事には裁判所職員の《最近の矢野さんには物忘れが見られた》という証言もあっ

たぞ」と大八木は言うが、不動は「匿名証言なんかアテにならないよ」と言い返す。

和己もネットの記事や書き込みのすべてを信じてはいない。病院の脳神経科も怪しいし、少なくとも裁判所の職員が軽率にコメントをするはずがない。しかし事実と異なるのであれば、取材を受けるなり、事故の謝罪とともに噂を否定するコメントを出せばいいのに、矢野判事はそうしない。軽傷で自宅に戻った判事は、インターホンから呼びかけた報道陣の取材に応じず、この日の月曜日も体調不良を理由に裁判所に来ていないようだ。

「さっき、ナカジや畑が話した通り、矢野判事の判決に多くの司法関係者が疑問を持っていることは不動も認めるよな？」大八木が確認する。

「俺だってこれはないだろうと思ったものはあるよ。ゼネコン作業員の業務上過失致死罪を、会社の責任を特定するのは難しいと破棄したり、会社社長の覚醒剤所持や大学応援団の傷害事件まで無罪にしたんだから」

覚醒剤事件は「隠していた別荘を被告人だけが使用していたと示す根拠はない」、傷害事件も「自白を強要した捜査手法に問題がある」という、和己にも予想外の判決理由だった。

「それならやっぱり矢野判事には、正常な判断力がなかったってことにならねえか」

「ネットに《警察官を殺す》と書いた男性を無罪にした判決は、俺は正しいと思ったよ。その前に警察官が匿名で男性を挑発する書き込みをし、それが警察署内で書いたものだと、男性がＩＰアドレスで特定した経緯があったからこそ、警察官脅迫に繋がったわけだから」

警察は二審の高裁まで、警察官が署内から掲示板に書き込みをしたことを隠していた。

「まぁ、あれは酷いとは思ったけど」

「虐待死で同居男と一緒に逮捕された母親の無罪判決も同じだよ。控訴審で『母親は娘を守ろうとして暴力を受けた被害者だった』と無罪判決が出た。一審のままなら、あの母親はＤＶ被害者であるのに、一生、殺人者として扱われるところだったんだから」

「不動、細かい内容はどうでもいいんだよ。日本人のほとんどが今はアンチ矢野判事なんだ。そんな時にうちが味方してみろ。うちまでバッシングに遭うぞ」

「そういう同調圧力を気にしてたら、メディアなんてできないぞ」

「俺は社長として、経営者として言ってんだ」

「ネット上のあらゆるニュースの真実を炙りだすのがオールドタイムズの役目だって

大八木社長も言ってたじゃないか。全員がフェイクニュースに踊らされてる可能性だってあるだろ」

不動と大八木はずっと言い合っていた。二人の意見が嚙み合わないのは毎度のことである。

「不動さんっていつも人の考えと真逆を言いますよね。とくに確信があるわけでもないのに。それが不動さんの言う『耳当たりのいい言葉にこそ眉に唾をつけて考えよう』なんでしょうけど、それって人間不信にならないですか」

和己の隣に座る相沢が真剣に質問した。

「俺は寄って集《たか》って人を批判するのが嫌いなんだよ。だって魔女狩りみたいだろ？」

「不動は自分が推し進めた高堂繭の件がたまたま当たったから調子に乗ってんだ」

大八木が口を窄《すぼ》める。

「メディアってどんなことでも疑うところから始まるもんじゃない？　それが世間が仰天する真実の発見に結びつくんだと思うんだ。もっくんもテレビの報道番組に関わっていたから、そう思うだろ？」

いきなり和己に振られた。なぜか不動は茂木のことを「もっくん」と呼ぶ。今まで呼ばれたことがなかったので、最初は戸惑ったが、今は年下の相沢と庵野以外の社員はそう呼ぶようになった。

「そういう姿勢は大事だと思います。僕も噂に流されるなとテレビ局の報道部の人からよく言われてましたから」

前職の制作会社では、セントラルテレビの看板番組『ｎｅｗｓ11』に関わっていた。ただ流されてはいけないと分かっていても、テレビの夜のニュースが他局と正反対の取材を進める勇気はなかった。そんなことをして外した場合、他局に後《おく》れをとってしまうからだ。

「どうですか、会長」大八木が庵野に聞き質す。

「高堂繭の件も当たりましたし、編集長の不動さんに任せてみましょうか」

「ありがとうございます、会長。じゃあ、今回はもっくんが取材班キャップだ。もっくん、みんなに指示を頼むよ」不動が和己を見て言った。

「どうして僕なんですか」

三十三歳の和己は、この七人の中では、会長の庵野、相沢に次いで若い。性格的にもリーダータイプではない。

「もっくん、司法取材は得意だろ」

「えっ」

もしかして不動は、和己がこれまで誰にも話したことがない事実を知っているのではないかと動揺したが、不動が言った理由は懸念していたこととは違っていた。

「ｎｅｗｓ11のスタッフにいた頃、もっくんは絶対に記者の取材を受けない特捜検事から特ダネを聞き出したそうじゃないか」

その話もオールドタイムズの社員には話していないのに、不動は知っていた。

「どうして、それを」

「セントラルテレビの記者からその話を聞いたんだよ。その人も驚いたと話してたよ」

その取材は、和己がこれまでの仕事で胸を張れる取材の一つだった。

会議を終えると昼食の時間になる。庵野は経営する別の会社の会議に戻るのだが、他の六人は、情報確認や資料集めのため会社に残る。みんなで食事に行ってもいいのに、「今そういうことをすると、上が職務権限で食事に付き合わせるパワハラみたいに思われる」という大八木の方針で、全員で出かけたのは、会社が発足した直後の一度しかない。だいたいが大八木、不動、中島の東亜イブニング出身の四十代三人と、和己、畑、相沢の三十代以下三人の二組に分かれる。

「しかしトニセンは今日もいつもの蕎麦屋《そば》だって。飽きないのかね」

畑は東亜イブニング組の三人を「トゥエンティース・センチュリー」、通称「トニセン」、それ以外から転職してきた自分たち三人を「カミング・センチュリー」、通称「カミセン」と呼んでいる。

「畑先輩、昭和生まれの僕らは世代ですけど、平成生まれの相沢さんは分からないんじゃないですか。今はキンプリとか、せめて嵐でしょ」

注文したパスタをフォークで巻いていた相沢は「なに言ってるんですか、Ｖ６だったら私、ど真ん中ですよ」と言った。「高校生の時にライブにも行きましたし」

「相沢さんは誰のファンなの」

「イノッチです」

「そっち？」リゾットを食べていた和己は前に倒れそうになった。「思い切りトニセンじゃん？」

「普通は岡田《おかだ》くんとかじゃないの」畑も聞き返す。

「私がイノッチのファンじゃいけませんか？」

「いけなくはないけど、相沢さんはB'zの稲葉《いなば》さんのファンだから意外。クリアファイルとかグッズは全部、B'zで揃えてるし」

相沢は去年、コンサートに行くと休みを取った。そして唯一全員で集まった歓迎会、二次会のスナックで酔った大八木から「一曲だけ」と押し付けられて唄ったのが「ウルトラソウル」だった。普段とは違うノリノリの歌声に、みんな呆気《あっけ》にとられながらも、最後は全員で叫んで盛り上がった。

「私は陰で努力してひたむきに頑張っている人が好きなんです」相沢が言う。

「稲葉さんで言うならどこよ？」和己が訊くと、畑がすかさず「先に言っとくけど歌唱力とかは説得力ないからね。それだって生まれもっての才能じゃん」と言い連ねる。

「歌も声も顔も好きですけど、それよりも私は、稲葉さんは一日に、何度も蒸気で喉のケアをするとか、夏もエアコンをつけないとか、コンサートでは毎回、お客さんをリラックスさせようと笑いをとるんですけど、そのネタまで考えるとか、そういうプロフェッショナルなところが応援したくなるんです」

「じゃあ選ぶ男性も中身勝負だ」

「当たり前じゃないですか。中身勝負でない人なんているんですか？」

「今は男性より女性の方がルックス重視、イケメン好きって言うじゃない」

「あ〜、茂木さんもそういう考えをする人なんですね。私はそういう風に言われるのが一番ガッカリするんです」

相沢からは呆れられたが、三十三歳で彼女なし、外見にまったく自信のない和己は、相沢から中身勝負と言われてなんだか励まされたような気分になった。

「それより不動さんが言っていた茂木さんが特捜検事から聞いたスクープって、どんな話なんですか」相沢が話を替えた。

「そうだよ、もっくん、俺たち、準備期間を含めたら一年近くも一緒に仕事してんのに、そんな武勇伝《ぶゆうでん》、聞いたことないぞ」

「武勇伝ってほどじゃないですよ」

二人からせっつかれた和己は、六年前の話をすることにした。

一部上場企業の社長が複数の愛人に、数億円の金を貢いでいるという内部告発記事が週刊誌に載った。その金の一部に、会社の金が不正流用されていて、東京地検特捜部が横領容疑で動き出したという噂が流れた。セントラルテレビでも地検担当が取材に駆けまわったが、担当した特捜検事が堅物で、捜査が進んでいるのか、それとも断念したのかすらも聞くことができなかった。なにせその特捜検事ときたら、夜回りした記者から名刺を受け取ると、翌日には上司に報告、その社は出入り禁止を通達される。そうしたことが続くので、どの社も確認取材に二の足を踏んでいた。

「刑事や検事の家に取材するのってテレビではよく聞きますよね。それなのにどうして出入り禁止になるんですか？」

「それは、相沢さん、司法記者クラブに加盟する記者には、基本、幹部クラスが取材を受ける代わりに、平《ひら》検事への取材は禁止と通達されてるんだ。特捜部は特に厳しくて、取材を受けた平検事が連絡を怠《おこた》った場合は、特捜部から外されることもあるんだよ」

「そんな厳しい人に、もっくんはどうやって食い込んだのよ」畑はいっそう不思議そうな顔をした。

「検事の父親は特別養護老人ホームに入ってたんですけど、月に二度の土曜午前の病院への外来診察には同行してたんです。病院まではホームの職員が連れて来てくれますけど、医者に診《み》せるときは身内がいた方がいいので」

「その事実にもっくんが気づいて、病院に忍び込んだとか？」

「まさか、そんなことをしたらセントラルテレビは即、出入り禁止です。だけどその頃、うちの父が階段から落ちて足をケガして、車いすで病院通いになったんです。それがたまたま検事の父と同じ病院で。付き添った僕が検事の目に留まったのか、ある時、検察庁の廊下ですれ違った時、『逮捕状が出る。明日の夜なら報じても構わない』と教えてくれたんです」

「な〜んだ、偶然なんだ」

「偶然に決まってんじゃないですか。でなきゃ、テレビ局の正社員でもない僕がそんなネタを取れるわけないですよ」

「いいえ、きっと検事は普段からの茂木さんの取材の熱心さを知っていたんですよ」

相沢はそう言って援護してくれた。照れくさいので検事が話してくれた理由も明かした。

「検事が心を開いてくれたのはうちの父が関係してるんです。父は若い頃から腎臓病を患《わずら》っていて、週三回人工透析《とうせき》を受けてるんですけど」

二人が顔を見合わせて反応に困っていたので、「今は透析の技術も進んでるので、仕事もしてるし、普通に生活もできてますけどね」と言い、先を続けた。

「僕から堅物の検事が来ていると聞いた父が、僕が席を離れている間、検事に話しかけてくれたんです」

「茂木さんの父親孝行が、同じくお父さんを看病していた検事の心を動かしたんですね」

相沢からまた褒められた。

「父といっても、僕が十九歳の時に母が再婚した相手なんで、実の父ではないんだけどね」

相沢がくすっと笑った。

「それって不動さんが事実婚だったから、バツイチではないっていつも言い訳してるのと同じですよ」

「本当だ」

畑にも言われ、和己は顔が赤くなった。

二人には継父《けいふ》が話しかけたとしか言わなかったが、堅物検事は記者が父親を病院に連れてきたくらいでは、なんとも思わなかったはずだ。それが急に和己に心を開いてくれたのは継父が気を利かせたおかげだった。継父が母と再婚した当時、和己はたくさんの司法試験合格者を出している私大の法学部の学生で、法律家を目指していた。だが慢性腎盂腎炎《まんせいじんうじんえん》を患っていた継父が将来、働けなくなる可能性があったため、和己は大学を中退して働き始めた……そんなことまで検事に話したからだ。

五歳で両親が離婚後、看護師をして和己を育てた母は、勤務する病院に入院していた継父と知り合い、恋に堕《お》ちた。母は和己が独り立ちしてからと再婚を躊躇《ちゅうちょ》したが、和己は「俺のことはいいから母さんが幸せになってほしい」と母の背中を押した。

だが母の再婚が、自分の中退にそこまで関係しているわけではない。バイトして学費を稼ぐなり、奨学金をもらうなり手はあったが和己はそれをしなかった。その理由までは、畑と相沢には話さなかった。

それ以上、二人から家族について訊かれることはなかった。昼食を食べ終え、別々で会計を済ませた頃には、和己は取材班キャップとして、この後どのように社員たちを配置しようか、そのことを頭で練っていた。

今回の取材では、矢野判事が認知症、またはそれに近い症状を自覚していたかが取材の核心になる。取材対象は矢野判事本人、家族、医師、東京高裁の同僚判事や職員、交通事故を処理した警察官などが該当する。さらにこの二年に矢野が関与した七件の逆転無罪、差戻し判決を、洗い直す作業も必要だ。

しかし記者が五人のオールドタイムズでは、それらのすべてをカバーできない。取材先を絞り、他のメディアが殺到していない場所に行くのが賢明だ。ただでさえ人手が足りないのは悩みの種《たね》である。それでも和己はこの晩、自分が最初に向かう取材先だけはすでに決めていた。

3

大きな門構えの家は、瀟洒《しょうしゃ》な一軒家や低層マンションが立ち並び、駐車場の車のほとんどが外車という山の手の高級住宅街の一角にあった。和己が育った東京都下の私鉄沿線とは景色も情緒もまるで異なる。

ここからそれほど離れていない場所に警視庁捜査一課長の官舎がある。とは言っても、そういった幹部クラスの家に夜回りするのはセントラルテレビの正社員記者で、制作番組から派遣されていた和己が取材することはなかった。

だが目の前の邸宅の住人は、警視庁の捜査一課長より大物でありながら、和己は過去に一人で取材に来たことがある。

三月に入っても春らしい陽気はなく、この夜も身震いするほど寒い。ダウンを着てきたおかげで上半身はまだマシだが、綿パンは風を通すし、底がすり減ったスニーカーのせいで、冷えたアスファルトを通じて足下から体温を奪われていくようだ。風まで吹いてきた。寒さで奥歯がガチガチと鳴るため、バッグからマフラーを出した。首に巻こうとするとハイヤーが見えた。

木製の門の前でハイヤーが停車し、運転手が出てきてドアを開ける。中からコートを羽織《はお》った初老の男性が降りてきた。服装は紳士だが、目つきが悪く顔はいかにも意地が悪そうだ。マフラーをバッグにしまうと、男が和己に気づき、眉間に皺が入る。小手川信――日本に十四人いる、内閣より任命を受けた最高裁判所判事の一人である。

「ご無沙汰しております、判事」

明らかに不快な表情を見せた小手川に臆することなく、和己は頭を下げた。

前回来たのは『ｎｅｗｓ11』で特捜検事から特ダネを聞いた直後だから六年前になる。あの時は最高裁で再審請求されている殺人事件の死刑判決が「上告棄却」になるのか、それとも「破棄差戻し」になるのか、特集用の取材をしていた。

小手川は、六年前は東京高裁の判事だったため、最高裁の判決には関与していない。また死刑判決を支持した二審の高裁の判事でもなかった。ただ過去の判例から、極刑は厳しすぎると思っていた和己は、一人の裁判官の認識として、この小手川信に聞いてみたくなり、この場所に来たのだった。

だがそれは無駄な努力だった。小手川は嫌味だけ言い、和己の質問に答えることなく家族のいる家の中へと入っていった。この日よりはるかに底冷えする一月の夜、そのせいで和己は風邪を引き、翌日から高熱を出した。

「まさかまた取材に来るとはな。あの時、裁判官には取材するなと説明したはずだが」

小手川は立ち止まったまま、目も合わせることなくそう言った。ぶっきらぼうなのは六年前も同じだが、今回は無視されるだろうと思っていただけに、口を利いてくれただけまだマシかもしれない。

「前回、判事に言われたことは覚えています。裁判官は公正に裁判を実施するため、記者に対して夜討ち朝駆けはもちろん、裁判終了後の取材にも一切応じないと」

そこで自分がオールドタイムズに転職したことを伝えていなかったことに気づいた。だが名刺を出したところで受け取る男ではない。むしろ自分が今も、『ｎｅｗｓ11』に関わっていると思ってくれた方が都合はいい。

「それなら、どうしてまた来た？」

大声ではないが、法廷でも聞く低音は、静寂《せいじゃく》な夜の住宅街によく響く。

「前回と同じです。一般論として、一人の裁判官の見解をお聞きしたくて来ました」

一般論であっても裁判官に訊く意味などないことは理解している。仮に小手川のような大物判事が解説したところで、法廷で下された判決が事件の結論であり、それが唯一の正義だ。

「裁判官に個別に接触しないことが、裁判を公正に保つモラルであることも僕は承知しています。ただ今回、取材していることはこれまでの取材とは事情が違います」

「矢野幸雄判事のことだろ？」

小手川判事は和已が来た理由が分かっていた。司法に関わる人間なら、分からない方がおかしいか。

「今、国民の多くが、矢野幸雄判事がここ二年間に下した七つの逆転無罪、差戻しについて疑問を抱き、日本の司法制度に不信感を募らせています」

「私には関係がないことだ」

同じ判事なのに、冷たい言い方だと思った。だがこの男ならきっとそういう言い方をするだろうとも思っていた。

「それに判決は確定している」

これも予測通りの答えだ。

「僕が訊きたいのはそういうことではありません。小手川判事と矢野判事は、帝都大学法学部の同期ですね。年齢は小手川判事が一つ上ですが、同じ年に入学し、同じ司法試験に合格、そして一緒に司法研修を受けています」

調べたことを説明するが、返事はない。

「研修後は微妙に異なりますね。小手川判事は最初から裁判官希望でしたが、矢野判事は弁護士志望だったそうですね。検事や判事をやめて弁護士に転身する『ヤメ検』『ヤメ判』がいるのは知っていましたが、『ヤメ弁』がいるのはそれほど知られていません。ネットではそのことまで調べられていて、元人権派弁護士だった人間を、東京高裁の判事に任命するから、次々と無罪判決を出すと書かれています」

「馬鹿なことを言うな」

小手川は強い口調でそう挿んだが、和己も「調べましたが、矢野判事はなんでも逆転無罪を出すのではなく、死刑判決を下したことも、また検察の求刑以上に長い懲役刑を出したこともありますね」と言い、「僕は今回の事件で矢野判事を不確定な情報で追及するつもりもありませんし、かといって矢野判事に同情しているわけでもありません。ただ矢野判事の裁判で無罪になった元被告人たちのことを心配しています。ネットの批判は、再審すべきだとわざわざ事件を蒸し返したり、元被告人の実名を出したりして、元被告人を苦しめています」と早口で話した。

それも無駄だった。小手川は完全に和己から背を向け、横壁のセンサーを操作した。門が解錠する音がした。

「批判を受けている中には、長女の虐待死で、同居男性とともに逮捕された母親の二審判決も含まれています。一審で有罪が出たのは、彼女が子供に手を出していたという近隣住民の曖昧な証言を、警察と検察が鵜《う》呑《の》みにしたからです」

「だから二審で逆転判決が出たんだろ。確定した判決がすべてだ」

背中を向けたままそう言い、小手川は門を開けた。

「僕はそんなことを言ってるんじゃないんです。母親は今、残された長男と二人で平穏に暮らしてるんです。でも今回の事件で母子の周りが騒がしくなっています。母子家庭ですよ。判事は不憫《ふびん》に思いませんか」

必死に話したのに、小手川は一切反応することなく門をくぐり、石が敷かれたアプローチに足を踏み入れる。そこで顔を上げて振り向き、一瞬だけ和己と目が合った。

だが睨んだだけで、すぐに門をしめた。

4

小手川に拒絶された和己は、会社に帰ることなく、両親と同居する東村山市《ひがしむらやま》の自宅に帰った。

三十三歳にもなって親元に住んでいるのは自立していない息子のようだが、制作会社で正社員になれた二十四歳から二十七歳までは一人暮らしをしていた。戻ったのは継父が患っていた慢性腎盂腎炎が悪化し腎不全となり、人工透析を受け始めたからだ。

鍵を回してドアを開け、中に入る。十一時なのでまだ両親は起きている時間帯だが、声もしないし、リビングの灯りも消えていた。月曜日なので透析日ではないが、二人とも早く寝たのだろう。手洗いとうがいをして台所に戻り、ミネラルウォーターを出そうと冷蔵庫を開いた。ボトルを脇に挟み、小腹が空いたのでなにかないかと物色する。見つけたポッキーを手に取って振り返ると、母が冷蔵庫に常備している医療用の冷却シートが、テーブルに出しっ放しになっていた。

それを冷蔵庫に戻してから、台所の奥の両親の部屋に向かう。

「和己です。開けていいですか」

そう言ってドアを開いた。継父の体調に異変が起きたのかと思ったが、ベッドに寝ていたのは母で、脇の椅子に座った継父が、タオルを持って看病していた。

「和己くん、おかえり」

継父が言うと、額《ひたい》に冷却シートを貼った母も目を開け「おかえり」と言った。

「どうしたの？　母さん」

「ちょっと熱が出ただけよ」

「ちょっとって、ゆりえさん、三十八度五分もあったんですよ」

丁寧な口調で継父が言う。母は若い頃にボランティアで海外に行ったほど活発で明るい女性だ。性格もさばさばして、会話も砕《くだ》けている。一方の継父は家族にも丁寧な言葉遣いをする。二人の会話が嚙み合っていない時もままあるが、よく似合った夫婦だと思う。少なくとも一人で和己を育てていた頃より、母は幸せで安心した顔をしている。

「ごめん、母さん、俺のせいで起こしちゃったね」

「ううん、そんなことはないですよ」

母ではなく継父が答えた。

「大丈夫？」

「平気よ、ちょっと疲れが出ただけだから。あしたは休みだから寝てたら治るわ」

母は楽観的に言うが、継父が「ゆりえさん、病院で診てもらわないとダメですよ。この前だってインフルエンザになったばかりでしょ」と注意する。

予防接種もして、普段からマスク、手洗い、うがいを徹底していた母がインフルエンザに感染したのは和己が知る限り初めてだった。「歳《とし》なのかね。看護師失格ね」とプロ意識が強い母はひどく落ち込んでいた。

「じゃあ、近くのお医者さんで診てもらうから」少し乾燥した声で母が言う。

「それなら俺がついてくよ。今は忙しくないし。お父さん、あした透析の日ですよね」

透析の日は仕事を半休にして、午後から病院に行く。透析治療は四時間以上かかる。透析は体の負担が大きく、気力まで奪い取られるようで、帰宅した継父は、いつもぐったりしている。

「和己くんも今朝から忙しそうにスマホで調べ物をしてたじゃないですか」

よく観察しているなと継父に感心する。今週の取材で取材班キャップに指名されたなどと言ったら、ますます気を遣いそうなので、そのことは黙っておく。

「母さんの病院に付き添ったら、お父さんの方が疲れちゃいますよ」

「それくらいたいしたことないですよ」

「そうですか。だったらお願いします」

その方が母も嬉しいだろうと思って任せることにした。

「なんか母さん、最近、身体を壊してばかりだけど、一時的なものだから気にしないでね」

母はそう言って強がった。

「気にしないって、するに決まってるじゃない。ゆりえさんが倒れると和己くんが心配するんですから気をつけてくださいよね」

自分が一番心配なくせに、継父はそう注意していた。

5

社内では社員たちがパソコンで検索しては呆れた声をあげていた。

「わっ、痴漢の容疑で無罪になった商社マン、顔や会社まで掲示板で晒されてます。奥さんと五歳の女の子がいることまでも」

相沢がそう言った。すると向かい側に座っていた畑が「女性は痴漢犯罪では被害者の味方になることが多いけど、相沢さんは商社マンの言い分を信頼してあげるんだね」と口を出した。

また余計なことを……和己は心配したが、相沢は「私は商社マンを信頼してるんじゃないです。裁判でそう決まった以上、それが真実だと思っているだけです」とはっきりと返した。こういう時の畑は屁理屈をこねて、こじらせることが多いが、「そうだね。判決を承認しないとキリがなくなってしまうね」と反省していた。

他にも傷害容疑、覚醒剤所持で無罪になった元被告人も当時の記事がコピペされている。

新聞社やテレビ局が発信するネット版の記事では逮捕時は実名報道されるが、被疑者の人権を配慮して、数日で記事は消えるように設定されている。検索で引っかかってもそのページを見ることはできないのだが、掲示板などに転載されたものは残っている。今回のような騒ぎが起きると、ネット上に残っているものを誰かが拾って、こうして蒸し返される。まさに二度と消せないデジタルタトゥーだ。いくらメディアが慎重に発信したところで、ネット社会に人権を守る手段はない。

「それより私は虐待で無罪になった母親に同情してしまいます。下の息子さん、上の女の子が亡くなった後に母親の実家で育てられたらしいんですけど、二審で無罪になった後、母親は『肩身の狭い思いをしている息子を引き取って、これからは子供のために生活したい』と涙ながらに話してたんですよね」

「それが仕事場まで特定するような書き込みをされてるからね」

和己が割り込むように口を出した。匿名掲示板には、母親の職場は京成《けいせい》電鉄の堀切《ほりきり》菖蒲園《しょうぶえん》駅近くのコンビニと書いてあった。

「そこまで書くことないでしょ。ひどい」相沢が同情する。

「これもガセかもしれないけど」

「だけどそれもこれも、不動さんが言ってたように、矢野判事が正常な判断ができていた場合に限るよな。これだけ騒ぎになっても矢野判事どころか、裁判所もなにもコメントをしないんだから、認知症、もしくは脳になにかしらの異常があったと考えておくべきなんじゃないのか」

三人とは少し離れた席で午後の情報番組を見ていた中島が言った。テレビでは矢野判事と同じ六十四歳で若年性認知症になった患者の家族を取材している。同じ病気だとしても症状の進行は人それぞれで、こういった情報がさらに誤った噂を生むというのに……。

「中島さん、僕は仮に矢野判事がしっかり判断できない健康状態だったとしても、元被告人たちが非難される理由はないと思っていますよ。元被告人は裁きを受けた上で、無罪を勝ち取ったわけですから」

和己は中島に異議を唱えた。

「私も同感です。矢野判事の健康状態と過去の判決を繋げることじたいが間違っていると思います」

相沢もそう言って、和己に続いた。

「そうですよ。中島さん、そんなことを疑い出したら、一つの裁判が終わるたびに、裁判官の認知テストをしなきゃいけなくなりますよ」

畑までが加勢した。

「おいおい、三人して攻撃してこないでくれよ。俺だってネットで叩いている連中と一緒になって、認知症と決めつけてるわけではないんだから。きみらが言うように元被告人を非難するつもりなんて毛頭ないし」

中島が尻ごみするほど、相沢も畑もすでにネットに氾濫《はんらん》している判事叩きに対して、批判側に立っている。「魔女狩りみたいじゃないか」と言った不動のセリフが影響を与えているのだろう。和己だって同じだ。みんなと一緒になって一人の人間を叩くのは、すごく卑怯でカッコ悪い。

そうは言ってもネットの「逆転判事」叩きはエスカレートする一方で、掲示板にスレッドが立って盛り上がっている。その書き込みといったら、《うちの犬が矢野判事の家の前でおしっこしたら、家の中から怒鳴《どな》られた》《家の壁には『キケン、猛毒注意』の看板が貼ってあるぞ》《裁判官がすぐキレるなんて最悪》など信憑性の低い怪しい情報ばかりで、いつしか認知症疑惑から人格的な問題に、主題がすり替わっていた。

「ところでもっくん、不動さんはどこを取材してるんだ」

中島から訊かれた。

「ネットニュースに出てた矢野判事が脳神経科を受診していたというネット記事を書いた新聞記者が分かったので、真偽のほどを調べてみると言ってました。といってもその記事、ペンネームで書かれているんですけど」

「ペンネームなのにどうやって調べるんですか。私にはその方法すら分かりません」

この中で唯一記者経験のない相沢が尋ねる。和己も不動から「調べてみる」と言われた時は同じ疑問を抱いた。

「不動さんはあっちこっちに情報源があるから、その記者にアテがあったのかもしれないな。あるいは匿名でバイト記事を書いてる新聞記者を当たって探したとか」

「不動さんって東亜イブニングの時からこんな熱血タイプの優秀な記者だったんですか」

相沢が尋ねた。

「特ダネを連発するような剛腕記者ではなかったけど、粘《ねば》っこい取材でどこからか面白いネタを見つけてきたよ。東亜イブニングがもっと読み応えのある媒体にデジタル改革していたら、会社は絶対に手離さなかったんじゃないかな」

「やっぱり優秀だったんじゃないですか」

「優秀とはちょっとニュアンスが違うんだよなぁ。不動さんが一番喜ぶフレーズが『不動の記事はくだらないけど面白い』と言われることだった。そうそう、少し前にあるプロ野球チームをトイレメーカーが買収しようとしたんだよ。他の新聞が新監督や大物FA選手獲得とか大騒ぎする中、不動さんときたら、女性記者をつれてそのチームの本拠地に行き、トイレのメーカーを全部調べたんだ。すると物の見事に全部ライバル社のだった。不動さんの記事を読んだ球場のお偉いさんは、これは新しいオーナーに怒られるって、大慌てでトイレを総取っ替えしたんだ。なんだかんだで球団買収は頓挫《とんざ》するんだけど、球場のトイレがウォシュレットになったって選手もファンも大喜びだったよ」

「ネタとしてはどうでもいいことですけど、関係者がバタバタしてるのを想像すると可笑《おか》しいですね」

相沢が感嘆すると、畑も「大事な取材でも下に任せてしまうのは、まぁ大した度胸ですけどね」と少し上から目線ではあったが、評価した。

畑が言うように不動は全部自分でやらずに部下にも任せる。高堂繭のインタビューも畑が一対一でやった。そして今回、和己が取材班キャップを任せられている。

そこで和己のスマホの着信音が鳴った。画面に継父の名前が出たのですぐに出た。

「お父さん、どうですか、母さんの状態は？」

〈今、病院から帰ってきたところです。お医者さんが言うには疲れが出ただけだって。点滴してもらったから平熱まで下がりました〉

そう聞いて大きく安堵の息を吐いた。

「すみません、お父さんにお手間をかけさせてしまって。お父さんもこれから病院なのに」

〈なに言ってるんですか。和己くんの仕事と比べたら、僕はたいしたことはないですよ。寝てるだけなんだから〉

寝ているだけではない。透析は血管に埋め込まれたシャントに太い針を両側から刺されて、体中の血液を濾過《ろか》して老廃物などを取り除き、また体に戻す大変な治療である。

かなりの圧力で血液が流れるため、痩せた腕は荒れて、腕はでこぼこになっている。シャントに傷がついたり、強い直射日光が当たらないよう、継父は真夏でも長袖を着ている。汗だくになって帰ってきた姿に「大変ですね」と和己が心配しても、「もう慣れたよ」とけっして弱音を吐かない。それくらい強い人だ。

今でもテレビ制作会社のアルバイトから正社員になった時のことは忘れない。そのことを一番喜んでくれたのが、自分が再婚したせいで、和己が大学をやめて弁護士になる夢を諦めたと誤解していた継父だった。

――和己くん、僕は昔はジャーナリストになりたいと思ってたんだ。ノンフィクションの本もたくさん読んだけど、体が弱くてその夢は諦めた。まさか自分の息子が、代わりに夢を遂げてくれるとは思わなかったよ。和己くん、ありがとう。

手を握って涙を流した継父を見て、和己は一緒に泣いてしまった。気の強い母までがもらい泣きしていた。

電話が母に代わり「母さんは働きすぎなんだよ。これからお父さんに心配をかけないようにしてよ」と言った。母は珍しく〈ごめんなさいね〉と素直だった。

電話を切ると、畑と相沢が心配そうな目で見ていた。

「あっ、母がちょっと熱を出したんです。でも大丈夫、平熱に戻ったから」

二人には継父であることを話していたが、中島は知らないはずなので、和己の両親への口調に違いがあることを不思議がっているかもしれない。中島にも父が母の再婚相手であることを伝えた。

「そのこと、不動さんから聞いて知ってたよ」

「えっ、不動さんには話してないのに」

「それにお父さんは人工透析の治療をしてるとも聞いたよ？　だからもっくん、今日は早く帰っていいからな」

「どうして不動さんは、そこまで知ってるんですか」

「前にお母さんがインフルエンザになった時があっただろ？　その時、もっくんが『お父さんはあしたは透析ですよね。うつったら大変なので僕が看《み》ますよ』と言ったのが、不動さんに聞こえたらしい」

「すごいですね。不動さんの情報収集力って」相沢が感心する。

「あの人は会議では人の話を聞いてないんだけど、普段は地獄耳だから」

中島はそう話したが、実際にすごいのは耳だけではない。話は誰の耳にも入る。だがそれを聞き流してしまうか、それとも疑問に思って考えるかで違いが出る。『ｎｅｗｓ11』のスタッフでも情報を取ってくるのは、そうやって考える記者だった。

そこでまた電話が鳴った。また父かと思って心配したが、不動からだった。

〈もっくん、矢野判事が受診した病院が分かったぞ〉

通話ボタンを押した途端、珍しく不動の興奮した声が耳に届いた。

「本当ですか？」

自分の声も裏返る。てっきりガセだと思ったが、本当だったようだ。

〈聖ルチア病院だ。あそこには鳥原忍《とりはらしのぶ》先生という脳神経で有名な医師がいるからな〉

「すみません、勉強不足で、その医師のことを初めて知りました」

「もっくん、不動さんはなんて言ってんだ」

中島が近づいてきた。相沢と畑も寄ってくる。三人に掻《か》い摘《つま》んで説明する。そこから先はスピーカーモードにした。

「鳥原医師と言ったら、前は帝都大学の医学部にいた人ですよね」中島は驚き、「そのこと、ネットに書いた記者はどうして分かったんですか」と和己のスマホに向かって声を発した。

〈ペンネームで書いた記者、名前は伏せるけど、その記者が、同じ社の社会部のベテラン記者から聞いたというところまで教えてくれたんだ。そのベテラン記者がたまたま同じ日に脳神経科を受診して、矢野判事を見たと言ってたらしい〉

「本当なんですか」

〈間違いないよ、ナカジ。記者は念のために矢野判事と鳥原医師の関係も調べたそう

だ。二人は帝都大の同級生で、ワンゲル部に在籍していた。そのことは俺も、さっき帝都大関係者に電話して確認した〉

部屋にいた四人全員がどよめいた。ネットの噂はフェイクニュースではなかったのだ。矢野判事になにかしらの症状が出て、それで知人である有名医師に相談したのだろうか。

〈俺はこれから鳥原医師に当たってみるけど、医師が患者の検査内容を話すとは思わないから期待はしないでくれ〉

診察情報を漏らせば違法になる。

「分かりました。こっちもいろいろ当たってみます」

和己はそう言ったのだが、電波が悪くて伝わっていないようで〈もしもし、もしもし〉と不動が繰り返す。

「大丈夫です、不動さん、聞こえてますよ」

〈大事なことを伝え忘れるところだった。矢野判事と一緒に検査を受けた人が分かったんだ。これもそのベテラン記者が昔、裁判所を担当していたから、奇跡的に分かったんだけど〉

「本当ですか。教えてください」和己はメモとペンを用意して書き留めようとした。

〈最高裁の小手川信判事だよ〉

スピーカーから聞こえた声に、和己の手は動かなくなった。

6

この夜は動画担当として相沢に来てもらった。取材補助なら中島や畑の方が頼りになるが、二人とも撮影取材のキャリアはないし、デジタルに強いのは相沢だ。今回、和己は普段使っているハンディムービーではなく、スマホで撮影すると決めた。画質はハンディムービーより劣るが、相手の警戒心はスマホに対しての方が強くない。

昨夜と同じ時間にハイヤーのヘッドライトが見えた。

「相沢さん、最初はスマホを出さなくていいからね。だけどいつでも撮れるように動画だけは開いておいて」

門の前に立っていた和己はそう指示した。

「はい」

「挨拶も名刺は受け取らないから名乗るだけでいいよ」そう言ってから昨夜のやり取りを思い出し「あっ、会社名は言わなくていいから」と伝えた。相沢は怪訝な顔をしたが「分かりました」と従った。

車から降りた小手川信が、和己がもう一人記者を連れてきたことに、いっそう不快感を露《あら》わにした。

「ここには来るなと言ったはずだ」

怒鳴ったわけではなかったが、低い声には充分な圧力を感じた。だが和己は怯むことはなかったし、相沢も毅然《きぜん》としている。

「昨日は、矢野幸雄判事の認知症疑惑騒動で、無罪判決を受けた元被告人が苦しんでいることを伝えたくて来ました。でも今日は違います。矢野判事が認知症だったのかどうか、それを教えてください。小手川判事は、今年一月十一日に矢野判事と一緒に聖ルチア病院の鳥原医師の脳ドックを受けていますね」

不動が調べたことをぶつけた。普段ならもう少し小出しにして反応を見るが、この男に駆け引きは通用しない。この男も和己の性格は見抜いている。

門の灯りでうっすらと陰影を作る小手川の横顔にじっと視線を合わせた。だがいくら待ってもなにも返ってこない。これくらいの証拠を突き付けた程度で答える男ではなかったか。それでも諦めずに先を続ける。

「矢野判事と鳥原医師は、帝都大学でワンダーフォーゲル部に入り、親友だったそうですね。そして小手川判事と鳥原医師とは仙台《せんだい》の高校から同級生ですね」

ここに来るまでにそのことも調べた。

「小手川判事はワンダーフォーゲル部には入っていなかったようですが、三人は友人だったと僕は思っています。そうした友人関係から小手川判事は、矢野判事を聖ルチア病院に連れていき、鳥原医師の検査を受けさせたのではないですか」

司法の最高機関である最高裁の判事が、高裁判事から認知障害について相談を受けていた、あるいは小手川は矢野の出す判決に疑問を感じて診断を受けさせた……いずれにせよ、この事実が明らかになれば日本の司法界を揺るがす大問題に発展する。

「その検査を受けたのは他に誰だ？」

小手川からは予想もしていなかった質問が返ってきた。

「お二人以外にも受けた人間がいるのですか」

驚いて聞き返したが、小手川は肯定も否定もしなかった。その代わりに闇夜に嘲笑が漏れた。

「その程度の取材で質問するとは、ずいぶん甘くないか？　ちゃんと調べてから来い」

このままでは家に入られる——そう感じた和己は次の話題に移った。

「昨日も言いましたが、僕が心配しているのは矢野判事によって無罪判決を受けた母親と男の子です。矢野判事が認知機能に障害があったとしても、母子が安全に暮らす権利は守られなければなりません」

小手川信はなにも答えずに、門に歩を進めていく。

「母親一人で子供を育てる大変さは、同じ環境で五歳から成人直前まで育った僕にはよく分かります。僕は母子の生活環境を心配して話したのに、昨夜のあなたは、最終判決が真実だという法律的解釈でしか答えてくれなかった。僕はそのことを最高裁判事ではなく、自分の父親として納得できなかった。それでまたお父さんに会いに来たんです」

歩いていた小手川の足が止まった。隣の相沢が「お父さん？」と声を上ずらせた。

五歳で別れてから二十八年振りにそう呼んだ。養育費はもらっていたが、一度も面会はしていない。離婚時、夫婦仲は冷めていたようだが、当時三十歳で、勤めていた病院でようやく責任のある仕事を任されるようになった母は、地方の裁判所に転勤になった父についていくより、東京に残って看護師の仕事を続けたくて離婚を決めた。そう母から聞いていたから、和己はけっして父を嫌いにならなかったし、自分も法律家になりたいと法学部を選び、司法試験の勉強を始めた。

「お父さんは母が再婚した時にも法律的解釈を理由に養育費の支払いをやめました」

「それがゆりえと交わした契約だ。私が親権を放棄する代わりに、ゆりえが再婚した時点で、養育費の支払いは終了する。それはゆりえが言い出したことだ」

顔も向けずに言った。非情で冷酷な言い方、母が再婚した時も同じ感情を抱いた。あの時、母は継父の病気の話もして、和己が大学を卒業するまで支払いを続けてくれないかと頼んだようだが、父は契約だと拒んだ。その話を小耳に挟んだ和己は、法律が血の通っている人間の交流を遮断する無慈悲《むじひ》なものにしか思えなくなり、憧れていた法曹《ほうそう》への夢が萎んだ。そのことは六年前、ここに来た時に話した。

「僕は学費の問題ではなく、自分の意思で大学をやめたのですから、今はそのことでお父さんを恨んでいるわけではありません。ただ同じ母子家庭で育った身として、二次被害に苦しめられている母子を配慮する言葉が一言でも欲しかった。そうでないと僕はあなたを父親として見られなくなると思いました」

選挙で罷免を可として投票したくらいだからすでに裁判官としての敬意は消えている。それでもやはり父親なのだ。父が日々の法廷でジャッジを下しているように、自分は法律とは別の方法で、真実を見極めたいと報道の仕事を選んだ。

「判決は確定している」

小手川信は昨夜と同じことを言った。やはりこの男は人間としての感情が欠落しているようだ。「そうですか」落胆しきった声を吐いたところで、小手川の声が夜気に響いた。

「それに、矢野くんの健康状態には問題がなかった」

「えっ、どういうことですか」

慌てて聞き返す。父は振り向くこともなかった。変化のない横顔から、声だけ聞こえた。

「おまえが言った通り、私と矢野くんは大学からの友人だ。当時の仲間が最近、脳梗塞で突然亡くなった。それでみんなで一度、鳥原くんのところで脳ドックを受けようということになった。みんなで鳥原くんから診断結果の説明を聞いたから、矢野くんに異常がなかったことは間違いない」

「じゃあ、なぜ今回の事故が？」

事故だけでない。矢野判事がなにも語らないから、悪い噂が広がっているのだ。

「本人は考え事をしてペダルの操作を間違えたと話していた。だが私たちくらいの歳でこんな事故を起こせば、体が衰えたとショックを受ける。虚脱《きよだつ》状態のうちに、ネットで病院に行ったことまで取り上げられ、矢野くんは憔悴してしまった」

相変わらず厳しい表情だったが、口振りには友人を思いやる気持ちが含まれていた。

「相沢さん、用意して」

「はい」

相沢がスマホを向けたのと同時に「今の話、カメラの前でもう一度してくれませんか。元被告人たちが救われます」と父に頼んだ。

父は手で遮って、相沢に撮影するなと示唆した。相沢が眉を曇らせ、和己を見る。

「お父さん、裁判官がマスコミの取材に答えることが、倫理上の問題になることは分かっています。でも今はお父さんに話してもらうしか道はありません。それによって矢野判事も、そして元被告人やその家族も救われます」

「私が話したところで、仲間の判事が身内を庇《かば》っているとしか思われないだろ」

「だけど、他に方法が……」

「西京大《さいきょう》の清川義之《きよかわよしゆき》教授は知ってるよな」

機先を制された。

「もちろんですよ」

生理学の教授で、次のノーベル賞候補と言われている。テレビにも出演し、柔らかい物腰でマスコミや国民からも人気が高い。だがなぜここで関西の大学の教授が出てくるのか。

「清川教授がどうしましたか」

「さっき私はみんなで受けたと言ったはずだ」

「まさか清川教授も一緒に受診したのですか。でも西京大の清川教授がどうして聖ルチア病院で検査を？」

「彼も我々の古くからの友人だ。実際は検査に消極的だったのは私だった。矢野くんは今年六十五歳で定年だが、最高裁判事になった私はまだ定年まで四年ある。『怖がりの小手川に検査を受けさせよう』と矢野くんと清川くんとで連れていってくれた。矢野くんは優しい男だ。だが仕事に関しては常に自分を律していた。それはここ数年も変わっていない」

「その清川教授に矢野判事について取材を受けてもらえるよう、お願いしてもらえませんか」

さすがにそこまでお願いするのは厚かましいか。そう思ったが父は答えた。

「私の方から電話しておく。オールドタイムズの茂木和己という記者が取材に行くから答えてあげてほしいと」

その返答に和己は驚きを超え、声すら出なかった。

知らせていないのに父は知っていた。セントラルテレビ系の制作会社から、和己が新たに発足されたウェブニュース社に転職したことを……。

7

清川教授は普段テレビで見せるのと同じ柔和な表情で、今年一月十一日、東京高裁、矢野幸雄判事と聖ルチア病院で脳ドックを受け、二人ともまったく問題がなかったことを、自分のMRI画像まで披露してオールドタイムズのハンディムービーの前で明かしてくれた。血管の状態は矢野判事の方が、清川教授より若干だが良かったらしい。「そう言われた時、矢野くんは少し誇らしそうでしたよ」とも話した。

取材を終えて会社に戻ってきたのは水曜の夕方だった。普段『Real or Fake』は金曜日の午前七時五十分と決めているが、その日は不動の判断で《臨時速報版》として水曜の午後十時十分にアップした。

一時間もしないうちにSNSで拡散され、さらに『news11』が〈速報です。ただいまウェブニュースが報じました〉と紹介した。ネット内にはなおも《検査を受けたのは二ヵ月以上前だろ？　逆転判事の認知症疑惑が晴れたわけではない》といった批判的な書き込みは散見されたが、矢野判事、そして彼によって無罪や差戻しになった元被告人へのバッシングは、ぱたっと止んだ。

「すごいな、和己くん、大スクープじゃないか。正直、和己くんが制作会社を辞めて、ウェブニュースにいくと聞いた時はもったいないと思ったけど、今思えば大正解だったな」

翌日の朝食で、スマホを眺めていた継父は顔をほころばせている。二日仕事を休んだことで体調は回復し、今日から出勤する母が、トーストを囓り、隣から頬を寄せて継父のスマホを覗く。

「清川さんって昔と変わらないのね。あんたは覚えてないでしょうけど、三歳くらいの時、鳥原先生と遊びにきてくれたことがあるのよ」

「そんな偉い人が家に来たの。ゆりえさんも大変だったんじゃない」継父が目を細める。

「そうでもないわよ。その頃はこの人たちが将来偉くなるなんてこっちはこれっぽっちも思わなかったし。休みなのに、お酒のつまみを作ったりして面倒くさくて。まぁ、信《まこつ》ちゃんは勝手な人だったからね」

そう言えば母は、七歳も下だというのに、父を「まこっちゃん」と呼んでいた。無意識に暗いイメージに替えようとしていた幼い頃の記憶に、明るさが戻った。

「好きになって結婚したんでしょ？　裁判官となんてそう簡単に知り合えないよ」

「向こうがあたしに惚れたのよ。それでも勉強家で、遅く帰ってきても毎日夜中まで調べ物してたし、あたしも応援してたけどね」

前夫についてなんの躊躇《ためら》いもなく楽しそうに会話する二人が微笑ましい。

「それに和己の二人いるお父さんのうちの一人なのは、永久に変わらないからね」

母は和己が今回のネタを誰から聞いたのか分かっているようだった。

やっぱり母が伝えていたんだな。父が転職先を知っていた理由を、和己は理解できた。

エピソード5　オクラホマチキン

1

家族全員が揃《そろ》った朝食の風景がこんなに楽しいなんて、俺は今ごろ気づいたよ……。

中島嵩史《なかじまたかふみ》は食卓の周りで慌ただしくしている妻と二人の息子を眺めながら、心の中でつぶやいた。

夕刊紙だった東亜イブニングは、朝まで原稿が入るため、帰宅は早くても夜中だった。朝は家族の朝食時間に起きられず、生活はすれ違いになる。現場記者からデスクになると、今度は毎朝五時起きで、朝食を取らずに始発で出勤した。それがオールドタイムズに入って、ようやく家族四人が顔を揃えた朝食時間を迎えられるようになった。トースターから跳び出した食パン二枚を妻の里恵《りえ》が二つの皿にとりわけ、「はい、お父さん」と渡してくれた。牛乳を飲みながらスマホを見ていた嵩史は「ありがとう」と受け取る。すでに高二の慧《けい》、中二の響《きょう》は、トーストを食べ終えていた。

「牛乳ないんだったら新しいのを出しといてよ。もう、気が利かないんだから」

里恵が空の牛乳パックを揺らして息子二人を叱った。最後に飲んだのは響だが、反抗期で謝りもしない。代わりに嵩史が「ごめん」と妻の機嫌を取った。大学の三期下である里恵はサッシメーカーで働き、二度の育児休暇を経て課長になった。給料が低いと不満を言うが、今は嵩史の年収が下がったので、妻の収入がなければ中島家はやっていけない。

おそらく妻の頭の中は仕事で一杯なのだろう。こういう時に話しかけても里恵は苛立つだけなので、スマホで自社サイトを読んだ。七時五十分、昨夜、予約投稿した『邁進!! 男塾』の中の、『ジョン寅次郎』というシリーズが無事にアップされていた。自国に帰る外国人男性を成田《なりた》空港で捕まえ、日本でなにをしたのか、何を得たのか、そんな話を聞く内容だ。PV数を確認する。リアルタイムで五千四百人がページを開いている。毎週金曜発の『Real or Fake』はPV数が一日に十万、二十万に達するのだからそれとは比較にならないが、様々なサイトが氾濫する今の時代、読み物で五千超えはなかなか出せるものではない。

シリーズ五回目のこの日の『ジョン寅次郎』は、九州から在来線を乗り継いで成田空港まで戻ってきたマイク・バーナードさんという二十五歳の黒人男性だった。写真を見た限り、体重百キロは軽く超える巨漢だ。彼がフロリダの名門高校のフットボール部に在籍していた八年前、その高校に父親の転勤で日本人が転校してきた。名前はヤスシ——米国人は発音ができず、フロリダでも人気の「寿司《すし》」から「スシ」と呼ばれたその日本人生徒は、日本の高校ではアメフト部にいたが、アメリカ人と比べると体が小さいため入部は認められなかった。それでも彼は毎週金曜日の試合には必ず応援にきて「やっつけろ!」と声援を送ったそうだ。

マイクさんはスシとはとくに仲がよく、昼休みに図書館で勉強を教わり、そのおかげでマイクさんは奨学金を得て、カレッジでOCとして四年間プレーした。スシも大学に進学し、大学ではフットボール部の道具係になったが、白血病を患い、去年亡くなった。マイクさんは彼が育った日本を知りたくて、旅行にきたそうだ。

彼の母校である九州の高校に行ったが、監督は変わり、突然やってきた外国人が指導することは認められなかった。三日間、マイクさんはスシがしたように練習を見学して応援した。最終日に生徒の前で話す機会をもらえた。

通訳してくれた英語教諭を介して、マイクさんは生徒たちにこう語った。

「私の学校には真剣に勉強を教えてくれる教師が少なくて、一番教えてくれたのがスシでした。スシからは勉強だけでなく、やってはいけないこと、そういうことをしたら人が悲しむこと、日本には『ドウトク』という授業があることも聞きました。スシのおかげで大学に行けた選手が私以外にもたくさんいます。フロリダで仲間から尊敬されていたスシが、この学校に在籍していたことを皆さんは誇りに思ってください」

記事を読み終えると、二階の自室で支度を終えた息子二人が階段を降りてきた。里恵が「今日は雨予報だから傘忘れないでね」と言った。

二人とも私立の中高一貫校に通い、慧は高校でアメフト部のディフェンスの選手、中学生の響は野球部だが、高校ではアメフト部に入ると言っている。作戦が複雑で頭脳スポーツでもあるアメフトは、進学校に強豪校が多く、慧の高校もそこそこ強い。

「慧、今日のお父さんが担当した記事、アメフトのことだからよく読んどけ。OCらしいから、オフェンスの選手で、慧とはポジションが違うだろうけど、すごく参考になるからLINEで送っとくよ」

小さな世界にとどまらず、スシのように海外の人からも認められる人間になってほしい。そう思って言ったのだが、慧は「分かったよ」と疎ましげに返事をして出かけていった。

子供たちが嵩史に反抗的なのは、転職によって、里恵が「うちはもうお金がないから浪人も出来ないからね」と脅したことも一因にある。息子たちは家族に相談もせずに会社を辞めた父親を不満に思っている。正直、嵩史にも不安があったが、今は違う。

すでに食べ終わっていた里恵が、着替えて台所に戻ってきた。

「俺が洗い物をしとくから」

月曜は十時の会議までに出社すればいい。里恵からは違う話が返ってきた。

「ねえ、お父さんへの返事、どうする?」

義父が経営する食品問屋に来ないかと誘いを受けている。だが正直、行く気はない。

「断っておいてよ」里恵が気を悪くするのも承知で言った。

「どうしてよ。せっかく専務の椅子を空けてくれるって言うのに」娘に相談された義父は、長年仕えた専務を相談役に回すつもりのようだ。とはいえ社員六十人の卸《おろし》問屋で、役員も平社員も仕事内容は変わらない。

「お義兄《にい》さんが副社長でいるんだし、俺が行っても仕方がないだろ」

「はい、はい、あなたはマスコミがいいのね」明らかに不快な顔になった。

「今、オールドタイムズは絶好調なんだぞ。一応、俺は出資者なんだから、上場すればストックオプションで人生の勝者になれるし」

「そんな絵に描いた餅みたいな話をしないでよ」

「どうしてだよ、これだけ話題になってるのに」

「話題になってるだけで儲《もう》かってはいないんじゃないの？　相変わらず広告は大八木さん一人でしょ？　儲かっていたらもっと広告部員を採るだろうし、有料化にもするだろうし。結局夕刊紙の時と同じ、プライドだけじゃ生活は楽にならないわよ」

　耳が痛い話だった。結婚してからは携帯電話の普及もあって、会社帰りに夕刊紙を読むサラリーマンは減り続け、挙げ句、リストラだ。痛い目に遭った夫が、また同じ失敗を繰り返そうとしているのが、里恵には腹に据えかねるのだろう。かくいう嵩史もオールドタイムズがどうやって収益を上げているのかは理解できていなかった。確かに広告は増えているが、それだけで七人の給与、経費、ライターへの原稿料を賄《まかな》えるものなのだろうか。

「今日遅くなるから、ご飯は食べてきてね。佐亜子《さあこ》と会うから」

「な、永田《ながた》さんって、日本にいるの？」

不動の元カノの名が出てきたことに舌がもつれた。

中央新聞のワシントン特派員になった永田佐亜子は、里恵の中高の同級生だ。大学は違うが、里恵と交際してからは、嵩史は永田佐亜子ともよく会った。彼女は年上の嵩史にも馴《な》れ馴《な》れしく、気も強いが、どこか憎めないところがあって、いつしか自分のペースに引き込んでいく魅力的な女性である。

不動と永田佐亜子が知り合うきっかけになったのが、十七年前の嵩史の結婚式だった。それが十年以上経って、不動から「佐亜子と一緒に住むことになった」と聞かされた時は、腰を抜かしそうになるほど驚いた。

「そうよ。先月帰国して、今月から政治部長よ。女性の部長はこれまでもいたけど、政治部長は中央新聞史上初めてなんだって」

「永田さんって向こうで駐在員の男性と付き合ってたんじゃなかったっけ？」

「そんなのとっくに別れたわよ」

まるでセレブが外車を乗り換えるように彼女は男を換えていく。そのことが才色兼備の彼女の欠点になるのか。いや、違うだろう。そういう考えじたい今は古く、海外では女優でもモデルでも女性政治家でも恋愛も結婚も自由だ。

「どうして俺に教えてくれないんだよ」

二十代の頃から何度も三人で食事や酒をともにしているのだ。知らせてくれてもいい。

「だって、それは……」

里恵が口籠《くちご》もった。嵩史が不動と同じ会社にいることを気にしているのかと思った。

「不動さんのこと心配してんの？　不動さんはそんな未練《みれん》がましい男じゃないよ」

「そんなこと思ってないけど……ああ、私、出かけなきゃ」

手首に嵌めたバングル型の腕時計を眺めて出ていく。その時には嵩史も、不動に伝えるべきかどうか、悩んでいた。

2

月曜十時からの編集会議、社員たちはそれぞれネタを持ち寄ったが、『Ｒｅａｌ　ｏｒ　Ｆａｋｅ』にふさわしいものは出てこなかった。

ノック式のボールペンを押したり戻したりして考えていた不動が発言した。

「この中ではもっくんが出した男性俳優の金髪外国人女性との不倫疑惑かな。一応、ハリウッド進出を公言してたから、週刊誌のスクープが嘘で、俳優が言っている、ホテルで英会話の勉強をしてたという可能性はなくもないけど、でも正直どうでもいい話なんだよなあ」

「僕もそう思います。だってこの人、過去に一度、不倫で離婚してるし、ホテルの部屋で英会話なんて真実性ないですよ」

茂木が自分の出した案を引き下げた。

「それなら今週は検証記事にしないか。なぜネットの炎上が起きるのかとか？」

「なんだよ、不動、うちの『リアフェイ』は毎週フェイクニュースを暴くことで盛り上がってるんだぜ」大八木が異議を挿む。

「そりゃ出せればいいけど、無理した結果、フェイクニュースを暴く側じゃなくて、暴かれる側にでもなったら、大変だし」

「炎上の仕組みを検証するのは、いいかもしれませんね」

今や、不動の一番の理解者といってもいい相沢が言った。最初はニュースサイトへの転換に消極的だったが、最近は会議でもよく意見を言う。

「この前も私が大好きなほっこり芸人がバイクで旅する番組で、ゲストが勝手なことばかりしてかき回してたんですよ。みんなどう思ってるのかなとＳＮＳを見たら、やっぱり荒れてました」

「それ、土曜日の番組だよね。俺もそう思った。相沢さんも一緒にゲストを叩いたりしなかったの？」畑が口を出す。

「それをやるのは畑先輩でしょ？」茂木がいじる。

「やんないよ。特定されたらエライことだし」

「私はそのゲストに『空気読め！』って思っただけなんですけど、SNSでゲストを批判するコメントって本当にエグくて、こんなこと書いて、発信先を特定されて訴えられたらどうすんのって、逆に心配になりましたから」

「いったい、どのくらいの人数が攻撃すると炎上するのかな。だけど俺は、なぜこんな些細なことで人は他人を攻撃したくなるのか、人間の心理に興味があるよ」と不動。

「それって普段は興味がないけど、みんなやってるから参加するという、ハロウィーンやサッカーやラグビーのワールドカップなどのイベントと似た心理だと思いますよ」嵩史が答える。

「ターゲットになってる人の過去コメを探すのはいいけど、ちゃんと読まずに部分的に切り取って批判する人もいますからね。フェイクニュースというと、政治が絡んだ誘導的な嘘情報が多いですけど、実際はただの勘違いが派生して広がっているケースが結構あるみたいですね」と相沢。

盛り上がっていくうちに、会長の庵野までが意見を述べた。

「炎上を煽ってる人って、ネットの前で相手が右往左往しているのを想像していくうちに、気分が高揚してきて、自分が悪に立ち向かっていく正義のような気持ちに酔いしれるんでしょうね」

「そうです、相手が謝罪したら勝ちみたいな気分になって。掲示板では『また勝ってしまった』というフレーズもよく見かけます。だから大企業や政治家、マスコミなど相手の存在が大きければ大きいほど燃えるんですね。その情熱、もっと違うベクトルに向けたらいいのにと思いますけど」相沢はこの日はよく意見を言った。

「僕はネットを荒らす人はとにかく人を不快にすることで快感を得たいだけだと思います。だからつねに掲示板をパトロールしてチャンスを窺《うかが》ってるんですよ」茂木も続いていく。

「でも荒らしと呼ばれる人も、最初のうちは真実を教えたいという正義感で書き込んでたんじゃないですかね。それが次第に相手を言い負かしたい、ぎゃふんと言わせたいということのみに傾倒していき、そこに嘘、すなわちフェイクが発生するんですよ」庵野が返す。

「おお、なんかすごい高度な議論になってきたんじゃないの。面白くなりそうじゃないか」検証記事に懐疑的だった大八木までが大きな声で賛同した。

そこで嵩史が「炎上の仕組みだけでなく、そこにフェイクニュースがどう関わってくるのかまでテーマが波及していけそうですね」と言い、「では取材に入る前にみんなに質問します。ワシントンポストのジャネット・クックという女性記者を知ってますか？」と問いかけた。目が合った一人一人が固まり、博識である畑までが「知りません」と首を振った。

「彼女は二十六歳で地方紙から名門ワシントンポストに入り、《ジミーの世界》というタイトルで、ヘロインを常用する八歳男児がいるというスクープを取りました。ワシントンポストにその記事が掲載されると、『ジミーを救ってほしい』という電話が殺到した。その記事でジャネットはジャーナリストの最高峰、ピューリッツァー賞を受賞しました」

「二十六歳でピューリッツァー賞ですか？」

畑が目を大きく開けて感嘆《かんたん》する。

「でも、その賞は返上されたんです」

「えっ」何人かが声をあげた。

「そんな男児は存在しなかったからです」

「捏造《ねつぞう》だったってことか」大八木が言った。

「はい、その男児を放っておくなと、警察署にも電話が入って、警察も動きました。だけどいくら探しても該当する男児はいなかったんです」

「その記者はちゃんと取材したんだよな」と不動は確認してきた。

「会社はジャネット・クックから『数十人を取材して裏は取った』と聞きました。でも彼女は上司に『男児の母親だけはインタビューの許可が取れず、子供の将来のために名前も出さないでほしいと頼まれました』と匿名報道を申し入れました。上司も子供の将来を配慮し、匿名での掲載を許可しましたが、結果的にみれば、それがファクトチェックの最後のチャンスだったんです。その後、AP通信が彼女のことを調べると、ワシントンポストに来る前、彼女が地方紙に在籍していたという経歴まで詐称でした」

　誰もが知る世界的有力紙、ワシントンポストの記者がこんなお粗末な捏造記事を書いていたのだ。それだけでも衝撃だが、嵩史が伝えたかったのはそれだけではなかった。

「みんな、この捏造記事が書かれたのはいつだと思います？　なんと一九八〇年、今から四十年近くも前なんです。つまり今はソーシャルメディアが生んだ弊害のようにフェイクニュースが問題視されていますけど、フェイクニュースはネットが登場するずっと前から存在してたんです」

しばらく誰からも反応はなかった。最初に口を開いたのは相沢で、「すごいですね」と言った。

「そうでしょ、相沢さん、一九八〇年と言ったら俺が三歳だぞ」

「違いますよ、私が沁《し》みたのは中島さんの知識です。識者なんかに聞かなくても中島さんが書けば充分説得力のある記事になるんじゃないですか」

「ナカジは名門、上聖大《じょうせい》のマスメディア学部卒業だからな」

不動が言うと、畑が「ワォ」と声をあげた。

「なにがワォだよ、きみは帝都大でしょ、イヤミなヤツ」嵩史は口を窄めた。

「そうですけど、もっくんも中退したけど名門・中律大《ちゅうりつ》の法学部だし、相沢さんも明《めい》桜大《おう》だよね」

「はい、そうです」

「へぇ、相沢さんって、俺が事実婚していた、いやもとい、元奥さんと同じだわ」不動が言い直す。

「不動さんはどこなんですか」相沢が訊いた。

「俺？」不動は自分の鼻を指さす。「俺は卒業生からはダメダメサラリーマンしか出ていない東京スチャラカ大だよ。大八木社長は？」

「俺はたくさんの吉本芸人を輩出してる大阪のスットコドッコイ大だ」

「なんすか、そのふざけた名前は」

若手たちが笑った。嵩史は二人の最終学歴を知っている。有名大学ではないが、実際に仕事をしたら、学歴など関係はない。そういえば嵩史も役員の一人として、畑たち三人の採用に関わったが、履歴書は職歴にさっと目を通したくらいで大学名までよく見なかった。

「会長はどこなんですか？」

嵩史が尋ねると、それまでにこやかに聞いていた庵野の顔つきが変わった。学歴を公表していないので聞いてはいけないことかと焦ったが、庵野は険しい顔のまま言った。

「僕は政治家や官僚になった卒業生が失言で次々と問題を起こす、スッターモンダー大学ですよ」

「なんだか『スのつく大学をアピールしてください』という大喜利みたいになってき

ましたね」

そう言った相沢が一番ウケていて、「お腹いたい」と両手で押さえていた。言われてみれば今は活躍している若手IT社長たちは昔ほど学歴を公表しなくなった。そのようなことを考えていたら面白い企画を思いついた。

「それと新企画としてなんでもランキングをやりませんか？」

「なんだよ、ナカジ。そのざっくりした企画は」大八木に言われる。

「興味があることならなんでもいいランキングです。『この人、実はこんな意外な大学を出てるのかランキング』とか、『命がけでもスマホを取り上げて、ツイートをさせたくない人ランキング』とか」

「それ、どうやって順位をつけんだよ。読者に投票させるにしても集計が大変だぞ」

「ツイッターに投票機能があるからそれを使えばいいんじゃないですか」相沢がアイデアを出したが、嵩史の考えは違う。

「うちはフェイクニュースを暴くウェブニュース社と認知されているから、リテラシーが低い方法は問題かもしれないですけど、同時に『食う寝るダラける』とか『邁進!!　男塾』とか肩の力を抜いて読める記事もやってるわけですから、正確な順位なんて要らないんじゃないですかね。『オールドタイムズが選んだこの十人』、そういうモヤッとしたものの方が今の人は楽しんで読んでもらえると思います」

「ツイートさせたくない人のランキングは面白いですね。最近、急に政治的発言が多くなったお笑い芸人はテッパンじゃないですか」畑がすかさず名前を出した。

「七十歳になって初めてスマホを持ち、つぶやき始めた文豪に、出版社は問題発言しないかヒヤヒヤしてるそうですよ」と茂木。

「この前も好感度の高かった教育評論家が、上から目線で炎上してたな」不動も挙げていく。

「いいじゃないですか、次々と出てきますね」嵩史はメモに書き取っていく。

「一位は、ツイートするたびに世界景気を悪くする、何処《どこ》その国の大統領だけどな」

「社長、それじゃ、どこのネットにも出てそうじゃないか。ウェブ時代の先頭を目指すオールドタイムズの社長らしい、もっと意外性のある人物をくださいよ」

嵩史が却下すると、「おまえがくれ、くれ言うから、俺だって出したのに」と大八木はむくれた。

「しょうがないよ、ナカジ、社長の生き方は、目立たぬように、はしゃがぬように、似合わぬことは無理をせず、なんだから」鼻歌まじりで不動がからかう。

「いいじゃねえか、俺はどんな時代が来ようとも、時代おくれの男になりてえんだ」

若手たちは河島英五《かわしまえいご》など知らないと思っていたが、意外にも一番年下の庵野が「古っ」と突っ込みを入れて、爆笑になった。

3

「杉山《すぎやま》さん、なんでも好きなものを注文してくださいよ」

「いいんですか」

ダウンの下はパーカーという軽装の杉山覚《さとる》は、この店のランチメニューでは高い上カルビ定食ではなく、普通のカルビ定食を選んだ。出てきた肉を炭火で焼き、たっぷりのタレをつけ、白飯に載せて豪快に掻き込んでいく。ご飯が足りなくなってお替わりした。

その食べっぷりを嵩史は羨ましく思った。嵩史も昔は大食漢だった。現場を走り回っていた頃は不動と一緒にホルモン焼きをたらふく食い、酒を飲み、〆《しめ》のラーメンも当たり前だった。食が細くなったのは年齢もあるが、現場記者からデスクになって外に出る機会が減ったからだ。また杉山のように腹がペコペコになるくらい現場を駆けずり回りたい。

「経費はちゃんと精算してくださいね」

成田エクスプレスなどの交通費は領収書なしで払っているが、飲食費などは領収書がないと支払うことはできない。

「はい、僕は新聞社の時からいつも精算が遅いと上司に怒られてましたけど、今はカツカツなのでそうは言っていられないですから」

そう言いながらもやはりその手の事務作業は苦手なのか、杉山は過去五回の取材のうちまだ二回分しか領収書を出していない。他のライターは結構高額なものを出すのに、杉山が出してくるのは空港内の喫茶店やファストフードだ。できたてほやほやの新会社を気遣ってくれているのだろう。

「うちの社長も編集長も、杉山さんの記事の熱心な読者なんです。だから空港内の一番高いレストランに入っても大丈夫ですからね」

「そう言ってもらえると嬉しくなります」

――今日の『ジョン寅次郎』も最高だったな。

大八木からは今朝、褒められた。

――そうでしょ？　今までは笑いながら読みましたが、今日は感動でしたね。

――それに俺は日本人であるのを誇りに思ったよ。でも今朝の元フットボール選手は本当に寅さんだよな。電車を乗り継いで九州まで往復するんだから。

――よく言いますよ、社長は「今時、寅さんはねえだろ」って反対してたくせに。

――それはナカジのタイトルが『フーテンの外国人寅さん』だったからじゃねえか。センスがなさすぎだもの。

確かにその通りで、嵩史は記事を真面目に書くのは得意だが、軟派な記事やキャッチコピーは苦手だ。「ジョン寅次郎はどうだ。このフレーズだけで外国人が日本で放浪の旅に出ている感じがするだろ？」とタイトルを決めたのは不動である。

名付け親の不動からも感心された。

――ナカジはよくこのライターを見つけてきたな。みんな書き手探しに苦労してるのに。

――本人からの売り込みです。といっても売り込み時点では『ジョン寅次郎』ほど面白い企画を出してきたわけではないんですけど、何度か会って話している時に、二人で思いついたんです。彼が語学が得意だというのもこの企画に繋がった理由ですね。

――なるほど英語が話せるからこんな取材ができるんだな。海外留学でもしてたのか？

──大学で一年間、留学したそうです。彼、三年前まで中央新聞の外信部にいたんですよ。

──なんだ、佐亜子の後輩だったのか。

そこで今朝、里恵から訊いた衝撃事実を話そうしたのだが、不動に『週7そとめし』を頼んでいるライターから電話がかかってきて、打ち合わせに出たため、話せずじまいだった。

「ところで杉山さん、他のライターと杉山さんとのクオリティーの差が激しいんで、新しいライターを入れたいのですが、知り合いにいませんか。元中央新聞でも、外信部つながりでもいいです」

「どうかな。僕は中央新聞にいた頃から同僚とも他社の記者とも仲良くなかったので」

他とつるまず独自行動するから、面白いネタを探せるのだろう。「まったくいないわけではないので、今度聞いておきますよ」

「ありがとうございます。杉山さんが面白いと思う記者なら安心して使えそうなので」

「あくまでネタ重視ですね」

「はい、取材がしつこくて読み応えがあり、そこに笑いのツボが一つでもあれば言うことなしです」

「えっ、笑いもですかぁ。文章で笑わせるのって結構難しいんですよ」

「なに言ってるんですか。杉山さんが『おデブちゃん』と名付けたオクラホマのデビッドさんの記事、日本で焼鳥が大好きになった、だけど食べ慣れていないレバーだけは赤すぎると言って苦手だった、あの記事、僕は腹を抱えて読みましたよ」

一本目に掲載したオクラホマ大の若者だ。彼は日本の焼鳥に惚れ込み、店を出すことを夢みて日本中で千本以上食べ歩き、知り合った居酒屋チェーンの店長から焼き方を教わった。ただしレバーだけは苦手で、黒焦げになるまで焼いて口にしたが、やっぱり美味しくないと話していた。

「彼はユニークでしたね。見た目もそうだし、言うこともシャレが利いてて、原稿も書きやすかったです」

ジョン寅次郎の取材対象者は写真入り、実名にしているが、一本目の「オクラホマのおデブちゃん」は、居酒屋の店長から「チェーンの本部に内緒で教えたので、場所と人物が分からないようごまかしてください」と頼まれたため、目の周りや背景にモザイクをかけたという。それでも杉山が撮った写真からは、ブロンドヘアーにハチマキを巻いた外国人が焼き台の前でうちわを扇ぎながら焼く、デビッドさんの笑顔までが伝わってきた。

モザイク入りはその一つだけだ。中には面白い話を聞けても写真や実名を嫌がる外国人旅行客もいるようだが、嵩史が「読み物ですけど、うちもメディアの一員ですので」と話してからは、杉山は写真と実名の約束を守ってくれている。

「そういえばデビッドさんからメールが来ましたよ。どうにか夏にはオープンする目《め》処《ど》が立ったそうです」

「夏ってもうすぐじゃないですか」

「彼、実家がダイナーなんで、その一角を使わせてくれとお父さんを口説いたそうです」

「記事にも出てましたね。実家のパンケーキが美味しいせいで、こんなに太ったって」

「店の名前も決まったって。中島さん、なんだと思いますか？　記事に関係がありますす」

「オクラホマだから、オクラホマ・チキン・ミキサーとか、ですか」

「なかなか洒落たのを思いつきますね。おちゃらけた内容は中島さん苦手じゃなかったんですか」

企画を練った時に何度か嵩史が口にしたセリフを杉山は覚えていた。

「オクラホマミキサーってフォークダンスの曲は、和製英語みたいなもので、アメリカでは『藁《わら》の中の七面鳥《しちめんちょう》』でないと通じないと大学の授業で習ったんです」

答えながら違うなと思った。本当に自分のセンスのなさが嫌になる。

「彼の体型に関係してます」

「じゃあ、ファット・チキンとか？」

太った鶏肉、それくらい彼は相撲《すもう》のあんこ型力士のような体型をしていた。

「なんと店名は『ヤキトリ・おデブちゃん』です。僕が書いた記事を日本語ができる友達に訳してもらい、おデブちゃんというフレーズが気に入ったそうです」

「いいじゃないですか。地元で評判になれば、取材を受けるたびにオールドタイムズの名前を出してくれるかもしれません」

「必ず出すように僕が頼んどきますよ」

「でもその焼鳥屋、レバーは？」

「出しません」

「なぜならば？」

「赤すぎて苦手だから」

杉山との掛け合いに嵩史は吹き出した。早く続編を読みたい。その時は大八木に話をつけて自分も杉山と一緒に出張させてもらおう。

「中島さんがミスを見つけてくれるので助かりました。僕は中央新聞にいた時から不用意なミスが多かったので」

「ミスなんかありましたっけ？」

ケアレスミスを言っているのかと思った。杉山にちょっとしたミスが多いのは確かだ。

「先週のウォシュレットの記事ですよ。僕がイアンさんの言うままに書いた会社と機種名のランキングを、中島さんはやめてくれたじゃないですか」

先週掲載した、地元の名門工科大で宇宙工学を勉強したいからと来日し、つくば工科大で開かれたシンポジウムに参加したウズベキスタン人の『ジョン寅次郎』のことだ。熱心に議論を聞いていたが、前の晩に食べたタンタン麺のせいか腹痛に見舞われ、トイレに行った。そこでトイレに装着されていたウォシュレットに感動した。「ウズベキスタンに必要なのはロケットではなくウォシュレットではないか。俺は間違った学問に夢中になっていた」と気づいた彼はシンポジウムなどどうでもよくなり、秋葉原《あきはばら》の電気量販店のウォシュレット売り場に直行したそうだ。

記事には彼が「このお尻で決めた技術を盗みたいランキング」として、ズボンの上からお尻を指さすチャーミングな写真とともに、機種名をランキング形式にしていた。今朝の会議で「なんでもランキング」を思いついたのも、このイアンさんがつけた順位が頭に残っていたからだ。

「あれはミスではないですよ。むしろ残したかったくらいです。でもあのままだと本当に開発した時、TOTOやイナックスから特許などでクレームが入ると思って断腸の思いで削除したんです」

「中島さんの優しさにイアンさんも感動してました。彼、根っからの理系男子なので、法律はからっきしらしいんです」

「ランキングを消せたのも、本文が面白かったからですよ。お腹が痛くなった理由が、僕が大好物の蒙古《もうこ》タンタン麵と、具体名をちゃんと書いてくれたのも良かったですし、僕も高校のサッカー部の遠征先のビジネスホテルが初ウォシュレットだったんですが、あれは衝撃でした……あれから二十五年ほど経ちますが、あれほどの至福の瞬間を超えるものはいまだ味わえていません」

「僕の初ウォシュレットは小学生でしたが、家族全員が感動しましたね。祖母はカラーテレビ以来の大発見だと言ってましたし、親父の痔《じ》も治ったし……できればチェックイン・バゲージを預ける前に撮影できてたら最高の記事になったんですけど」

スーツケースの中には分解された複数のウォシュレットと、さすが名門工科大の学生らしく、さっそく自作した携帯用ウォシュレットが入っていた。だが荷物を預けた後に取材をしたため、その写真は撮れなかった。

「実は帰国後、問題が発生したんです。ウズベキスタンって結構な硬水らしくて、日本から持ち込んだウォシュレットではノズルが詰まって壊れてしまったそうです」

「そうだったんですか。僕はてっきり海外はお風呂とトイレが一緒なので、漏電《ろうでん》の問題かと思ってました」

「もちろん、それもありますし、盗難を警戒して、店や公共施設は設置しません。それでも日本メーカーは必死に海外にも販路を開拓しています。ウォシュレットではないですが、海外メーカーも東南アジアなどでは、トイレに『ハンドガン』と呼ばれるシャワーを取り付けているところがあるそうですよ」

「あっ、そういえば去年、家族で旅行したシンガポールのホテルについてました」

「使ったんですか？　どうでしたか？」

「いえ、衛生面でちょっと気になってしまって……でも杉山さんの知識もさすがですね」

「これも全部、イアンさんが調べて教えてくれたんですよ」

聞いたことだと正直に明かし、取材相手の外国人を立てるところも杉山のいいところだ。

「でも硬水が関係してるとは思わなかったな」

「ウズベキスタンは山岳地帯にありますから特別なのかもしれませんけどね」

「細かいことはいろいろ出てくるでしょうが、僕がしっかり読んで、修正しますから、あまり気にしないで伸び伸び書いてください。正確で慎重な記事より、杉山さんのように多少荒くても面白い方が僕は好きですから」

「それって、褒められてるんですか？」

「最大の褒め言葉ですよ。ウェブのライバルは新聞じゃありません。むしろ雑誌ですから」

「ミスは極力気をつけます。正直、最初の頃はそんなに読まれている感じはなかったけど、オールドタイムズは今や立派な人気サイトですものね」

「そうですよ。たくさんの読者が『ジョン寅次郎』を楽しみにしています。期待を超える記事をお願いします」

「なんかプレッシャーですけど、頑張ります」

真面目に答える杉山を見て、少し気負わせすぎたかなと反省した。

焼肉屋を出ると、薄暗い空から雨が落ちてきた。

「もう降ってきましたね。天気予報では夕方からと言っていたのに。これから空港に行くのに杉山さんには迷惑ですね」

「天気がよくない方が、みんな早く空港に来るから歓迎なんですよ」

次のジョン寅次郎を探しにいくと言っていた杉山はビニール傘を開いた。

「ではよろしくお願いします。内容が決まったら電話ください」

傘を持っていなかった嵩史はそう言って別れた。

食後に会社に戻ると自分が言い出した「なんでもランキング」、その一回目の「命がけでもスマホを取り上げて、ツイートをさせたくない人ランキング」の作成に取り掛かろうとした。だが全員が、フェイクニュースの分析記事の取材に出払っていて、閑散《かんさん》とした部屋に一人でいるとなかなかやる気が起きない。

ウェブというのはいつでもアップできる分、遅れたとしても工場の輪転機や輸送トラックに影響がでるわけではない。紙の新聞ほど締め切りに追われないというのが、仕事に取り掛かれない要因だ。

不動がいるとコーヒーを淹《い》れてくれるのだが、嵩史はそういうところは面倒くさがりなので冷蔵庫から大八木がクライアントからもらってきた缶コーヒーを出す。それを飲みながら自席でパソコンを開く。しばらくあてのないネットサーフィンをして時間を費《つい》やした。

そこで会社宛に届いていたメールに気づいた。今朝のアメフトの『ジョン寅次郎』の記事に対する感想メールだった。

《今朝の貴社の記事、大変楽しく拝読いたしました。日本人の体格では本場のフットボール部には入れないんでしょうが、スシさんが仲間から尊敬されていたと知り感動しました。ただ米国の元カレッジ選手のコーチ依頼を断るなんて、日本の高校も頭が固いですね》

六十六歳、無職と最後に書かれたその男性は、丁寧に感想を送ってくれた。PV数が増え、SNSで拡散されて話題になるのも嬉しいが、こうした読者からのメールも感激する。東亜イブニングに入社した頃は、たくさんの読者からハガキや封書が編集部に届いた。

そのメールには最後に《失礼ながら》と断りを入れて、こう書いてあった。

《記事中にマイクさんのポジションはＯＣとありましたが、ＯＣとはオフェンシヴコーディネイター、つまり攻撃コーチのことであり、おそらくＯＧ、オフェンスガードのことだと思います》

ＣとＧを間違えたようだ。杉山らしいケアレスミスだ。《ご指摘ありがとうございました。すぐに修正します。メールもありがとうございました。励《はげ》みになります》とお礼を書き、すぐにサイトを修正して【ＵＰ ＤＡＴＥ】と記した。

ひと仕事して、集中力が途切れ、またネットサーフィンに戻る。今月は次男の響の誕生日なので、家族で外食する予定だ。杉山から聞いたせいで、無性に焼鳥が食べたくなった。そう言えば今朝、不動が新たに頼んだライターが書いてきた『週７そとめし』が外苑前《がいえんまえ》の焼鳥屋で、つくねが旨そうだった。

《焼鳥　外苑前》と打とうとしたのだが、タイプミスで《焼鳥　外》で止まった。予測変換がいくつも出てきて、そのうちの一つが《焼鳥　外国人》だった。

おっ、オクラホマのおデブちゃん、もう有名人じゃんか——どんな内容なのかクリックする。

だが検索ページの上位にオールドタイムズの記事は出てこなかった。スクロールしていくと、《仙台串焼き屋、かっちゃんの独り言》という焼鳥屋の店主のブログが表れた。なんとなく気になりクリックした。記事にはこんなボヤキが綴《つづ》られていた。

《この前、客から「マスターはいったいいつ来日したのよ？」って言われたのよ。来日って俺は石巻《いしのまき》出身だぜ、と言ったら、その客、英語で「ハウマッチ」って。思わず俺、「欧米か！」って突っ込んじゃったからね。確かに俺、金髪に染めてるけど、顔見たら日本人って分かるっしょ》

その店主はガタイが良くて、顔が大きくて、髪が金髪で、どこかオクラホマのデビッドさんに似ている。ただ目許は完全に日本人だ。

これだけなら、たまたまこの店主の風貌がそっくりで、オールドタイムズの記事を読んだ客から弄られているのかと思った。だが過去のブログを辿《たど》っていくと、スクロールしていた手が止まり、血の気が引いた。

そこにはオクラホマのおデブちゃんとまったく同じ構図、ハチマキ姿にうちわで焼鳥を扇いでいる店主の写真がアップされていたのだ。

4

「ナカジ、ごめん。待たせちゃって。会議が長引いちゃってさ」

三年ぶりの再会だというのに、永田佐亜子によそよそしさはなかった。歳は三つ下の三十九だが、知り合った当初からこんな口調だ。七歳も上の不動にも彼女はため口だった。

待ち合わせたのは中央新聞の近くの喫茶店で、嵩史は早めに来て、奥の席をキープした。永田佐亜子からは「政治部に来てくれればいいのに」と言われたが、「さすがに編集局はまずいでしょ。一応、俺もオールドタイムズという同業他社の一員なんだから」と言うと「一応そだったね」と口角を上げた。「永田さん、一応ってバカにしてない？」と苦笑いして言うと、「なに言ってるのよ、全国紙が青ざめるニュースを次々投稿してるくせに」と今度は褒められた。もっとも嵩史が中央新聞の社内に行きたくなかったのは、これから相談することを他の記者に聞かれたくなかったからなのだが……。

仙台の焼鳥屋の主人が、オクラホマのデビッドと同一人物であることが分かって、嵩史はすぐに店に電話をした。営業時間は夜からなのか何度電話しても出なかった。気ばかりが逸《はや》った。大八木や不動に電話を入れなくてはと思ったが、まずは自分で調べたかった。デビッド氏の写真は間違いなくこの仙台の焼鳥屋の店主である。

杉山を問い質そうと携帯にかけたが、留守電だった。杉山の記事はあと四本ある。

他の写真も画像検索にかけたが、類似写真のヒットはなかった。となると不正したのは一本目だけなのか。記事は事実だが、写真を撮影し損《そこ》ねて、ネットから拾った記事をデビッドさんだと偽って使ったのか。あるいは元からの知り合いで、許可をもらって使用したか。いずれにしてもライターとしては充分アウトだ……。

それだけなら杉山がかつて勤務していた中央新聞の永田佐亜子に会いに来ることはなかった。ふと思い出して、今朝、慧に送ったＬＩＮＥを開いた。既読になっていた。ちょうど授業が終わって部活が始まる時間だったので電話をかけた。慧はすぐに出た。

「慧、お父さんだ。今、電話で話せるか」

〈話せるけど、なんだよ〉面倒くさそうな返答だったが、どうしても聞きたくて「慧は今朝のアメフトの記事どう思った」と尋ねた。

〈どうって、別に〉

「あれを読んでフェイクニュースだと思わなかったか。つまり事実じゃないと思ったかどうかだ」

言いながら胸が押し潰されそうになった。うちのサイトの記事なのだ。それを記事の責任者である自分が否定しようとしている……。

〈ありえないって思ったよ〉

「それはどうしてだ。ポジションのOCがオフェンシヴコーディネイターのことだからか」

それだけならミスであって嘘とは特定できない。だが慧は他の点を指摘した。

〈だいたい九州にアメフト部なんてないし〉

「えっ、ないのか」

〈アメフト部って全国で百ぐらいの高校しか登録してないんだよ。だから俺は記事を読んだ時、お父さん、こんな記事載せて大丈夫なのかと心配になったよ〉

用件だけを尋ねてすぐに帰りたかったが、永田佐亜子の無邪気な顔を見たらすぐに杉山のことを聞けなかった。

「いきなり政治部長ってすごいね。しかも中央新聞で女性の政治部長って、永田さんが初なんでしょ？」

そういった会話でお茶を濁す。

「さすがなのはそっちでしょ？　いつの間にかウェブニュース社を作ってて、話題の中心になってんだから。優作が編集長だって」

彼女の口から不動の名前が出た。

「ここまでうまくやれてるのは不動さんが編集長としても引っ張っているからだよ。そう言いつつも、結構運が味方をしてくれたこともあるんだけど」

児玉健太郎のことを言ったのだが、彼女は「高堂繭に過去の発言を認めさせたのは運なんかじゃないでしょ？」と言う。「彼女、うちの新聞でもコラムを持ってたんだけど、しばらく大学以外の仕事は休ませてもらいたいって本人が申し出て、休載になったのよね。人気があったから、うちの社としてもダメージは大きいわよ」

そう言われてますます聞き出しにくくなった。フェイクニュースを暴き出すウェブとして今、脚光を浴びているオールドタイムズがフェイクを報じていたと知れば、中央新聞だって取り上げないわけにはいかないだろう。

目の前で永田佐亜子はカフェオレを飲んでいる。彼女が左手に嵌めているカルティエの腕時計を眺めた。夕方の五時半、朝刊用にこれから記事が集まってくる時間帯だ。政治部長はのんびりしていられないのだろう。腹を括《くく》って質問することにした。

「永田さん、杉山覚ってフリーライターを知ってる？　昔、中央新聞にいた」

「知ってるわよ。私より二期下だけど。それがどうかしたの？」

彼女は杉山覚がオールドタイムズで執筆していることを知らないようだ。

「ちょっと興味があって。彼どうして中央新聞をやめてフリーになったの？　外信部にいたから、永田さんも知ってるでしょ？」

「なんだか訳ありのようね」

カップを置いて上目で見られ、心臓が脈打つ。不動の元カノだったのだ。ここだけの話にしてほしいと頼み、すべて告白しようか。だが嵩史にそれはできなかった。これまで夕刊紙の一員として、全国紙が記者クラブなどのしがらみで書けなかったことも書いてきたのだ。事前に書くなと縛りをかけて話すのは、メディアに携わる者として反則である。

「ナカジだったら話すけど」彼女は意味深《しん》に言ってから、カップに口をつける。「ちょっと雑なところがあったのよね」

「雑って取材に？」

「取材だったらまだいいんだけど、外信部は基本、翻訳だからね」

杉山は外信部にいたといっても特派員経験はなく、社内で海外通信社からの発信記事などを訳していた。だが次から次へと海外の記事を訳さなくてはならない新聞社なら多少は雑でも仕方がないのではないか。

それだけの事情なら「ナカジだったら話すけど」などと含みのある言い方はしない

はずだ。悪い予感がする。

「なにか大きな問題でも起こしたんじゃないの?」

「相変わらずナカジは、鋭いところを突いてくるわね」

彼女は口角を上げて、視線をぶつけてきた。聞いたのは嵩史の方なのに、こっちが探られているようで冷や汗が出る。たくさんの男が惑わされてきた彼女の猫のような大きな目が今はいっそう威力を増し、嵩史の心の中まで射貫《いぬ》かれそうだ。

「これこそ会社の恥なんだけど、杉山覚がある時、ドイツ語の翻訳をしてきたのよ。それがとんでもなく面白ネタで。外信部長がもっと読みたいからってベルリン特派員に直接取材に行かせたら、全然内容が違ってたのよね」

そこで一旦、黙った。

「杉山はどうやって記事を書いたの？　辞書を見て訳したってこと？」

動悸を抑えて尋ねる。

「辞書ならまだいいんだけどね」

彼女の声が小さくなった。

「まだいいって？」

「全部、翻訳ソフトを使ってたのよ」

「翻訳ソフト？　それってドイツ語だけ？」

「げっ、また鋭いとこ突いてくるじゃない。調べたら杉山覚って、英語のレベルも低かったのよ。本人が留学したって言ってたのを鵜呑みにした会社が悪いんだけど」

「留学も嘘なの？」

「もしかしたら語学学校くらいは行ったのかもしれないけど、入社試験の際の履歴書に書いてあった大学に問い合わせをしたら、そんな生徒は存在しないって言われたらしいわ」

留学も嘘だった。英語もろくにできなかった。それなら彼はどうやって『ジョン寅次郎』たちに取材したのだ。

「翻訳ソフトの訳文を元に、それを面白おかしく膨らませてる記事がいくつも出てきたから、上層部が事情聴取したのよ。だけど、杉山って、わんわん泣くだけで翻訳ソフトを使ってることも英語ができないことも認めなかった。それで上層部は記者職から外そうと処分を検討したのよ。すると彼、翌日に心療内科の診断書を提出して、会社規定の休職期限ぎりぎりまで休み、退職金を満額もらって辞めたのよ」

聞きながら返事もできなくなっていた。心配していたことがすべて当たっていた。

杉山覚は中央新聞在籍時からフェイクの原稿を書いていた。オクラホマのデビッドだけじゃない。ウズベキスタンのウォシュレットも、フロリダのフットボール選手も、全部嘘……。

そこで彼女が嵩史の目から視線を動かさないでいることに気づいた。

「杉山覚って今朝もオールドタイムズの記事を書いていたわね」

心臓が止まりそうになる。

「永田さん、それを知ってたの？」

「もちろんよ、うちの社内でもよく杉山なんて大ウソつきを使うなって話題になってたから。ナカジだって彼の捏造に気づいて私に連絡してきたんでしょ？　ねえ、私はここまで社の恥を晒したのよ。ナカジも話してよ」

早口でそう言い、大きな瞳をいっそう膨らませる。目はらんらんと輝いている。

「ごめん、永田さん」

伝票を持って席を立つ。

「ちょっと待ってよ、ナカジ」

後ろから追いかけてきたが、嵩史は店員に千円札を二枚だし、「お釣りは後ろの人に渡しておいて」と言った。

彼女が店員からお釣りをもらっている隙に、店の外に出てタクシーに乗った。

5

「不動さん、大変なことが起きてしまいました。大問題です」

タクシーの中で嵩史は、運転手に声が聞こえないように、手で通話口を抑えて会話した。

〈どうした、ナカジ〉

「うちにもジャネット・クックがいたんです。ジョン寅次郎を執筆していた杉山覚です。彼の書いてきたこれまでの記事、たぶんフェイクです」

〈フェイクってどの部分が嘘なんだ〉

「どの部分とかそういう問題ではありません。たぶん全部が嘘、捏造記事なんです」

冷静な不動も戸惑っていた。だが嵩史が、そのことを永田佐亜子に確認しに行ったこと、彼女から彼が中央新聞を辞めた経緯を聞いたことを伝えると、さらに声の調子が変わった。

〈佐亜子に話したのか？〉

「不動さん、永田さんが帰国していたことに驚かないんですね。知ってたんですか」

〈知り合いの記者から聞いたよ。だけどよりによって、なんで佐亜子に確認に行ったんだ〉

「杉山覚は外信部だったので永田さんなら詳しいかと思って。でも永田さんが社内で伝えるかどうかは分かりません。彼女は政治部です。こういう記事は社会部でしょうから」

セクションごとに縦割りになっている全国紙では他所《よそ》には情報を流さない可能性もある。だがそれも今は願望でしかない。

〈佐亜子なら絶対に伝える。いや佐亜子でなくても伝える。今回はそれくらい大きな問題だ。早く対処しないと先に中央新聞に書かれてしまうぞ〉

不動の声にも焦りの色が混じっていた。

会社には帰らず、東池袋にあるマンションにやってきた。このマンションの三階が杉山覚の自宅だ。オートロックもない四階建ての古いマンションの階段を上がり、部屋まで辿り着いた。走ったわけでもないのに息は切れていた。インターホンを押すが不在だった。本当に成田空港に行って、今、帰国する外国人を取材中なのではないか。いや、違う。俺はなんでもそうやって自分の都合がいいように信じようとするから、大事な確認作業を怠ってしまったのだ。
待っている間に不動からメッセージが来た。
《会長と社長に連絡した。二人とも会社に戻ってくるそうだ》
不動は相沢たちも会社に呼び戻し、調べさせた。社員たちからも次々メッセージが届く。
《高校のアメフト連盟に調べてもらいましたが、やはり九州の高校で登録している学校はないそうです》
《二本目の道場破りに来日したけど、日本の小学生にも負けたというマケドニアの柔道家。記事には観光ビザで来たって書いてましたけど、マケドニアは九十日以内であればビザは不要です》
《三本目の落語を学びに来たロンドンのスタンダップコメディアン、ウエストチェットナムシアターなんて、ロンドン中探してもありませんでした》
畑、茂木、相沢から送られてきたメッセージを見るたびに、中島は寒気がして、生きた心地がしなくなった。自分のせいでオールドタイムズが窮地《きゅうち》に追い込まれる。杉山覚なんていうペテン師を使ったせいで……。杉山のせいだけではない。裏を取らなかった自分の責任だ。せめて一度くらいは取材に同行すべきだった。

さらに畑から電話が来た。もっとも恐れていたことを言われた。

〈今、SNSで検索したら、今朝のオールドタイムズに出てきた記事について、《九州の高校にアメフト部　ワロタ》と出てました〉

すぐに自分のスマホで確認する。まだ数本だが、今朝のジョン寅次郎の記事へのリンクも貼られているのを見つけ、ネットがざわつき出している。会社に元記事を削除してもらおうかと考えたが、リンク切れにすれば、オールドタイムズがなぜ記事を削除したのか、ニュースウォッチャーたちに指摘されるだろう。こうやって傷口は広がっていくのだ。四十年前の「ジミーの世界」が頭を過《よぎ》った。ピューリッツァー賞を返上した彼女の記事とは比較にならないほど低俗だが、あの頃と今とでは情報が拡散する速度が違う。このままではオールドタイムズは袋叩きに遭う……。

空から一度は止んでいた雨が落ちてきた。斜め降りの雨が外廊下を濡らしていく。嵩史はドアに背中を貼り付けるようにして避けるが、それでも体は冷たくなる。

午後七時を過ぎ、階段を上がってくる靴音が迫った。階段からパーカーを被り、ビニール傘を持った杉山覚が現れた。廊下に顔を向けると、嵩史と目が合い、彼は立ち止まった。笑みを浮かべる。だが嵩史のただならぬ雰囲気を察し、すぐに笑みを消し、ビニール傘を放り投げて逃げ出した。

「杉山さん、待ってください」

嵩史がそう声を上げた時には、彼はものすごい勢いで階段を降りていた。嵩史も追いかける。杉山はスニーカーで嵩史は革靴だ。濡れた廊下に靴底がすべる。それでも転ばないよう踏ん張り、階段を二段飛ばしで降りる。

マンションの敷地を出たところで杉山が転倒した。すぐさま起き上がろうとしたが、その時には嵩史が追いつき、手を伸ばして濡れたフードを掴んだ。杉山は再び地面に倒れた。

「どうして逃げたのですか、杉山さん」

膝に手を置き、息を整えて詰問《きつもん》する。

嘘をつき通してくるのだろうと思った。この男は平気でフェイクニュースを書き、昼間も『店名は『ヤキトリ・おデブちゃん』にした』「彼、根っからの理系男子なので、法律はからっきしらしいんです」と調子よく嘘を並べていた。

嵩史がパーカーのフードを握っているせいで、立ち上がれず地べたに座り込んだ。頭に雨が落ち、髪が額に貼り付いている。

「杉山さん、こっちを見て、ちゃんと説明してください」

そう言っても彼はなにも話さない。反抗期の息子たちでもしないほど、杉山は顔を背け、嵩史の問いかけを完全に拒絶していた。

6

杉山を連れて会社に戻ると、不動がビルの下まで降りてきた。大八木と畑もいる。みんな不安げな表情をしていた。

不動が言った通り、すでに不動の携帯に中央新聞の社会部記者から〈ジョン寅次郎の件で取材をしたい〉と留守電が入っていた。さらに知り合いの毎朝新聞、東都新聞、合同通信の記者、テレビ局のディレクターからも……気になって嵩史も自分の携帯を確認すると過去に世話になった週刊誌記者やネットニュースの知り合いから着信が入っている。SNSを開くとその理由が分かった。

《フェイクニュース暴露サイト、正義の味方気取りのオールドタイムズがフェイクニュースで自爆！　九州に高校アメフト部はなかったｗｗｗ》

すでに炎上が始まっていた。疑惑は今朝の記事だけではなかった。

《次々疑惑発覚！　拡散希望！　オールドタイムズの過去記事にも写真盗用疑惑　＃串焼きかっちゃん　http://www……》

《焼鳥屋オヤジの写真の無断使用も問題だけど、他の外国人も、非リアルなんじゃね》
《これ、今週のリアフェイでちゃんと流すんだろうなｗｗｗ》
全身に鳥肌が立つほどの大量のツイートが出ていた。《＃アメフト》《＃焼鳥》《＃フェイクニュース》《＃オールドタイムズ》《＃リアフェイ》がトレンド入りしている。
もはや修正やお詫び記事で済まされる問題ではなく、この後、六本木のノースタワーで庵野と大八木が会見をすることになった。その会見までに杉山にどことどこが捏造なのか、どういう取材をしたのか、なぜ嘘の記事を書いたのかなど、思いつくすべての疑問について問い質さなくてはならない。事情聴取は嵩史と不動の二人でやることになり、嵩史は杉山を会長室に連れていった。
タクシーの中での質問にも答えなかった杉山が、会長室に入って十分ほど経過して、ようやく口を開いた。
「最初に書いたのは成田空港で取材した日本で焼鳥にハマッたという外国人が、取材の最後になって写真はＮＧと言い出したからなんです。記事の内容が面白かったので、仕方なくネットでそれらしい写真を探したんです」

たいして悪びれることもなくそう答えた。

「ということはあの記事の内容は間違いないんですね」不動が聞き質す。

「はい、本当です」

だが嵩史が不動の前に腕を出して制し、「杉山さん、そうじゃないでしょ。そんな外国人にあなた会ってないんでしょ。あの話、全部作り話でしょ」と声を張った。

「本当ですよ」

「じゃあ、二本目のマケドニアの柔道家はどうですか」

「あれも事実ですよ」

「マケドニアはビザは要りませんよ。記事には観光ビザで来たってありましたよね」

「それは僕が書き間違えたんです。あっ、スロベニアだったかもしれない」

平気で嘘を重ねる。適当にこの場から逃れようとしているだけだ。

「杉山さん、正直に話してください。我々は全部調べて、九州の高校にアメフト部がないこと、ウエストチェットナムシアターがロンドンにないことも調べています」

「それは正確に聞き取れなかったのかな。帰国客はギリギリに空港に来てみんな急いでるんで、ほとんど歩きながらの取材だったんで」

「あなた、英語だってろくに喋れないんでしょ。中央新聞では翻訳ソフトを使って適当に原稿を作ってたんでしょ。こっちはそこまで調べましたよ」

「おい、ナカジ、落ち着け」

不動にたしなめられたが、嵩史は聞かなかった。

「不動さん、この男は根っからの大嘘つきなんですよ。中央新聞の上司から事情聴取を受けた時も泣いてごまかし、その後は診断書まで提出して休職し、退職金を満額もらったそうです。記者だろうが、ライターだろうが、メディアに携わる資格のない男なんです」

怒りが次々と湧き上がってきて、抑えが効かなくなった。

「ここで怒鳴ってもなにも解決しないだろ」

不動はそう言うと「杉山さん、正直に話してください。あなたが成田空港に取材に行ったのは本当ですか」と杉山の顔を直視する。

「行きましたよ」

まだ言い張る気か。だが声はいくらか心細くなっていた。不動がまた質問した。

「それって何回ですか」

「えっ」

「だから空港に行った数ですよ」

「それは」

「ちゃんと行ったのなら回数だけでも教えてください」

「……二回です」

小声で言った。

「二回って、連載は五回やってるんですよ。うちはあなたの言うままに、成田空港までの往復の特急券代を五往復分払ってるんですよ」

嵩史は声を荒らげるが、隣で不動が冷静に質問を続ける。

「デビッドさん以外の四人は空港で写真を撮ったということですか」

「はい」

「では話を聞いたのは四人のうち何人ですか」

洟《はな》を啜《すす》るだけで不動の質問には無言だった。今にも泣き出す、そんな気配が漂ってくる。

「写真は撮らせてもらったけど、話を聞いたのはゼロってことですか」

「杉山さん、本当のことを答えてください。話を聞いたのは一人もいなかった、そう解釈してよろしいですか」

「聞きましたよ、ちゃんと聞きました」

我慢ならず嵩史は割って入る。

「作り話だったんでしょ」

「すべてじゃないですよ。ただ少し話を盛っただけです」涙声でそう言う。

「話を盛るって、それで充分捏造なんですよ。あなたは自分でもミスが多いから注意するって言ってたじゃないですか。だけどミスじゃないですよ、捏造したんですよ」

「でもたかがウェブニュースじゃないですか。最初は全然、反響はなかったし」

そう言われて、血管が切れたようになり、嵩史はついに大声で怒鳴った。

「おい、いい加減にしろよ！」

部屋中に響いた声に、杉山はついに泣き出した。泣くというより号泣だ。

泣き止むのを待つが、一向に収まらない。嗚咽《おえつ》になった段階で嵩史は言った。

「僕はあなたに最初に頼んだ時に、うちもメディアの一員ですからと言いましたよね。全国紙だろうがウェブニュース社だろうが、メディアとしての持ってるプライドは同じなんです。メディアを名乗る人間が、嘘なんて一行たりとも書いてはいけないんです」

「中島さんに面白い記事を出せと言われてプレッシャーになってたんです。オールドタイムズが人気サイトになって期待されているのに、ガッカリさせたら申し訳ないと思って……」

目を擦《こす》りながらそう言い訳する。まるで嵩史がそう言ってプレッシャーをかけたような言い分だった。確かに面白い記事を書いてくれとは言った。脳裏で杉山とジャネット・クックが重なった。彼女も「ワシントンポストは社内での競争が激しく、目を引く記事を書かないといけないという焦りがあった」と後に捏造した理由を話している。だがそう言いながらも彼女は、ワシントンポストの前職の経歴から嘘をついていた。この男も同じだ。最初の記事から虚偽の写真を無断借用したのだ。プレッシャーになったというのも、人気サイトになったからだというのも、取ってつけた言い訳でしかない。

そこで扉が開き、相沢が入ってきた。

「どうした、相沢さん？」

「つくば工科大が開催した宇宙工学の国際シンポジウム、場所は大学とは十キロ以上離れた市のアカデミー会館で行われていました。アカデミー会館に電話したところ、トイレにウォシュレットは一つもありませんでした」

「あなた、どこまで嘘をついたら気が済むんだ！」

嵩史は机を強く叩いた。こんな乱暴なことをしたのは人生で初めてだ。

また号泣してごまかすと思った。だが涙など出ていないことにそこで気づく。そればかりか杉山は嵩史を睨んできた。

「なんですか、その目は？　言いたいことがあるなら言ってくださいよ。これでもまだすべて嘘ではないというんですか」

返事はなかった。ただ反抗的な目で嵩史を見続ける。

「内容はすべてデタラメの作り話。写真だけ適当な旅行者を撮影して、名前もきっと架空《かくう》なんでしょう。こんなことしてバレるとは思わなかったんですか？　あなた、今日だって、最初はそんなに読まれている感じはなかったけど、今や立派な人気サイトだと言ってたじゃないか。こんな嘘、すぐにバレると思わなかったのかよ」

最後は感情に任せて言い放ったが、杉山の目付きは変わらず、さっきまでの泣き顔が嘘のような憎たらしい顔をしている。その態度に、嵩史は次第に薄気味悪さを感じてきた。ここにいるのは理解不能のモンスター……？

「まったく、よく言うよ、あんた」

小声だったが嘲笑が混じっていた。

「今、なんて言いました？」

「バレるっていうけど、あんただって今日まで気づかなかったんだろ。五回もやっているのに面白いと言うだけで一度も確認してねえじゃないか。今日だって『伸び伸び書いてください』って偉そうに言ってたくせに。あんたの方こそ、メディアを名乗る資格があんのかよ」

「なんだと」

その薄気味悪いモンスターに向かって、嵩史は摑みかかろうとした。「ナカジ、やめろ」不動に羽交《はが》い絞《じ》めにされて止められる。

だが杉山は、嵩史の顔を見て冷笑しているだけだった。

エピソード6　ダークテトラッド

1

朝を迎えるたびに、家族全員が揃った景色を思い出し、僕の指先は冷たくなる……。

庵野龍二《あんのりゅうじ》はいつもと同じことをつぶやいた。

朝を感じたくないから起きてもカーテンを開けないし、朝食もとらない。夜と同じようにダウンライトをつけ、サーバーからミネラルウォーターを注いで、椅子に座ってテレビをつける。朝六時、どのテレビ局でも若い女性がMCを務める情報番組を放映している。

先週はすべての番組がオールドタイムズを取り上げた。月曜夜、これ以上事情聴取をしても意味がないと杉山覚を帰した後、龍二と大八木が、六本木ノースタワーで謝罪会見をし、記者たちの攻撃的な質問を受けた。その後の新聞のネット版、テレビではオールドタイムズが東亜イブニングを退社した三人によって設立されたこと、さらに資金を出したのはIT起業家である庵野龍二という二十八歳の若者であること……事実もあったが、嘘もたくさん報じられた。

寝室のドアが開き、黒のワンピースの裾《すそ》が見えた。背中まである黒髪は乱れ、服には皺が目立つ。昨夜、この部屋を訪れた時の服装のままだ。

「あれ、亜希《あき》ちゃん、起きたんだ。もう少し寝てたらいいのに」

声をかけたが、彼女は返事もしなかった。

「亜希ちゃん、あんまり眠れなかった？」

そう言って、龍二は立ち上がってウォーターサーバーに近づこうとする。

「いいから、龍二、座ってよ」

彼女が手を出して止めた。

「喉、乾燥してるでしょ？　朝はコップ一杯の水からスタートするのがいいんだよ」

対面に座った彼女の機嫌を取ろうと、龍二は意識して目尻に皺を寄せた。

「いいから、座ってて」

声に怒りが含まれている。龍二は後退して椅子に座った。

「どうしたの。朝から不機嫌だと一日不愉快のままになっちゃうよ」

「ねえ、惚《とぼ》けないで」

「ごめん、僕、昨夜のこと覚えてないんだよ。だってもう薬飲んで寝ようと思ってたところに、亜希ちゃん、急に来るんだもの」

龍二は毎晩、睡眠薬と精神安定剤を服用している。体がアルコールを受け付けないため、薬の力を借りないことには眠ることができない。

「私が聞いたのは子供のことよ。龍二は今まで子供が嫌いなんて一度も言わなかったじゃない。それを昨日になって急に子供は要《い》らないと言ってくるんだもの、それもLINEで」

急に押しかけてきた昨夜も彼女はそのことを問い詰めてきた。薬が効き始めるのに時間がかかるので、意識が朦朧《もうろう》とする前だった。龍二は一時間近く、彼女の質問攻めを受け、それをかわし続けた。彼女は子供ではなく、龍二が急に結婚することに対して心変わりしたと誤解したようだ。

——抱いてよ。

彼女は最後にそう言って迫ってきた。薬を飲んでいるからそんな気になれないと龍二は断った。

——大丈夫よ。無理矢理、妊娠しようなんて思ってないから。龍二が本当に自分と結婚したいのか、確かめたいだけなの。

そう言って彼女は抱き着いてきた。彼女と同じ百六十八センチの龍二は床に押し倒された。亜希は龍二のパジャマを剝ぎ、自分のワンピースも脱いだ。

だがその時には龍二も頭が熱くなっていて、彼女を力ずくで押しのけた。

——やめろ。そんなことするなら俺は結婚してやらないぞ。

滅多に使わない傲慢な言葉遣いに彼女は啞然《あぜん》としていた。

その言葉だけでも充分な暴力だ。結婚してやる——どれだけ上からものを言っているのだろうか。潜在意識にそうした考えがあるから、冷静さを失うと乱暴な言葉が出てしまうのだ。

自分が放った言葉に喪心《そうしん》した龍二は、別の部屋で寝ることにした。興奮して頭が冴《さ》えたため、最近愛用しているヘッドマッサージャーを被った。

彼女が一度覗きに来たのはマッサージャーの視界部分が明るくなったので分かった。だが話し合いに来たというのに、相手の男はヘルメットのようなものを装着した間の抜けた恰好をしていたのだから、声をかける気も失せたのだろう。視界から灯りが消えた。

「昨日、結婚してやらないなんて言ったのは、悪かったと僕も反省している」

龍二は表情を引き締めて謝った。

「それならちゃんと理由を教えて。どうして急に子供は要らないと言うの」

「二人だけの人生だっていいじゃない？　僕は子供がいるから幸せとは思わないけど」

「会社が大変なのは知ってるよ。だから結婚だってあたしから急かしたことはなかったでしょ。先週、あんな大変なことが起きて、龍二が謝罪してたのを見たら、あたしも悲しくなったよ」

捏造記事が発覚して、自分が会見に出たことでネットに自分の顔や名前が晒された。《フェイクニュース狩り》《偽情報を垂れ流すトンデモ会社の会長》《28歳、若造IT社長の売名行為》……今日でちょうど一週間経つのに会社と自分へのバッシングはやまない。そんな親の元に生まれてくる子供が可哀《かわい》そうだ……昨夜はそれも理由にあげた。

「だけど会社がこの窮地から脱しても変わらないよ。僕は子供が好きじゃないんだ」

「嘘だよ」彼女は言った。「電車で隣に座った赤ちゃんをあやすし、一緒にサッカーの試合を見に行った時も、隣の小学生に席を譲ってあげてたじゃない」

前でやたらと両手を挙げて騒ぐ高身長の若者たちのせいで、隣の小学生が悲しそうな顔をしていた。他にも公園でリフティングを練習していた子供のボールが転がってきて、そこでリフティングを披露してコツを教えたのも亜希は知っている。

「それは自分の子供じゃないからだよ」そう言っても納得しない亜希に「子供が欲しくて俺と結婚したいなら他の男にしてくれ」と無意識のうちにまたきついことを言った。彼女は泣きそうな顔になった。

「今日は大切な会議がある。先週の謝罪会見以来、最初の編集会議だからとくに重要なんだ。だからもう出かける。亜希ちゃんは残ってゆっくりしてって」

「もういい」

そう言うと、自分のバッグを持って、部屋を出ていった。東武伊勢崎《とうぶいせさき》線沿いにある自宅まで電車で一本とは言え、一時間くらいかかる。タクシー代くらい出してあげたいが、彼女から欲しいと言われたことはない。

亜希は化粧が剝がれた顔のまま、部屋を出ていった。

龍二は大学在学中だった二十一歳の時に転職求人サイトの会社を起業した。運よく成功し、仕事関係で知り合った世の若手社長から頻繁に飲み会に誘われたが、そういうのは二、三年で飽きた。社会の勝ち組のように振る舞い、同じ年代の成功者同士で徒党《ととう》を組んで、それ以外を排除する振る舞いが、恥ずかしく感じ始めたからだ。人脈をアピールすることで金は集めやすくなるが、それで会社を拡張できたとしても、虚無感の方が強い。

もっとも龍二が彼らに溶け込むことができなかったのは、他の経営者たちのようにSNSでの発信をせず、テレビや雑誌の取材も断って、自分を表に出さなかったことも関係している。そのため庵野龍二という名前は、先週、大八木と謝罪会見に出席するまで、世間にほとんど知られなかった。

パジャマを脱いで綿パンに穿《は》き替え、長袖のボタンダウンのシャツに袖を通した。ネクタイはしめないが、Tシャツにジャケットスタイルは好まない。必ず襟付きの長袖シャツを着て、第一ボタンまで嵌めるのが龍二のスタイルだ。

つけっぱなしにしていたテレビが、今朝の一連のニュースを伝え始めた。トップは与党の政治家が昨日の講演で失言したというさして興味のない内容だった。

ザッピングしていくがどこも同じだ。あるテレビ局だけは違った。女性キャスターが〈今日発売の週刊トップからです〉と言い、画面が誌面に切り替わった。

《飲食チェーン大手の若手社長が5歳息子を虐待》

画面に大きな見出しが躍っていた。

ああ、ついにバレたか。だが警察がその社長宅に来たことは二ヵ月前から知っていたので、それほど驚きはしなかった。キャスターは子供を虐待した社長については三十二歳と言っただけで、名前は言わなかった。数秒だけだが週刊誌の誌面を映した。その若手社長は龍二とよく似た輪郭をしているが、目線が入っている。逮捕もされていないし、児童相談所に子供が保護されたわけでもない。それでも週刊誌が報じ、テレビが後追いしたのには訳があった。

〈週刊トップの記事によると、今回の事件のことで、父親であるカリスマ経営者、庵野衛《まもる》氏が激怒。庵野衛氏は、長男のA氏を日本グランフーズ社長から解任し、自身が会長を務める庵野ホールディングスからも追放すると明言しているようです。ちなみに庵野氏の次男で、A氏の弟は先週、フェイクニュースで話題になったオールドタイムズの……〉

自分のことが報じられているのを、龍二は画面に視線を向けたまま聞いていた。

2

会議では全員が疲れ切った顔をしていた。

彼らは過去記事の検証を終え、《これまで出した記事の中に『ジョン寅次郎』以外は、不正も捏造もなかった》と最後の検証結果を昨夜遅くサイトに載せたばかりだった。

土日も全員出勤した。龍二は「月曜は休みにして今週は火曜からにしましょう」と提案したが、不動が「せっかく月曜の会議がルーティンになってるのだからやりましょう」と言い、畑、茂木、相沢も「大丈夫ですよ。出れます」と言った。ただしここに中島の姿はなかった。

「さっき、もっくんも言いましたけど、今週はやっぱり問題発言議員を掘り下げて取材するしかないんじゃないですか」

畑が言ったのは、今朝の情報番組がトップで報じた政治家の失言である。過去に厚労大臣を経験したこともある与党民自党の大物が、「二十年前と比較して賃金が上がらなくなったのは女性が結婚しても働くようになったからだ。お茶汲《く》みして寿《ことぶき》退社してた女性が、結婚後も男性と同じ仕事をすれば労働人数が倍になる。需要と供給のバランスで賃金が上がらなくなるのは当然である」と、まるで女性の社会進出が日本の賃金を上げ止まりさせているかのような主旨の発言をしたらしい。ただし今回ののは出席者の数人がそう証言しているだけで、音声データは残っていない。そのため大臣は「そのような発言はしていない」と開き直っている。

「テレビも新聞も週刊誌の後追いでやるネタだぞ。大臣の発言がフェイクならいいけど」

「不動さんはまだフェイクニュースにこだわってるんですか」畑が顔をしかめた。

「それしか俺たちの存在意義はないだろ？　フェイクニュースで一度自爆したけど、うちみたいな小さなウェブニュースが生き残るには世間が信じ、大手メディアまでが一緒に乗っかってる事象を真逆から見て、真相を暴く……俺たちはメディアの隙間産業なんだから」

「不動さんはあの議員が本当にあんな発言はしてないと思いますか？　以前も『今は共稼ぎなのだからみんな結婚すればいい。夫婦の収入を合算すれば家くらい買えるし、結婚しないのは愚かな選択だ』と独身でいる人を批判してるんですよ」

相沢が指摘した。それを聞いて不動より畑の方が「そんな人間だと思ったら、今さら僕たちが調べることもないって気がしてきたな。提案は撤回します」と取り下げた。全員がしょんぼりと静まり返っている。

「どうしたんだよ、みんな、元気だそうぜ。たった一回、ミスしただけじゃないか」

不動は励ますが、茂木は「今、うちが何をやっても説得力はないですよ」と声を萎ませ、大八木までが「今日もこれからクライアントにお詫び行脚《あんぎゃ》だよ。頭が痛いよ」と不動と舌戦する元気すら失っている。これでは今日の会議はなにも出ずに終わりそうだ。コの字型に並べたテーブルの真ん中に座っていた龍二がそこで声を出した。

「皆さんは、今朝の週刊トップに出ていた、僕の兄、庵野淳一郎《じゅんいちろう》のことはなにも言わないのですね」

言った瞬間、部屋は水を打ったような静けさに包まれた。それぞれがどう反応していいのか、隣と顔を見合わせている。

「まさか会長があの庵野衛氏のご子息とは思いもしませんでしたよ」

「僕は帝都大三年の時に、転職求人サイトの会社を立ち上げましたが、その資金は父が支援してくれました。正直言って父の金がなければ、今のように事業を広げることはできなかったでしょう。父のおかげだと思われたくなかったから言わなかったのです」

龍二が援助を頼んだわけではなかったが、送られてきた小切手を使用したのだから、親のすねかじりで会社を興《おこ》したも同然である。

「資金があっても、つぶしてしまう経営者はたくさんいますし、ここまで会長が事業を広げたのはお父さまのおかげだけではないでしょう」相沢が言い、茂木も「学生で起業して成功する人もいれば、同じくらい失敗する人もいますし」と味方になってくれた。

「それでも僕が庵野衛の息子と知り、『な〜んだ』とは思わなかったですか」

龍二が尋ねると、茂木は「そうは思わなかったですけど」と口籠り、「正直、成功しても当然だなとは思いました。あっ、これは資金のことではなく、カリスマ経営者の息子だからですよ」と言い直した。

「血を受け継いでいるのは僕も否定しませんが」龍二は笑顔を作ろうとしたが、できなかった。

「大八木社長は知ってたのかよ」不動が隣の大八木に尋ねる。

「まあな」言いづらそうに答えた。

「大八木社長が皆さんに話さなかったのは僕が隠しておきたいのを分かってくれていたからです。僕がＳＮＳをやらないのも、取材を受けないのも、親の力でビジネスをしていると思われたくなかったからです」

父は祖父から受け継いだ資材会社を海外に販路を広げ、日本を代表する企業に成長させた。さらに倒産や上場廃止になった企業、業績の悪い会社を安く買って立て直し、株式を再上場させて総資産を雪だるま式に増やしていった。

日本グランフーズもその一つだ。老舗《しにせ》の飲食系商社だが、十五年前までは事業を縮小していた。父は買収すると一転、拡大路線をとり、次々と海外の人気高級ファストフードやレストランなど、日本ではまだ根付いていなかったファッショナブルな飲食店の権利を購入しては都内の一等地にオープンさせた。ちょうど高級グルメブームがきて、それらはすべて成功した。それが龍二が高校生の頃だ。その頃にはドキュメンタリー番組で密着取材を受け、たくさんの本が出版されるほど父は有名人になっていた。

四歳上の兄は、帝都大学から庵野ホールディングスに入社、レストランの副店長から下積みをして、二年前に三十歳の若さで日本グランフーズの社長に就任した。最近はニューヨークのブルックリンにある高級ステーキ店の都内での開店を、兄の判断で決めた。

父とはもう何年も疎遠だが、兄とは時々会っていたので、厳しい父からの指導にストレスを感じていたのは知っている。もちろん、二ヵ月前に子供への虐待で警察が来て騒ぎになったことも……義姉は父より先に龍二に電話をしてきた。

「庵野衛氏と会長、顔はあまり似てないですよね」

茂木が指摘すると、畑が「ネットで画像検索したら、会長そっくりのお兄さんが出てきてびっくりしました」と言い、隣の相沢が机の下で肘打ちしていた。

それは子供の頃からよく言われてきた。体格のいい父は、四角い顔で目がきりっとし、いかにもリーダーシップを発揮しそうな強い印象を持たれる。だが兄弟は母親似の丸顔で、父と比べたら顔も体もずいぶん小さい。

「いいんですよ、相沢さん、僕は小さい頃から兄と似てると言われることが、すごく嬉しかったんですから」

「小さい時はですよね？」

確認するように相沢に聞き返されたが、龍二は肯定も否定もしなかった。あえて言わなかったが、子供を虐待するような大人は嫌悪どころか、厳罰に処するべきだと憎んできた。

「ところで不動さんは先週、心理学者から面白い話を聞いていましたよね。ネットで『荒らし』をする人は性格的に特徴がある。そのことをカナダの大学の博士が解明したと」

先週、どうしてネットが炎上するのかの取材で、不動は心理学者を取材した。心理学者が話していた内容は炎上の仕組みというより、ネットで「荒らし」をする人の性格についてのようだったが、不動が電話で名前を聞き返した海外の博士が、龍二が以前から関心を持っていた人物だったため、龍二は聞き耳を立てた。

「その話、僕、会長にしましたっけ？」

「中島さんが杉山氏を連れてくるのを待っている間、電話の内容が、耳に入ったんです」

大八木からの電話で呼び出されたあの時は、社内が騒然とし、全員が混乱していた。それなのに不動は掛けてきてくれた心理学者の電話を丁寧な応対で受け、メモを取りながら大事な部分を復唱して確認していた。

「僕もそのエリン・バックルズ博士を知っています。その博士は、以前カナダのマニトバ大学で、Ａｍａｚｏｎのメカニカルタークウェブサイトでアンケートを実施し、その中からダークテトラッド、あるいはダークトライアドと呼ばれる『極端な自己中心的な性格』と『他人への配慮に欠ける気質《きしつ》』な人間たちを割り出しました。博士が調べる前から、すでにダークテトラッドのスコアの高い人間は、犯罪など社会に苦悩を与えやすい性質を持つという研究結果は出ていました」

全員が怪訝な顔で聞いていた。

「その前にダークテトラッドについてまとめておきます。僕はさっき『極端な自己中心的な性格』と『他人への配慮に欠ける気質』と言いましたが、それって具体的にはどんなものだと思いますか？　それは四つに分類されるんです。ヒントはすべて英語で、そのうち三つは語尾に『ｉｓｍ』がつきます」

「自己中心的というからには『ナルシシズム』ではないですか」

たまたま目が合った畑が言った。

「さすが僕の大学の先輩、正解です」

「先輩って言いますけど、同じ大学なこといま初めて聞きましたけどね。以前、卒業生に政治家や官僚が多いと言ったので薄々感づいてはいましたけど」

「畑さんは細かいところも聞き逃しませんね」

龍二がこれまで大学名を言わなかったのはそれを誇りだと思わなかったからだ。

「あと三つはなんだと思いますか」

笑みを崩さずに、茂木、相沢、さらに不動や大八木の顔を見たが、答えは出なかった。

「そのうち一つは『マキャベリズム』、どんな非道徳的手段であっても国家の利益を増進させるなら許されるという考え方ですね」

「そんな難しいこと、私らは分かりゃしまへん」大八木が肩をすくめた。

「三つ目ですが、これだけ『ｉｓｍ』は付きません。これも難しいので答えを言っちゃいますね。『サイコパシー』です」

言うと、少し不穏な空気になった。

「では、残り一つはなんだと思いますか。『ナルシシズム』『マキャベリズム』『サイコパシー』、それらとセットになりそうな『ｉｓｍ』がつく単語を連想してください」

「降参です。早く答えを言ってください」茂木に急かされる。

「会長がなぜ急にそんな話を言い出したのかすら、私には見当がつきませんよ」と大八木も続く。

「不動さんでも分かりませんか」

「すみません」

「ヒントです。なぜこんな話になったか、その前の会話を思い出してください」

「なんでしたっけね？」と茂木が視線を上に向ける。

「ネットの荒らしの話だっけ？」

「畑さん、その前です」龍二は首を振った。

「確か今週のネタをみんなで議論してて……」相沢が言うと、不動が「あっ、そうだ。会長が『僕の兄、庵野淳一郎のことはなにも言わないのですね』と言ったんだ。それって……」不動はそこで慌てて口を手で押さえる。

「勘のいい不動さんは浮かんだみたいですね。そうです。子供の虐待を報じられた兄と関係があります。つまり『サディズム』です」

また部屋が静寂に包まれた。

「バックルズ博士はダークテトラッドのスコアの高かった人たちに、インターネットに書き込むのが好きかどうか問いました。四つの中で、ナルシシズムだけは自分に関することと以外は興味がないので、荒らしより、ディベートやチャットを好む傾向があったようです。ですが、残りのサディズム、サイコパシー、マキャベリズム、その中でもサディズムに分類された人はネットで荒らしをして炎上することに快感を覚えていることが判明しました」

「もしかして会長は、虐待したお兄さんが『サディスト』であり、ネットで荒らしをやっていると言いたいのですか？」不動が聞き返す。

さらに畑も反論する。

「荒らしをする人は、サディストで児童虐待などの犯罪をおかす確率が高いなんてうちのサイトで書いたら、人格否定のレッテル貼りだと、日本中の『荒らし』から猛攻撃を受けますよ」

「なにも我々が自分たちのサイトで、そんな決めつけをすることはありません。僕が言っているのは兄はどうだったのか、あるいはその家族はどうだったのか、それを調べてみる価値があるのではないかと思っただけです」

「そんなことをしたらお兄さんがサディストだということを発信することになりますよ。幼児虐待の報道だけで充分、社会的制裁は受けてるのに」

茂木が確認するように訊いてくる。

「幼児虐待はまだ反抗できない小さな子供をいじめて楽しんでいるわけですから、サディスト以外のなにものでもありませんよ」

龍二はあえて涼しい顔で話した。

「分かりました。ではみんなでお兄さんの周辺を当たって、事件にどんな背景があるのか調べてみます」不動が言った。

「やっと今週のテーマが決まりましたね。皆さん、それではよろしくお願いします」

そう言うと、全員が会長室を出ていった。

龍二は大きく息を吐く。今朝の情報番組で週刊誌のスクープ記事を見て以来、気になってはいたが、会議で言うつもりはなかった。

本当にこれで良かったのか。隠してきた事実が発覚すれば、それこそ庵野家は終わってしまう。なによりも母や義姉、甥《おい》は悲しむだろう。

そう考えると今からでもやめさせようかとも考えた。だが今しかあの時間を取り返すことはできないのだと、心に強く言い聞かせた。

3

彼らの仕事は早かった。翌朝に日暮里の編集部に行くと、不動が兄の事件のあらましを報告してくれた。

「畑と相沢が杉並《すぎなみ》区のお兄さんの自宅周辺を聞き込みしました。家は普通の建売住宅で、本人も奥様も会社や仕事の話はしてなかったので、近所の人は社長どころか、まさかあの庵野衛氏の息子とは、週刊誌報道後に多数の報道陣が来るまで知らなかったそうです。お兄さんは礼儀正しく、子供と公園で遊んでいるのもよく見る優しいパパだと近所でも評判の方でした」

「そうでしょうね。子供の頃から兄のことを悪く言う人には会ったことがなかったですから」

「そのような人が虐待したことがどうして発覚したのか、会長は聞かないんですね？もしかしてご存じとか？」

「いえ、分かんないですよ。折檻《せっかん》する声でも聞こえたのですか？」

自分でも感心するほど自然と言葉がでた。正直に義姉から聞いたと話しても良かったが、彼らが調べたことを聞きたかった。

「週刊誌には子供を虐待したとおおまかにしか書いてませんでしたが、茂木の取材によると、子供を一月の寒い夜に、庭に出してたそうです。子供が泣いて何度も『ごめんなさい』と叫んでいたのを、犬の散歩をしていた人が目撃したのがきっかけです。気になって散歩の帰りにもう一度様子を見に行ってもまだ外で泣いていたので通報したそうです。近所の人は日常的な虐待の気配はなかったと言ってます。つまり家から出したのは、それほど頻繁ではなかったのだと思います」

「寒い夜に三十分も外に出してたら、その通行人は子供が凍死するのではと心配したのではないですか」

「三十分って、会長はどうしてそう思われたのですか？」

「いえ、五歳の甥っ子が大泣きしたってことはそれくらいかと思っただけです。甥っ子は結構我慢強いですから。違ってましたか？」

「ドンピシャです。お兄さんは駆け付けた警官にそう話したそうです。その後、話を聞くということで警察に連行されました」

「警察の調べでは、虐待は締め出しだけだったのですか」

その答えも義姉から聞いている。

「それもまた不思議なんですよ。警察から要請を受けた児童相談所の職員が子供を調べたところ、殴られたり暴力を受けたりした跡はなかったんです。それなのにお兄さんの方が、仕事のストレスなどで子供を叩いたことがあると自分から話したそうです」

兄が警察に連行されたと電話がかかってきた時、義姉は混乱していた。ここ数ヵ月、兄の様子がおかしかったのは事実だったようだ。とくにホールディングスの全体会議の日は荒れ、大抵酒に酔って帰り、心配して注意をする義姉に怒鳴ったこともあったという。

「児童相談所に子供を一時預けることも警察は提案したようですが、お兄さんはその晩に家を出て、子供は母親の元に返されました。虐待の通報は今回が初めてで、明確な事実は子供を外に出しただけなので、お兄さんには接見禁止命令も出ていません。心療内科での治療を勧めた警官に、お兄さんはそうしますと答えたそうです」

今はマンションで一人暮らしをしていると義姉が言っていた。だがどこに住んでいるのかまでは聞いていない。

「今回の一番の謎は、二ヵ月前の件がなぜ今頃になって週刊誌に出たのかってことですよね」

「不動さんはなぜだと思っているのですか」

「お父さまが話したんじゃないですか、週刊トップの取材に庵野衛氏は、解任どころか庵野ホールディングスから追放するとまで言ってるわけですから」

「兄を追放するために、父が兄を売ったというのですか？」

「会長の前でこう言うのも気が引けますが、庵野衛さんは穏やかに見えて、実は厳しい経営者として知られています。そしてお兄さんの仕事ぶりにまったく納得していなかったことも今回の取材で明らかになりました」

「ですが兄の会社も父のグループの一つです。なにもグループの恥を晒さなくても、父なら兄のクビを切ることは簡単ですよ」

「確かにその通りですね」

父がリークしたという推測は、龍二の頭にも過った。だが父は絶対にそのようなことはしない。となると他のことで週刊誌は情報をキャッチし、周辺取材をしていることが父の耳に入ったのだろう。虐待はあってはならないことで、表沙汰になれば企業イメージも損なう。それで父は、兄をホールディングスから追放すると厳罰処分を決めた。

「日本グランフーズを調べましたが、お兄さんが社長を任されてから、売り上げは下がりっぱなしです。カリスマ経営者と比較されたら誰がやっても一筋縄ではいかないでしょうけど、お兄さんが起死回生を狙った新しいステーキ店も、数字の見込みが甘いとお父さまから練り直しを命じられていたそうですし」

「父はすべてに厳しい完璧主義者ですからね」

家でも険しい顔しか見た記憶がない。母にもよく怒っていたし、子供の教育にも厳しかった。兄も龍二も小学校から塾だけでなく、家庭教師もつけられ勉強させられた。御三家と呼ばれる有名私立校から、帝都大に入る――父と同じ経歴以外の進路は許されなかった。

兄は子供の頃から、弁護士になりたいという夢を持っていたが、「おまえは雇う側になれ」と父は許さなかった。不満を抱えながらも言いなりになっている兄を、龍二は冷めた思いで見ていた。それでもあの時、テレビカメラの前であのようなことを言っていなければ起業などせず、自分も兄と同じように父の会社に入り、今は傘下企業の一つを任されていたかもしれない……。

嫌な記憶を思い出したのが、不動に伝わったようで、「どうかしましたか？」と訊かれた。

「あっ、いえ。兄の居場所は摑めましたか」

「まだです。でもいいんですか？」

「いいんですかって、なにがですか？」

「会長はお兄さんの話からサディストの話をして、そのことを取材するように言いました。虐待を認めているのだから、週刊誌の記事が事実であることは間違いないでしょう。ですが我々は動画のニュースサイトです。このままだとお兄さんの前でカメラを回し、『あなたはサディストだから、お子さんを虐待したのですか』と聞くことになります。もちろんサディストなんてストレートな言葉は使わずにもう少しオブラートに包みますが」

「なにか不動さんらしくないですね。不動さんはこれまでもみんなの反対を押し切って取材しようとしたじゃないですか。兄はすごく人当たりのいい好青年です。まだ父の後ろ盾がなくてはやっていけない未熟な経営者と見られていますが、経営者の若手たちの中では評判はいいと思います」

「そのことも調べて分かっています」

「それなら尚更、不動さんがよく言う『耳当たりのいい言葉にこそ眉に唾をつけて考えよう』じゃないですか？」

「そうなんですけど、サディストだから虐待したという切り口ではいくらなんでも短絡的過ぎる気がするんです。だったら子供だけでなく、社員の不満を集め、社員にどう接していたのかお兄さんに聞いてみるとか」

「必要ならそれもやってください。不動さんはいくら大八木社長から反対されても、これまでもそうしてきたわけですし、不動さんの首尾一貫した姿勢に、僕もオールドタイムズを作って良かったと思っているんですから」

「ですけど今回は……」会長の身内だと言おうとしたのだろう。だが「分かりました。最後は直撃取材します」と頷いた。

「ところで中島さんはいかがですか？　やはり決意は固いですか？」

先週金曜の夜、中島は六本木ノースタワーのオフィスにきて、辞表を提出した。事前に大八木と不動から「中島が辞表を出しても受理しないでください」と頼まれていた龍二は、「辞めないでください、中島さん」と頼んだ。だが中島は「私は元中央新聞の記者というだけで杉山氏の記事を信じ、裏取りもしなかったんです。私にニュースを発信する資格はありません」と引かなかった。結局、「とりあえず預からせてください」と受け取った。

「今日も電話で話しましたが、ナカジが言うには誰かが責任を取らなくては、自分たちは不正を起こした組織や企業を追及できなくなると引かないんです。責任者なら編集長である僕か社長の大八木なんですが」

「それを言うなら会長の僕ですよ」

「なに言ってるんですか。会長が責任を取られたら、会社はつぶれてしまいます」

責任を取るのはなにも辞めることではない。もちろん誰かを辞めさせることでもない。

「やはり中島さんに会見に出てもらうべきでしたかね。僕が会長の自分と大八木社長と決めた時、中島さん、すごく悔しそうな表情をしていたんですよね」

「会長にもそう見えましたか。実は会長たちが出ていった後、ナカジからやっぱり会見に出させてくださいと言われたんです。彼、会長と大八木が記者から責められている様子を見て、悔し涙を流していました」

会見に行く前、不動は中島に「俺たちはこれまで他のメディアの報道やフェイクニュースを逆転するスクープを書いてきた。今回は少しの間でもウェブニュース界をリードしていた俺たちがちょっと調子に乗って逆転されただけだ。スポーツにだってよくあることだから気にするな。今後足をすくわれないように気を付ければいいんだ」と励ました。しかし中島は「これは足をすくわれたんじゃありません。僕はフェイクニュースを作った張本人なんですから」と涙を浮かべて自分を戒めていた。

すぐに過ちを認めることが火消しに繋がると会見を急いだため、龍二は中島の胸の内まで慮《おもんぱか》ることができなかった。だが仮に不動から「ナカジを会見に出してあげてください」と言われても無理だった。あの時の中島は服はずぶ濡れ、ズボンや靴は泥で汚れて、とてもメディアの前に出られる恰好ではなかった。

「ナカジの奥さんとも今朝、話しました。家でも喪心していて、奥さんにも『俺が責任を取らなきゃいけない』と言ってるそうです」

「中島さんってまだ学生のお子さんがいるんですよね」

「そうなんです。ナカジは奥さんの実家の会社から誘われてるみたいで。三ヵ月くらい前には、会社には奥さんの兄が跡取りでいるんで、自分が行っても意味はないとは言ってたんですけど」

自分も次男なので、中島が意味はないと思った気持ちも分からなくはない。

「会長、相談なのですが、ナカジの出資金、返却することはできませんかね」

不動が急に改まった表情で頼んできた。

返却した方が家族は安心するだろう。だが少し考えて気持ちは変わった。

「無理ですね」

「そうですよね。今、会社は大ピンチですものね。我々の給料さえいつまで払えるか分からないのに」

捏造騒動で広告は減り、資金繰りは一気に苦しくなった。ここ二ヵ月、スクープを連発していたが、それまでの赤字を取り戻すほど業績が安定していたわけではない。このままでは、あと数ヵ月で龍二が出資した金も底を突くだろう。

「僕が無理だと言ったのはそういうことではないです。今、返却してしまえば中島さんの辞意を認めてしまうことになります。大八木社長は、不動さんと中島さんに、『アップルやマイクロソフトがＩＢＭを超えたように、数年後には俺たちが、全国紙を飲み込む』って言ったそうじゃないですか」

「ヤギがそう言ったのは僕に対してで、ナカジには退職金を十倍にしてやると言いました」

それで押し切られたのであれば、ずいぶん人がいい。中島はリスクを冒してまで記者の仕事をしたかったのだろう。突破型の不動、豪快だけど慎重な大八木、その間に入って二人を宥めている生真面目な中島の三人はいいトリオだった。若手の三人に対しても、中島が、不動や大八木との接着剤になっていた。彼がいなくなることは会社にとって大損害だ。

「十倍は無理ですけど、会社を立て直して、上場するなり配当を出すなりする夢はまだ持っているつもりです。今、出資金を返してしまえば中島さんはあとできっと悔しい思いをされます」

「そうなると彼の生活が……」

「心配には及びません。休職中も中島さんに給与を支払います。でもいつまでもというわけにはいかないので、不動さんと大八木社長で説得し、なんとかして連れ戻してください」

「分かりました。お心遣い、ありがとうございます」不動は頭を下げた。

オールドタイムズが入るビルから離れた場所のコインパーキングで精算をすると、車止めのバーがゆっくりと沈んでいく。ＢＭＷといっても３シリーズなのでそれほどの高級車ではない。

二年前に亜希と知り合うまでの龍二は、同じ業界の経営者との飲み会に呼ばれる芸能人やモデル、あるいはなんの仕事をしているか得体《えたい》は知れないが、ブランド物のバッグを持ち、やたらと飲みの付き合いがいい、いわゆる「港区女子《みなと》」からアプローチされることが多かった。草食系に見られるが、女性には普通に興味はあるし、そのうち何人かは交際したが、長続きはしなかった。彼女たちは庵野龍二ではなく、IT社長という肩書きや自分の資産に興味を持ち、旅行やブランド品のプレゼントをねだるだけでなく、龍二に車や別荘、クルーザーなどの浪費を求めた。そう言われた途端に龍二の心は冷め、追い出すように別れを告げた。

しかしたまたま拾った財布を届けた際に交番で鉢合《はちあ》わせし、「謝礼を」「それは要りません」といったやり取りから交際が始まった五歳上の亜希は違った。彼女はブランド品もミシュランの星が付いたレストランも一切興味なく、地道にOLを続けている。数年前までは歳の離れた弟の大学の授業料の一部を負担し、今も山梨の母に仕送りしている。

龍二のタワーマンションも「見晴らしは素敵だけど、私は空気のいい田舎で家族みんなで生活したい」とそれほど気に入っていなかった。言われた時は田舎で自分が亜希と子供とのんびり暮らしている姿が想像できた。だから半年前、彼女から結婚したいと言われた時、「いいよ」と答えた。

車に乗りパーキングを出たが、すぐに道路脇に停める。スマホを覗くが彼女からのメッセージはなかった。まだ怒っているのだろう。

久しぶりにスマホを握っていたら、押し込めたはずの欲望が膨らんできた。もう見ないようにしようと、ブックマークを消していたので、ヤフーを立ち上げた。二度と見ないという決意が、潮の流れの強い海を漂うように押し戻されていく。

まず《庵野淳一郎》と打ち、リアルタイム検索した。週刊誌では匿名になっていたはずだが《庵野淳一郎が子供を虐待》などと、実名が次々と出てくる。流れてくる罵《ば》詈《り》雑《ぞう》言《ごん》に悪《お》寒《かん》を覚えた。それでもスクロールする手は止められず、ついに匿名掲示板を開いた。

昔は毎晩のようにこうした感情が呼び起こされ、夜通し掲示板を見ていた。兄の名前でスレッドは立ってなかった。続けて《カリスマ経営者 庵野衛を応援するスレ528》を覗く。

《御大《おんたい》でも思い通りにできないことはあるんだな》

《バカ息子二人で御大も大変だ。次男の捏造の次は長男の虐待だとよ》

《庵野龍二はどうして謝罪会見で自分が庵野衛の息子だと名乗らなかったんだ》
《親の七光りがバレたくなかったんじゃね》
《御大の本を読んで子育て話に感心していたのに。二人とも失敗作で、残念》
《子は親の思い通りにはならねえんだって。御大、カワイソ》
多くが信者から「御大」と呼ばれる父に同情し、自分たち兄弟を非難する内容だった。
スマホをギアのそばに置き、心を鎮めようと目を瞑って集中してから、エンジンをかけた。ライトを点灯し、車を発進させる。対向車のヘッドライトが眩《まぶ》しい。
暴言や詭弁《きべん》が次々と浮かび、頭の中が文字で埋まっていった。相手を不快な気分にさせてやりたい、言い負かしてやりたい、信じていたこととは反対の事実を教え、掲示板の住人たちを打ちのめしてやりたい……そうした衝動に脳が支配されていく。
信号で停止すると、無意識にスマホを摑んでいた。人差し指でタップする。画面が開いた。スクロールしていく時には、すでに書き込む気でいた。だが書き込みスペースにカーソルを合わせたところで親指が震えた。
耳奥に兄の声が響いた。やはり書いてはダメだ、それをやったらまた昔の自分に戻ってしまう――龍二はスマホを後部座席に投げた。

4

翌日の水曜日は、経営する投資会社がM&Aで佳境《かきょう》を迎えており六本木のオフィスから出ることができなかった。

その案件は東関東一帯に店舗があるスーパーマーケットに関するもので、二年前、龍二が銀行の反対を押し切って買収した。少し時間がかかったが先月、黒字化に成功。社内ではまだまだ黒字は増やせると売却に慎重な意見も出たが、龍二はその意見を無視し、夕方には新たにスーパー事業に乗り出すコンビニエンスストアチェーンに売却の意思を伝えた。購入額の一・七倍ですんなり折り合った。

黒字化できたのは単純に人件費を圧縮したからだ。長年会社に貢献してきた給与の高いベテラン社員を解雇して若手だけを残し、パートの主婦とアルバイトの若者で経営を続けた。解雇された社員から抗議を受けたが、「あなたたちが辛い思いをするのか、それとも残された全員で破産というどん底を味わうのか、選択肢は二つしか残されていないのです」と龍二は冷淡な口調で説得した。ビジネスになると自分でも信じられないほど非情になれる。起業した頃はそれを自分の才能だと誇らしく思っていた。今はそれは「血」だと思っている。

銀行の担当者からも「恐れ入りました」と頭を下げられたが、これまでなら必ず言われた「さすが庵野衛さんのご子息ですね」というフレーズはなかった。銀行員も兄の事件を知って気を遣っているのだろう。

ネットでの兄へのバッシングはいっそう強くなっている。今日も我慢できずに何度かSNSを覗いた。ツイッターは《庵野》と入れただけで《庵野淳一郎　虐待》《庵野衛氏　息子　追放》などサジェストが表示され、さらに《庵野淳一郎　パワハラ》《庵野淳一郎　セクハラ》《庵野淳一郎　逮捕》とフェイクがエスカレートしていく。

父のスレッドもまた見た。《長男の淳一郎氏と一緒に仕事をしたことがあるけど、すごく穏やかで気配りのできる人だった。きっとハメられたんだ》と兄を擁護する書き込みを見つけた。そういう擁護意見が出ると、《庵野淳一郎さん、乙《おつ》です》とまるで兄が自分で書き込みしたように書かれ、それに対して擁護派は《自演じゃねえよ。逮捕もされてねえし》と書き返し、《蹴《け》ってはないけど殴ったんだろ？　俺は朝ご飯は食べませんでしたが、パンは食べました。それがなにか？》と双方がどんどんヒートアップしていく。兄を擁護する者も、単に火に油を注《そそ》いで楽しんでいるだけではないかと怪しく思えてくる。

オールドタイムズだけでなく、転職求人サイトや投資会社にもメールで取材依頼が殺到している。龍二はすべて無視するように伝えているが、非上場で電話番号を公開していないオールドタイムズはまだしも、上場している二社の広報は仕事にならないらしい。

翌、木曜日になると週刊時報に《相次ぐ不祥事、カリスマ経営者庵野衛氏を悩ます息子たちの愚行《ぐこう》》と兄だけでなく、自分にまで取材の手が及んで来て気持ち悪さを感じた。週刊時報には広尾《ひろお》の自宅前で厳しい表情でインタビューに答える父の姿が写っていた。

父は、社長を解任、兄をホールディングスから追放するのは事実だと認めた。その理由として《私は大きな期待をして彼を社長に就任させたが、彼は時に感情に走り、冷静な判断力ができなくなっていた》《部下たちの不満を聞いて私は何度も注意はしたが、元から彼にリーダーシップが欠如していた》《目標の達成度は半分だった》などと経営者として資質がなかったことを挙げた。批判は仕事にとどまらず《子供の虐待など人間としても失格だ》と一刀両断し、ただ息子を非難するだけでなく《彼を育てた私にも責任がある》と非を認めていた。

記者は、《先週は次男の龍二さんが謝罪しましたね》と質問していた。父は《龍二はすでに私のもとを離れているので今、コメントするのは勘弁願いたい》と回答を拒否していた。ノーコメントでも、次男も父を悩ます存在であることは充分伝わる。

夕方には日暮里のオールドタイムズに向かった。会長室ではなく、編集部に行くと、社員たちが集まって、パソコン画面で動画を見ていた。

「うわっ、会長！」

茂木が、龍二が入ってきたことに両手を挙げて驚く。

他の社員たち、大八木や不動も顔色が変わった。パソコンの正面に座っていた畑が、動画を消そうとしたが、慌てたのか押したのは一時停止ボタンだった。

「畑先輩がユーチューブにアップされた番組を見つけてきたんです」

「ちょっと、もっくん、俺のせいにするなよ」

畑はウィンドウを閉じようとする。

「いいんですよ、畑さん。父はたくさんのテレビ番組で取り上げられていましたから、その番組もいつかはアップされると思ってました。どうぞ再生続けてください」

父が出ている番組はたくさんあるが、二人の息子、淳一郎と龍二が揃って出演しているのはこの番組だけだ。兄が帝都大を卒業して父の会社に入り、龍二が帝都大に合格した直後に制作された《止まらない男、カリスマ経営者、庵野衛》という番組である。一時停止になった画面では、自宅のソファーに兄と座らされ、父とともに三人並んでインタビューを受けている。畑には大丈夫と言ったが、嫌な記憶が湧き上がり、頭がふらついてきた。

「再生していいんですか？」そう訊いてきた畑に、龍二は「はい、僕も久しぶりに見たいと思ってましたので」と笑みを作って答えた。

再生された画面で龍二がアップになる。レポーターが〈お父さんもお兄さんも現役合格だから、龍二くんもプレッシャーはあったでしょう〉と聞いている。それに対し、龍二は無感情の顔で〈いいえ、そのために準備はしてきましたので自信はありました〉と答える。切り替えられたカメラには相好《そうごう》を崩した父が映る。またカメラが龍二に戻った。厳しい顔をしている。当時の緊張感は今も忘れてはいない。

「僕がまだ十八歳の時ですから、ずいぶん幼く見えるでしょうけど。いえ、むしろ若者らしい爽やかさがないから、逆に十八歳には見えないですかね」

龍二は社員たちに冗談を言ったが、誰も笑わなかった。

カメラは隣の兄に移った。兄は姿勢を正して座り、両手を膝に置いていた。

そこでまた画面が父に切り替わった。ヘビースモーカーで知られる父は〈失礼〉とレポーターに断りを入れてからタバコに火を付け、えびす顔で話し出した。

〈こうやって息子二人が結果を出してくれたので内心ホッとしてます。でもこの子たちには本当に厳しく教育したんですよ。勉強もそうですが、食事でもビジネスの場で生かせるように、幼い頃からマナーを躾《しつ》けました。おそらく彼らは、生まれた時から私の前ではリラックスしたことはなかったんじゃないかな。そういう意味では私は父親失格かもしれませんが、すべて彼らのためであり、私の子供として生まれた宿命なのです。それでも二人ともここまでよく頑張ってくれました。彼らも社員と同じ私の財産であり誇りです〉

紫煙《しえん》をくゆらせながら父は語った。また兄と龍二が映った。十年経つというのに、心に染みついた怒りが増殖していくようで、呼吸困難になりそうだ。

〈今思えば少々やりすぎたこともあったと思います。とくに二人とも子供の頃はわんぱくで、勉強で集中力が足りなかったため、私も苦労したんですよ。これはもう時効でしょうが、頭を叩くくらいは日常で、淳一郎が小学一年生の頃、何度教えても同じ間違いをするので、ズボンのベルトで尻を叩いたことがあります。その甲斐《かい》あってか、次のテスト、淳一郎は、クラスで一番になったんですよ〉

〈それをされた時、お兄さんはどうだった？　やっぱりお父さんは怖かったかな？〉

レポーターが兄にマイクを近づけた。

〈自分が真剣に勉強しなかったのが悪いので怖くはなかったです。自分のことを本気で叱ってくれた父に感謝しました〉

表情が硬いまま兄は答えた。

〈龍二くんどう？　四歳違いということはまだ三歳くらいだから覚えていなかったかな〉

〈よく覚えています。僕も兄と同じように叱られてきました。でも父には愛情がありました。その厳しさに耐えたからこそ、今の自分があると思います〉

〈そうだな。だからこそ帝都大に現役で合格できたんだものな。でもおまえたちはようやくスタート地点に立ったんだ、歯を食いしばって頑張るのはこれからだぞ〉

子供二人の回答にご満悦だった父は、両手を伸ばし、兄と龍二の頭を擦るように撫《な》でた。

〈これこそ家族の絆ですね。甘やかす子育てがもて囃《はや》されている時代ですが、時には厳しく育てる。そこには愛情があることが大事なんでしょうね〉

まだ動画は続いていたが、これ以上見ていれば息が止まりそうだと感じた龍二は「不動さん、兄の住所は分かりましたか」と声をかけた。

「はい、判明しました。江東《こうとう》区のマンションで一人暮らしをされています」

「その住所、LINEで送ってもらえますか」

「行かれますか？　でしたら僕らも同行します。僕が聞き役、茂木が撮影担当でいかがでしょう」

動画では父が〈二人とも現役合格したことで早く私の下で働けます〉と言い、また父について訊かれた兄が〈将来は父のようになりたいです。そして親になったら父のように厳しく育てます〉と答えた。龍二も〈僕も父のような父親になりたいです〉と発言している。

「いいえ、僕が一人で行きます。撮影についてはあとで連絡します」

龍二は画面から目を逸らしてそう言った。

5

その住所にあったのは学生が一人暮らししているような簡素なマンションだった。

建物正面の駐車場、兄のメルセデスの前に記者らしき人間がいたが、不動から「非常階段には張り込みはいませんでした」と聞いたマンションの裏側に回ると人はいなかった。

すでに兄には連絡した。七階まで非常階段を上がっていく途中に《あと数秒でつきます》とメッセージを入れると、珍しく黒縁眼鏡をかけた兄は、ドアを開けて待っていてくれた。少し頬がこけ、眠れないのか瞼《まぶた》が重たそうだ。それでも無理して笑顔を作って「なんだ、龍二一人なのか、てっきり会社のカメラマンを連れてくるのかと思ったよ」とジョークを挿み、中に入れてくれた。

ワンルームにはベッドもなく、マットの上に掛け布団が無造作に置かれていた。兄は報道されて以降、外出を控えて部屋に籠り、ネットスーパーで冷凍食品を買って、食事を済ませているそうだ。

「少しは外の空気を吸わないと病気になるよ」そう言ったが、「ネットにあれだけ写真がばらまかれているんだ、そんなことをしたらすぐにバレるよ」と兄は苦笑いを浮かべる。

「週刊トップに自分が虐待したことを流したのは、兄さん自身だろ」

ずっと考えていたことを話した。父がリークするはずがない。だとしたら兄しか考えられない。

「そうだよ」

兄は認めた。

「どうしてだよ。そんなことをすれば父さんが、どんな非常手段に出るのか分かってただろ。得するのは父さんだけじゃないか」

「会長だって得はしないさ」兄は父を会長と呼ぶ。「グループにも家族にも不名誉なことだし。父親としても失格だったと烙印《らくいん》を押されたようなものなんだから」

誰にも非難をぶつけることなく話す兄に、龍二はだんだん苛立ってきた。

「僕が昔、ネットの掲示板の書き込み中毒になった時、兄さんは、龍二、ネットで『荒らし』をやっているだろって見抜いたよね」

起業して仕事は成功していた。それでもつねに迅速《じんそく》な判断で利益の拡大が求められるＩＴ業界に、ストレスは溜まる一方だった。酒も飲めず、社交性もない龍二にとって、ネットの掲示板が本音を吐き出せる唯一の場所だった。そして父の信奉者たちが集まるスレッドで、彼らを不愉快にする発言を繰り返した。事実を書けば身バレするため、嘘もたくさん書いた。人をやり込めて不快にさせるのが楽しくて、今、振り返れば掲示板に書き込んでいる時の自分は、不気味な笑みを浮かべていたように思う。

そんな時、兄から電話があった。それほど昔のことではない。つい二年前のことだ。

――会長に関する掲示板を荒らしているのは龍二だろう。

書き込み者の特定が難しい掲示板だというのに、そう断定された時は、龍二は驚いて返事もできなかった。

――龍二、いますぐ荒らしをやめろ。

そう言われた時はむしろ反抗心が芽生えた。直接他人を傷つけるわけでもなく、サイバー空間で鬱憤《うつぷん》を晴らしているのだ。むしろ健全ではないかと言った。だが続けた兄の言葉に体は震えた。

――龍二が書き込んでいることは、会長が俺たちにしてきたことと同じだ。今のままだと龍二まで、会長と同じサディストになってしまうぞ。

バックルズ博士の研究、「荒らし」をしている人はダークテトラッドのスコアが高いということもその時に兄から聞いた。博士は分類された四つの気質の中でも、サディズムの性質を持つ人間が、ネットで荒らしをする割合が高いと分析していた。兄はそれ以上は言わなかったが、言い換えれば荒らしをしていた龍二はサディストということだ――頭の中でそう結びついた時、激しく脳が揺さぶられるほど龍二は混乱した。

兄は龍二のように荒らしはやっていなかったが、父と同じように自分の子供に手を出してしまうのではという恐怖心は抱いていた。そして厳しい父のそばで仕事をすることで、いつしか心が破裂するほど追い込まれ、ついに家族に手を出してしまった……。

「僕は父さんの影響を受けたくないと、早く家を出て距離を置いたけど、知らず知らずのうちに父さんと同じ道を歩んでいたんだね。あの時、兄さんが注意してくれなければ、ますます人を傷つけることに快感を抱いていたと思う」

「龍二はいい方だよ。俺は会長に叱られ、下から突き上げられると、女房や子供を虐げるようになった。それなのに龍二によくそんな偉そうなことが言えたよな」

兄は苦笑し、後悔を滲ませた。

「だけど僕も兄さんも、今のままではこれからも軽蔑する父さんと同じことを繰り返してしまうと思うんだ」

「それは分かってるよ。だから俺は……」

「週刊誌に自らを売ったと言いたいんだろ。だけどそんなことをしたくらいじゃ、父さんとの関係性は断てないよ」

「ならどうすればいいんだよ」

「うちの動画ニュースに出て、話さないか」

カメラマンを連れてくるかと思ったと軽口を叩いた兄も、顔が強張った。

「それは勘弁してくれ。俺は充分、晒しものになった。俺がしたことは世に知れ渡ったし、会長が週刊誌に具体的に答えた」

「まだ全然知られてないよ」

「事実どころか、ネットには社員にパワハラしてるとかセクハラしてるとまで書かれてるんだぞ」

兄は興奮しているのか頬が紅潮してきた。

「なにを書かれようがどうでもいいじゃない」

「どうでもいいだなんて……」

「もっと話さなきゃいけないことがあるだろ。訂正しなきゃいけないことが」

「訂正って他になにを話すんだよ」

「僕が話してほしいのは父さんのことだよ。テレビ番組で、僕と兄さんが父さんについて話した嘘だよ」

兄がなにか言おうとしたが、唇が震えて声にならなかった。視線だけ向ける。龍二は後悔を滲ませた苦い顔で兄の視線を受け取り、大きく頷いた。

「僕と兄さんの大きな過ちは、父さんの子育てをテレビで肯定したことだよ。心の中では絶対許さないと思っていたくせに、カメラの前で僕は〈厳しさに耐えたからこそ、今の自分がある〉と言い、兄さんは〈将来は父のようになりたいです。そして親になったら父のように厳しく育てます〉と話した。あの時点で、僕らはあれだけ否定したかったはずの父さんと共犯関係になってしまったんだよ」

　DVのある家庭で育ったり、虐待を受けた人間は、自分も同じことをする確率が高いと言われている。それはけっして遺伝的なものではなく、愛されなかったがために愛し方が分からず、知らず知らずのうちに自分がされたことを繰り返してしまうなど様々な説がある。その学説を知ってからは、恐怖に襲われて仕方がなかった。その説を否定する学説を見つけては胸を撫で下ろしたが、また不安に駆《か》られた。

　自分たちが父と同じ道を辿るとしたら、愛され方が分からなかったのではなく、父の暴力に加担したからだ。

　心に逆らって、外面《そとづら》のいい父と同様にメディアの前で父を肯定し、父を満足させた。あの撮影の晩、兄の部屋から啜り泣きが聞こえた。龍二もどうしてあんな発言をしたのか自分が腹立たしく、布団に潜《もぐ》って泣いた。この放送を見て自分の躾《しつけ》を正当化されたと思った親が、子供を虐待していたら、それは自分たちの責任である。

　心の中にある父との関係性を断ち切らないことには自分もいつか父と同じことをする、そうした不安があるからこそ、亜希のような結婚したい女性と出会っても、自分は父親にはなれない、いいや、なってはいけない、龍二はそう思い続けてきたのだった。

6

オールドタイムズの会長室にハンディムービーがセットされた。茂木が準備ＯＫと指を丸めると、不動の正面、レンズが捉《とら》える二つの椅子の左側に座った兄の淳一郎が答えた。

〈今回、子供に躾だと称して折檻したことは報道の通り、すべて事実です。警察や児相にすべてを認め、今は家族と離れて暮らしています。弁解の余地はありませんし、妻や息子に申し訳ない気持ちでいっぱいです〉

茂木の背後では不動、大八木などの社員たちが見守っている。ムービーに映るもう一つの椅子に座る龍二が口を開いた。

〈でも兄さん、僕には兄さんがそうしてしまったのには、僕たちの子供の頃のことが関係してると思ってるんだけど〉

〈違うよ。自分たちの子供の頃に起きたことと、今回、自分が息子や妻にしたことは

兄の顔を見てそう言う。

別だ。人のせいにしたら家族に申し訳ない〉

ここに来る車の中で父のことを話そうと約束したのに、真面目な兄はやはり、カメラの前で父だけに責任を押しつけるのに躊躇しているようだ。だがここでは父の話をしないと自分たちはなにも変わらないと、龍二は口調を強めた。

〈僕も、兄さんがしたことは許されないと思っている。だけど僕だってネットで、他人を傷つけ、ひどい言葉を使ったことがある。なぜあんなことをしたのかを考えた時、必ず浮かぶのが僕らの過去だよ。そして十年前、父を特集した番組に出たことが、決定的に僕らのその後の人生をおかしくしてしまった〉

そこで初めて「父」という語句をだし、龍二は先を続けた。

〈十年前、僕らは番組で、心の中で思っていたことと違うことを言った。まず番組で僕らが話したことが事実ではないと、この場で否定しなくてはいけないと思うんだ。僕らは、社会的道義に反する父の行動に加担して、それを社会に向かって肯定した共犯者なのだから〉

龍二がそう言うと、兄は唇を強く嚙んで頷いた。この段階では、この動画を見ている人は、二人がなにを言いたいのか分からないだろう。龍二は再びレンズを見て心の中で澱《おり》となって沈んでいたものを吐き出した。

〈僕ら二人の息子は十年前、父を特集したテレビ番組に出演し、父の教育は正しい、自分も父のようになりたいと言いましたが、あれは嘘です。あの時は収録前に父に呼ばれ、『社員や株主がテレビ番組を見ているんだから感動する答えを言え』と言われ、セリフまで繰り返し練習させられました。それまでの僕たちは、父がしたことは子供への躾ではない、ベルトで叩かれたことに恐怖すら感じていたのに、カメラの前では、父に言われるまま、父の躾のおかげで今の自分があるといった趣旨の発言をしました〉

兄はまだ下唇を嚙みしめていた。だが意を決したかのようにレンズを見て龍二の後を継いだ。

〈自分たち兄弟は、幼い頃から父から虐待を受けていました。正座して謝っているのに竹刀《しない》で叩かれたことがあります。ヘビースモーカーの父から、食事中、肘をついたり、食べこぼしをすると、ライターで肘や手を炙られました。僕も弟も何度も火傷《やけど》をしました〉

〈我が家では、朝食は父の出勤時間に合わせて家族全員が揃うと決められていました。ある朝、九十点だったテストを褒めてくれた母が父に見せると、「なぜ百点でないんだ」と、父からビンタされました〉

〈雪が降った朝、鍛錬《たんれん》だとか言って、裸足《はだし》で庭に出されたこともあったな。おかげで二人ともひどいしもやけになったよね〉

〈酔って帰ってきた父は、どこで手に入れたのか、放電する機械を持ってました。それを幼い僕に押し付け、僕は痛くて大泣きしました。それなのに父は笑っていました〉

〈父は僕らが苦しみ、泣くのを、いつも爽快《そうかい》そうに眺めていました。それは父の会社に入ってからも同じです。自分だけじゃない。庵野ホールディングスでも、多くの社員が、鬱憤晴らしのために会長からパワハラを受けています〉

そう言った兄は最後に〈自分は庵野グループを去ります。ですが今後は、外部から父の行為について告発するつもりです〉と力強く伝えた。


撮影を終えたデータは畑、茂木、相沢の三人が明朝に投稿する準備をしている。大八木も「俺も確認してくる」と編集部に向かった。今、会長室に残っているのは龍二と不動の二人だけだ。

「会長、ありがとうございます」

不動から礼を言われた。

「これでPV数は回復しますかね」

PV数は増えるだろうが、オールドタイムズの信頼が回復するかどうかは疑問だ。なにせ会長である龍二が兄とともに父親を告発したのだ。家族内の揉め事と冷ややかに見られるかもしれないし、虐待を認めた兄だけでなく「掲示板で荒らしをしていた」と仄《ほの》めかした龍二も、周りから批判を受けるのではないか。

「違いますよ、会長。僕が礼を言ったのは会長が我々社員に取材を任せてくれたことです。会長はお兄さんの虐待の真相も、そしてどうして今頃になって週刊誌に出たのかもすべて分かっていたんでしょ？」

「そうですね。警察に通報されたのは義姉から連絡がありましたし、週刊誌にリークしたのも、兄だろうなとは思っていました」

「住所も知ってたんじゃないですか？」

「それは知らなかったです」そう言ったが「でも調べようと思ったら分かりましたけどね」兄と連絡が取れていたのだ。会いたいと言えば教えてくれた。

「前回の捏造記事で我々オールドタイムズの社員はみんな自信を失っていました。人間の心は、小さな失敗を必要以上に膨らませてしまい、そうなると怖くなって次の行動に移れなくなるんです。でも会長が急に『荒らし』の話をして、そしてダークテトラッドにサディストなんて興味深い話をしてくれました。あのおかげで、みんなのジャーナリスト魂に火がつき、突き動かされました」

月曜の会議では全員が意気消沈していたのが、たった三日間で活気が戻った。明日金曜の午前七時五十分に撮影した動画を投稿する。来週の月曜日の会議には、また以前のような熱い意見が交わされるのではないか。

「不動さんのモットーである『耳当たりのいい言葉にこそ眉に唾をつけて考えよう』のど真ん中のネタになりましたね。父はいかにも仕事ができる経営者といった風貌で、人を引き付ける会話術でたくさんの信者を得てますから、今回は不動さんらしいニュースになったんじゃないですか」

動画がアップされれば、ネットで大騒ぎになるだろう。それでも父の味方をする人間もいるはずだ。それによって批判が出て、またやり返す者が出る。だが龍二には、そうした悪意や憎悪を見たいという衝動はもう湧かなかった。他人が父についてなにを言っているかという興味からも、ようやく解放された。

「会長、僕は完璧な人を見るのが好きじゃないんです。でも完璧な人がちょっと失敗したり、失敗した人がその失敗を取り返すのは人間らしさが見えて好きなんです。そういう人間の方がカッコいいでしょ？」

自分は完璧ではないですよ、そう言おうとしたが、きっと不動はそのようなことを言いたいのではないと感じた。

「今回の僕はどちらでしたか。完璧な人がちょっと失敗した方ですか。それとも失敗を取り返した感じですか」

「最初は前者でしたが、カメラの前でお兄さんと告白したことで、失敗を自ら取り返していました」

そこで握っていたスマホに着信通知が出た。亜希からだった。十年前の父に対する発言を否定できたことで、自分は父親になれないという呪縛から解き放たれた気がした。だから《一度、話がしたい》と龍二からメールを送ったのだった。

だが予想していた返事とは違っていた。

《龍二さん、私はやっぱり、普通の人と結婚をして、普通の家庭を築きたいと思いました。だから前から告白されていた職場の人とお付き合いすることに決めました。報告の順番が逆になってごめんなさい》

龍二はくせっ毛の頭を掻きむしった。

「どうしましたか、会長」

不動が目を見開いて訊いてくる。

「どうやら僕は完璧でもなければ、失敗も取り返せない男のようです。ちょうど今、人生で初めて好きになった女性に振られました」

「えっ、今から行って話し合えばまだ心変わりするんじゃないですか」

不動からはそう勧められたが、あんなひどいことをたくさん言ったのだから亜希が決心するのは当然だろう。それに告白を受け入れてしまったのなら、今さら自分がのこのこ行けばその男性に申し訳ない。もし二人がうまくいかず、亜希がやっぱり龍二がいいと戻ってきてくれたら、その時は自分の本音をちゃんと伝えよう。

「では僕は六本木に戻ります」

「今日はゆっくり寝てくださいね。どうしても眠れない時は電話ください。ファミレスのドリンクバーでのオールでも、僕は付き合いますから」

龍二は「その時はぜひお願いします」と言って部屋を出た。

エピソード７　元カレ

1

こういう腐った男がやるような嫌がらせが、あたしは大嫌いなんだよね……。

永田佐亜子《ながたさあこ》は政治部長席に戻ると、あえて周囲に聞こえるようにつぶやいた。

机に貼られた六枚の付箋《ふせん》を一気に剥がし、片手で握りつぶすように丸める。紙がもみくちゃになる音に、右斜めに前に座る年上の部下、吉岡《よしおか》デスクは目を向けたが、見ていない振りをするように再びパソコンに視線を戻した。

この日は朝から部長以上が一堂に集まる「御前《ごぜん》会議」、そして編集局、広告局、販売局との「三局会議」、さらに元政治家の来社と、自席に一度も戻れないほど用事が立て込んだ。その間に佐亜子宛てにかかってきた電話を、吉岡は取り次ぐことなく、付箋に書いては、貼った。

「この付箋、全部、吉岡さんの字だよね」

二期先輩だが敬語は使わない。だけどそれは佐亜子が彼を押しのけて部長に出世したからではなく、二十代の頃からそうだった。

「そうですけど」

吉岡は言葉遣いは丁寧だが、態度は反抗期の中学生のようで、パソコンを打ちながら返事をした。六人いる年上の男性デスク全員がこんな感じだ。たかだか一、二年後輩の、それも女に部長の椅子を取られたくらいでいじけるなんて、まったく男どもは料簡《りょうけん》が狭い。

「吉岡さん、六本中二本はもう時間切れだよ」

《新聞協会事務局より、確認のためすぐに連絡ほしい。11：15》《官邸キャップより、二時までに官房長官インタビューの掲載日を決めてほしい。11：45》と書いてあった。すでに午後三時を回っている。

「電話をもらった時は午前中でしたから。部長が戻ってくると思ったんですよ」

「でもこの二つ、どちらも急を要してるよね。片方はすぐにとあるし、もう片方は二時までとあるし」

「部長の荷物、置きっぱなしだったので」

「荷物を持たないからって、すぐに戻ってくることにはならないと思うんだけど」

「言っときますけど電話はしましたよ。だけど部長出なかったじゃないですか」

消音にしていた携帯に会議中に着信が一本あった。だが携帯からではなく、社内電話からだった。大事な用件ならまたかかってくるだろうと思ったが、なかったのでたいしたことではないと思い込んだ。

「通話代がかかるから携帯使いたくないのかな？　だからＬＩＮＥにしましょうと言ってんじゃない」

「仕事に関してはできるだけ社用メールを使えって通達が出てるじゃないですか」

「だったらメールでもいいわよ。だけどそのメールもしなかったんでしょ？　それに私は内容まで伝えてと言ってんじゃないわよ。『電話ですよ』『一度戻ってきてください』といったレベルの連絡よ」

「俺、そういうの苦手なんすよね。アナログ人間なんで」

仕事中もしょっちゅうスマホを弄っているくせに、アナログ人間なんてちゃんちゃらおかしい。他の五人の男性デスクも似たようなもので「なにかあれば会社のメールアドレスに連絡してください」と言ってくる。社用メールは自宅で見ることもできるが、よほどの緊急事案でない限り、彼らは返信も寄越さない。せめて既読かどうかの確認ができれば佐亜子のストレスはずいぶん軽減される。

「で、今日のトップ、また議員辞職勧告決議でやるつもり?」

これから夕方の編集会議が始まる。ここ数日、話題は三日前に視察旅行で行った東南アジアの風俗店で買春した野党議員が紙面を賑わせている。元はといえば週刊時報が報じたスクープで、その店は未成年も働いている店らしく、いつしかなんの根拠もなく彼が未成年相手にみだらな行為をしたことになったとネットに書き込まれている。本人は離党届を提出し、国会を欠席、委員会からの聴取も体調不良を理由に拒否している。

このことに所属していた野党は離党届を受理せず除名処分にした上で、辞職勧告決議案を提出した。だがそれを与党・民自党が躊躇している。民自党は二週間前に「風俗店で働くくらい、女性が性に積極的になれば、出生率も上がるのに」と身内のパーティーでひどい性差別発言をしたベテラン議員がいて、その議員に波及するのを恐れているのだ。

「やるつもりでって、もちろんやりますけど」吉岡は顔も見ずに答えた。

「別に新聞がやらなくてもよくない?」

「ワイドショーもこれ一色ですよ。部長は昨日もこの議員が本当に未成年を買ったかどうかにこだわっていましたけど、国会議員が売春宿に行っただけでも問題ですよ」

「大問題よ。だけど昨日の記事なんか、うちの新聞までネットの噂と一緒になって相手は未成年だと決めつけてたじゃない。それってどうなのよ、証拠も示せてないのに」

「本人が否定しないんだからそうなんじゃないですか。違ったら違うって言うし」

否定しなければ事実なのか。裏取りの一つもしないでなにが記者だ。このデスクの姿勢はジャーナリストではない。

「部長は辞職勧告決議案じたいに反対なんでしょ？　有権者に選ばれたのだから選挙に委ねるべきだって。だけど次の選挙まで毎月百三十万円の歳費が支払われるわけだし、六月には三百万のボーナスも払われるんですよ。これも国民の税金ですから、早く辞めてもらった方が国民のためでしょ」

そのことは中央新聞の記事や社説にしつこいほど出ている。佐亜子だってこんな自覚のない議員に血税を払うのは反対だ。

「ねえ、吉岡さん、ちょっと想像してくれる」

「はぁ」

「将来、アメリカが今の日米安保はアンフェアだと言い出して、日本から基地を撤退するってことになったとしよう。その矢先に今より東アジアの情勢が悪くなった。保守派議員たちは、自国は自分たちで守らないといけないと徴兵制を検討し出した。その時、一人の議員が声高《こわだか》に反対した。だけどその議員には徴兵の適齢年齢の息子がいて、『自分の子供を守りたいだけじゃないか。そんな人間に議員をやる資格はない』と議員辞職勧告決議が出されることになった……」

「なに言ってるんですか。徴兵制になんてなるわけないじゃないですか。だとしても辞職勧告決議に法的拘束力なんてないし」

「法的拘束力がなくても、みんなで言いがかりつけてスクラムを組んでやめさせようとしてるわけでしょ? あたしだってそう簡単に徴兵制になるなんて思っちゃないし、そうなったら大反対するわよ。だけど一発でもミサイルが日本の領海に届いてみなよ。世論なんてガラリと変わるから。中央新聞の政治面を任されてるデスクなら、十年、二十年後に起こりうる事態まで想定して紙面を作ってよ。でなきゃネットでギャーギャー無責任に喚《わめ》いてる人間と変わらないよ」

強く言い放つと、吉岡は口を歪《ゆが》めて席を立ち、編集局を出ていこうとした。出る手前で彼は背を向けたまま、指で側頭部を指し、くるくると回した。頭がおかしいと言いたいのだろう。やるならあたしの顔見てやれよ——佐亜子は毒づいた。

2

編集局で出稿作業が始まる夕方になって、佐亜子は泉川《いずみかわ》取締役に呼ばれ、本社ビルの地下にある日本料理店の個室に来ていた。佐亜子が二十六歳で政治部に配属された時のデスクである泉川は、彫りが深くて、口髭《くちひげ》を生やし、高そうなスーツや靴を身に纏《まと》うダンディーな男だ。学生の頃に作家を目指し、純文学の賞を受賞したこともあるとあって、国会解散など大きな節目で書く『記者の目』も、新聞コラムを超える語彙《ごい》力と表現で他紙を圧倒してきた。今は取締役に出世し、デジタル局、及び紙面のネット化への段階的な転換を任されている。

その泉川が編集局長だった三年前、佐亜子はワシントン特派員の辞令を受けた。中央新聞初の女性の政治部長に佐亜子がなったのも、今も編集局に影響力を残す泉川が強く推してくれたからだ。泉川のライバルでもある和田《わだ》編集局長は「永田では部下がついてこない」と猛反対したらしいが。

佐亜子と和田編集局長は今も犬猿《けんえん》の仲だ。先日、この店の個室で部下と食事をしていると、隣から男性の声で「どうして永田が部長なんですか」と抗議する声が聞こえてきた。続いて和田らしき声で「新聞の売り上げが落ちてるのは女性の読者離れだ。だから女の政治部長を作ったら、中央新聞は働く女性の味方だとイメージがよくなるってコレが言ったんだよ。二年だけだから辛抱してくれ」と聞こえた。その時、吉岡とおぼしき男が「あんな女の下で二年もやれませんよ。スクープが多いといっても、あんなのただのジジイ転がしでしょ」と言った。

ジジイ転がしもカチンと来たが、「コレ」も気になった。そう言った時、和田は親指を立てていたはずだ。男どもはいまだに上司は親指、女は小指を立てる。親指を立てたからには社長か専務か。辞令の際は佐亜子を「うちの会社にとっても歴史的な人事だから頑張ってくれな」と激励した経営者側も、胸中では佐亜子の出世を歓迎していないのだろう。

そういう意味では「今の政治部で永田以上に実績をあげた人間はいない」と佐亜子を推した泉川は、相当風当たりが強いのではないか。部長になりたいと思って新聞社に入ったわけではないが、総理番、総理に同行しての海外歴訪、そしてワシントン特派員とやりたい仕事をさせてもらった。管理職になった以上、紙面全体の改革にまで積極的に口を出し、紙の新聞は廃《すた》れていくにしても、いずれは電子版として新聞への信頼だけは守っていきたい。

「どうだ、永田、部長の椅子の座り心地は？」

佐亜子のお酌を返杯しながら泉川が言った。この後、ゲラをチェックしなくてはならないが、仕事中だなどと野暮なことは言わない。飲むのも政治記者の仕事である。

「座り心地なんて感じる暇はないですよ。面倒くさい仕事ばっかだし、これまでの政治部長は無駄って言葉を知らなかったんですかね」

「永田ならそう言うと思ったよ。だけど俺も元政治部長だったことをお忘れなく」

「忘れてないから言ってんですよ」

軽口で返すと泉川は声に出して笑ってビールを飲み、二杯目からは手酌した。政治部に配属されたばかりの頃、部の飲み会で当時の上司から「永田さん、お酌して」と言われ「どうしてあたしがするんですか。もしかして女だから？」と言ったのは社内の語り草になっている。

佐亜子が入社した二〇〇二年、すでにセクハラやパワハラは問題になっていて、今は女性社員を下の名前で呼ぶどころか呼び捨てすら厳禁になっている。男性社員にまで「さん付け」する。だが佐亜子だけはなぜか「永田」と呼び捨てにされた。佐亜子も男性の同僚や後輩は「くん付け」や呼び捨てにしている。フェミニストでもないけど、かといって極端なジェンダーレスの考えも賛同できない。いちいちルールで縛るから息が詰まる社会になってしまったのだ。そんなもの、相手を見てそれぞれが判断すれば不快感など起きない。

「で、あの件、どうなりました?」

注文した饅重《うなじゅう》が出てきて、箸《はし》を割ってから佐亜子は尋ねた。

「永田が言ってた『記者が個人のツイッターで特ダネを自由に発信する』というアイデアか。残念ながら社長からも専務からも却下された」

「あの人たちだとそう言うでしょうね。どうせ、十年後二十年後にはいない人ですし」

「そういうことを言うなよ。社長だって新聞が生き残ることを必死に考えてんだぞ」

「だったらもっと早くネット化すべきだったんですよ。うちはネット化が遅れている上に、購読料と同じくらい有料電子版の値段も高く、せっかくヤフーニュースに載っても、《ここからは有料会員限定です》って出るんだから。クリックした途端、見出しの下に《中央新聞》と出ただけで読者は触りもしないですからね」

多くの新聞社が電子版を安くするなり、特別な情報を載せるなりもっと力を入れられないのは、紙の新聞を買ってくれている読者に配慮しているからだ。だがその読者はほとんど高齢者である。一度会議でネット化に反対する上司からそう理由を告げられた時、佐亜子は「でしたら新聞社は寿命を延ばす薬の開発にお金を注ぎ込むべきじゃないですか」と言った。さすがに会議後に泉川に呼ばれ「もう少し口を慎んでくれ」と注意された。

佐亜子は今さら、全国紙が電子化しても手遅れだと思っている。そこで中央新聞の記者がスクープや情報を摑んだら、会社に報告だけして、その後は自身のツイッターで自由に発信すべきだと、政治部長の内示を受けた段階で、提起したのだった。

元よりネット慎重派の上司どころか、泉川でさえも「それってうちになんのメリットがあるんだ」と目を丸くして聞き返した。

――ありますよ。まずスクープを速く報じられる。そしてうちの会社の記者の優秀さをアピールできる。欧米では記者がツイッターで発信するのは常識です。

――そんなこと、その記者を利するだけじゃないか。名を売って会社を辞めるだけだ。

――有名になったところで、今はヤメ記者のフリージャーナリストが雨後の筍《たけのこ》の如《ごと》くいるんですよ。頭のいい記者なら、中央新聞の看板なくして、取材出来ないことは分かってますよ。

記者クラブのある内閣、警察、検察、日銀などはそうだ。記者クラブ制度を護送船団方式と非難する人もいるが、誰でも自由に出入りできるようになれば取材相手は警戒して何も喋らなくなる。とくに政治記者の取材にはオフレコ取材があり、それが次の取材に繋がることも多々ある。最近はオフレコを了承しておきながら、これは問題発言だと一方的に約束を反故《ほご》にして記事にする記者もいる。佐亜子はそういう者は記者としては優秀だと認めても、人間としては軽蔑している。

「社長や専務が反対するのも当然だろ？　永田の案にはそれでどうやって収益を得るのか具体的な方法論が入っていない」

鰻を口に入れた泉川に言われた。

「そう言われたら、こっちは許してちょんまげですけど、これまでなにもしてこなかったのが、急に電子版で金儲けしようなんて無謀なんですよ。だからあたしはツイッターで記者の知名度をあげる、ツイッターを見たユーザーが、もっと詳しく読みたいとうちの電子版に移ってくるという導線を時間をかけてでも引きたいんです。上の人たちはすぐに結果を求めますけど、構造改革なんだからそう簡単に結果は出やしません。うちの電子版に記者のツイッターの百四十字では書ききれないスクープの裏側がしっかり載ってれば、ＰＶ数は増えていくと言ってんです」

「ＰＶ数が増えれば広告費でなんとかなるというのか？　ネット広告費なんてどんどん下がってるんだぞ」

「読者にその先を読みたいって思わせれば、有料電子版の読者数も増えますよ。あたしだってボランティアで新聞記者をやろうと言ってるわけではないですから」

「永田の熱い考えはおいおい説明してくからおまえこそ焦らんでくれ。それより永田には政治部の質を上げてもらわないと、いざツイッターで特ダネを発信することになっても、ろくなニュースが出なきゃ導線以前の問題だ」

「確かにそうですね」

　スクープは、最近は東都や毎朝にやられっぱなしだ。それどころか週刊誌にすら完敗している。野党議員の買春も、与党議員の女性差別発言も、最初に報じたのは週刊時報である。

「永田が急にネット強化を言い出した理由はなんとなくわかったけどね」

「理由って？」

　アメリカに行く前から考えていたことなのだ。急に思いついたわけではない。

「前の彼氏がヒントになってんだろ。東亜イブニングの不動のエース。彼がオールドタイムズで動画ニュースを成功させた。一度、捏造記事で自爆したと思ったけど、今度は会長自身が自分の父親、カリスマ経営者の庵野衛がサディストだと告発した。出来立てほやほやの会社だというのに、うちと遜色ないPV数だからな。広告費も結構入っているっていう噂だ」

「政治部記者として言うなら彼は『前』ではなく、『元』ですけどね」

政治家は解散前まで議員だった者は「前職」、前回はすでに議員ではなかった者は「元職」だ。不動優作は前の前の彼氏なので「元」、ただし同棲した男は他にもいたが、三年も付き合ったのは彼一人である。

「そりゃ悪かった。永田の彼氏の数は、どうでもいい議員の当選回数を覚えるより大変だ」

男の数についてネタにされても佐亜子は怒らない。それは事実だからだ。一人の異性をずっと愛するのも素敵なのだろうが、一度きりの人生なのだから、いろんな男と知り合ってもいいのではないか。「たくさんの男に興味がある」と口にすると軽薄に見られるが、それが「たくさんの人間」なら、「なんて好奇心豊かな人だ」と感心される。興味があるからもっと知りたいと思って付き合う。それでも常識はわきまえているつもりで、籍は入れないし、必ず別れが先で、一旦フリーになってから次に行く。二股も浮気も一度もない。

ビールを飲み終えると「そろそろ締め切りなので」と席を立とうとした。

「俺も出るとするか」と泉川も片膝を立てる。

「飲みに行かれるんですか」

「直帰するよ。役員の経費も組合に監視されてるからな」

泉川はきちんとプレスされた上着を羽織り、伝票にサインした。

3

翌日、夕方の編集会議が終わると佐亜子は広い編集局をぐるりと見渡した。この後、原稿が入ってくる午後六時までの三十分ほどが貴重な夕食タイムである。昔の部長は、銀座《ぎんざ》まで出て、ゲラが出始めた九時くらいに顔を赤くして戻ってきては、ああだこうだと管《くだ》を巻いて紙面にケチをつけた。だが今そのようなことをすれば総務や組合に訴えられる。それに今は紙面用だけでなく電子版にも出稿するなどデスクの手が足りないため、佐亜子も時々デスク業務を手伝う。

たかだか夕食だろうが、自分の寝首を掻こうとしているデスクたちと共にする気にはなれなかった。政治部には女性記者もいるが全員出払っている。他部署を探すと、文化部のデスク席に三期下の粕谷雅美《かすやまさみ》がいた。

「雅美、ご飯まだでしょ？　社食行こうよ」

いつもなら喜んでくれるのに、険しい顔でパソコンを眺め、呼びかけに気づかない。

「ちょっと雅美、どしたのよ」

「ああ、佐亜子さん」彼女はようやく顔を上げた。

「なに怖い顔して読んでんのよ。それ、小説の連載でしょ？　もっと楽しい顔で読んでよ」

電子版に連載している小説だ。著者は菅原《すがわら》しずるという恋愛もので人気のある女性作家で、タイトルは「幕末ラプソディ」。初めて時代小説に挑んだ作品でもあり、連載開始当初には「電子版でポップ文学の女王、菅原しずるが時代小説に初挑戦」と大々的に社告を打った。担当は本来ならデジタル局がやるべきだが、文芸担当がデジタル局にいないので、文化部がやっている。

「佐亜子さん、昔の彼氏さんって、今も付き合いありますか？」

遠慮がちにそう言われた。昔と言われても誰を指《さ》しているか分からない。彼女も佐亜子が判断がついていないのが分かったようで、「元東亜イブニングで今はオールドタイムズにいる不動さんです」と言った。

「なに、また優作？」昨日の泉川からも出てきたことにそう口をついたが、粕谷がフリーズしていたので、「優作とは帰国してからは一回も会ってないな」と答えた。

他の男とも会っていないが、別に会うことに躊躇はしていない。優作なら尚更《なおさら》、気にしないし、向こうもそうだろう。だが先月、彼の後輩である中島から示唆《しさ》されたオールドタイムズのフェイクニュース疑惑を佐亜子は社会部のデスクに伝えた。優作や中島に悪いとは思ったが、オールドタイムズは今や注目の新型ニュースサイトである。社会部も飛びついた。それに中央新聞の記者が電話した時には、すでにネットでその日の記事がフェイクだと炎上し、他メディアからの問い合わせも殺到していたらしい。佐亜子のしたことだけが彼らを窮地に追い詰めたわけではない。

「会ってないならいいです」

彼女が明らかに落胆の表情を見せたので、佐亜子は「聞けない間柄じゃないから、気になることがあるなら連絡とるよ」と言った。

「実は今日、うちの記者が、『幕末ラプソディ』の打ち合わせに、菅原しずる先生の自宅に行ったんです。菅原先生、基本、打ち合わせは自宅なので」

「それで？」

「そしたら帰りにオールドタイムズの記者が張り込みをしていたのを見たそうなんです」

「それが優作なの？」

「いいえ、畑さんという、元週刊ウーマンの記者です。芸能取材で顔見知りだったんでうちの記者が話しかけたんですけど、畑さんにはごまかされたみたいです」

「張り込みしてたからって、それがなんなの？　菅原しずるって独身でしょ？　熱愛が発覚しても、相手が妻子持ちだとちと問題だけど、独身同士ならハッピーな話題じゃない。うちの社は家の中まで入れるんだから、菅原しずる本人に確かめればいいだけじゃないの」

フォックス型の赤い眼鏡が、気の強さを印象付け、エキセントリックな性格でも知られる菅原しずるだが、大きな文学賞も獲りファンも多い。相手が有名作家や劇作家であれば、大物カップル誕生のニュースにもなる。

「そんなにハッピーな話ではないみたいなんです」

「どうしてそう思うのよ」

「その記者、会社に戻ってから、菅原先生にご自宅の前にオールドタイムズが来てましたって電話で伝えたんです。そしたら菅原先生、烈火《れっか》の如く怒って、電話を叩き切ったんです」

「張り込みされていたのを知ったら普通は怒るんじゃない」

もう一度、家に戻れば良かったのに、電話で伝えるから相手の様子を窺い知ることなく地雷を踏んだのだ。その記者の行動が甘いと思った。粕谷はその記者がその後にとった行動も説明してきた。

「それで慌てて先生の自宅に行きました。先生はあいにく留守でした。菅原先生って秘書の妹とお手伝いさんと三人暮らしだったんですけど、最近、妹だけ出て行ったんです。妹に対しても相当わがままを言ってましたし、お手伝いさんも先生のことは好きじゃないので、こっそり聞いたら、恋愛問題では絶対ないし、先生はここ一ヵ月、ずっと機嫌が悪いって」

「まったく困ったちゃんの作家だね。でもいくら機嫌が悪かろうが、ちゃんとうちの仕事をしてくれたらいいんじゃないの」

「それが今までは毎週月曜日に来週一週間分をまとめて送ってきてたのが、今日は火曜なのに来てなくて。電話しても出ないんです」

それでも原稿が来ないことと、粕谷が悪魔にでも取り憑《と》かれたような顔で小説を読み込んでいたことが一致しない。

「ねえ、話が意味不明なんだけど、もっと丁寧に説明してよ」

そう言うと、粕谷は少し思案顔をして、意を決したように話し始めた。

「デスクの私が今頃言うのはどうかと思いますけど、菅原さんの小説、これまでもどこかで読んだことがあるような既視感がある部分が多かったんです」

「パクリってこと？」

「パクリと言っていいのかどうかわかりませんが少なくともコピペです。会話文は菅原先生らしい活き活きしたやり取りなんですが、史実や当時の情景描写になると急に文章のトーンが変わるんです。コピペなのをオールドタイムズに嗅ぎつけられたんじゃないかと、私は昼から調べてるんです」

声すら出なかった。中央新聞の電子版で掲載中の小説がコピペだった――これが事実なら、中央新聞の信頼も伝統も揺るがす大問題になる。

「幕末ラプソディ」は坂本龍馬《さかもとりょうま》や吉田松陰《よしだしょういん》、沖田総司《おきたそうじ》など「歴女《れきじょ》」が大好きな英雄がたくさん出てくる。しかも内容は、坂本龍馬は大河ドラマに出てくるような芯《しん》の通った英雄ではなく、十二歳で楠山塾《なんざんじゅく》へ通い始めたが、出来が悪い上に、余計なちょっかいを出して上士の息子に刀で追いかけられたことで、強制的に退塾させられたとか、小栗《おぐり》流の道場に入ったが剣術は滅法《めっぽう》弱くて、卑怯な手ばかり使って怒られていたとか、その後も武器の売買で小銭稼ぎをしていたチャラ男だったとか。それなのに窮地に追い込まれると急に男気を見せて、そのことで幕末の大物たちに可愛がられたなど、佐亜子が知らなかった史観が書いてあって、惹き込まれる。

設定に定評のある菅原しずるの作品とあって、脇役たちもキャラが立っている。彼らの秘めた恋愛シーンもあり、新撰組《しんせんぐみ》内のＢＬもある。流れ者に襲われた町娘が、龍馬から教わったエセ武術で、流れ者を川に突き落とすシーンは佐亜子も読んでいて爽快になった。

フィクションなので、歴史ファンが怒り出しそうな史実の歪曲《わいきょく》も含まれているが、電子版のみの掲載なので、読み手は若い菅原しずるのファンが多い。連載が始まって有料読者はずいぶん増えたらしい。

ただいくら物語の本質とは異なる時代の説明や当時の情景描写であっても、無断借用したり、コピペしたりすれば連載中止を考えなくてはならないだろう。デスクの粕谷雅美が違和感を覚えたのは、オールドタイムズの記者の張り込みを知る前だったそうだ。

「菅原先生の原稿、文章作成ソフトで送ってくるんですけど、途中から同じ明朝体で同じ級数なのに、フォントの濃淡が微妙に異なるところがあったんです。それで失礼ながら聞いたんです。連載開始前でしたが」

「向こうはなんて言ってたの？」

「パソコンで一旦USBに保存して戻したらそうなるって。私も同じ文章作成ソフトを使ってるんでやってみたんですけど、ならないんですよ。そしたら文化部の若い男の記者が『それってコピペしたらなるヤバイやつですよ。コピペすると大概フォントも級数もコピーされちゃうから書式が揃わなくなるじゃないですか。だからペーストしてから書式を変更するんですけど、それでも微妙に同じにならないことがあるんです』って。最近の大学は卒業論文でのコピペに厳しいから、生徒もバレないように元ネタ見ながら一から書き直すそうです」

「それ、どうして気づいた時に作家に言わなかったのよ？」

連載前なら中止することもできた。

「言えないですよ。人気作家に」

自分たちも政治家と付き合っている。それでも政治家が間違った発言をすれば批判記事は書くし、問い質す。だが作家相手ではそういうわけにはいかないようだ。さらに粕谷からは連載開始前でも簡単に中止できなかった理由も聞いた。

「それに菅原しずるに書かせたらいいと言い出したのは、泉川取締役なんです」

「泉川さんが」

「電子版でも小説があると箔《はく》がつくと泉川取締役はこだわられていて。会議で和田編集局長が、電子版に高い原稿料を払って小説なんて載せなくてもいいじゃないかと反対したんですけど、泉川取締役が『だったらスマホで新聞を読む層が好む作家に頼めばいい』と言い出して。泉川取締役の娘さんがファンだという菅原先生に頼むことになったんです」

「時代物にしたのはどうしてなの。菅原しずるは門外漢《もんがいかん》でしょ？」

「それも泉川取締役が、どうせやるなら作家が初チャレンジしたテーマがいいと言い出して。菅原先生って簡単に人の言うことを聞く人ではないんですけど、料亭で泉川取締役が直接頼んだら、やりますって言ってくれたんです。菅原先生、イケメンミドル大好きですから。だけど和田編集局長は『だったら紙でもやれよ』と不快感丸出しでしたけど」

泉川と和田、面倒な二人が出てきた。二人は一期違いで、前編集局長が泉川で、今が和田。泉川は取締役だが、和田はまだ執行役員である。

冷静に考えれば今すぐ作家の元に出向いて事実確認し、彼女が激怒しようが、連載をやめるぞと脅してこようが、灰色と感じれば即刻中止する。オールドタイムズや他のメディアに指摘される前に自分たちで調査し決断することが最善の方法だ。

だが、中止にすれば泉川のメンツをつぶすことになる。泉川は佐亜子を政治部長に推してくれた恩人だ。反して和田は「二年だけ辛抱してくれ」と男性デスクに、佐亜子を二年で終わらせることを約束している男である。

正しいと思ったことを貫いてきた佐亜子だが、今回だけは頭が混乱した。自分が正しいと思う方法を採れば、泉川を失脚させ、ひいては自分の首も絞めることになる。

4

翌朝、佐亜子は朝七時に出社した。政治面では毎日、著名人、学者、識者に交代で「新外交白書」というコラムを頼んでいる。この日は、新しく起用した若手のメディア研究者から最初の原稿が届く予定になっていて、それを人の少ない静かな社内でチェックしたいと思ったからだ。

新外交白書の連載は佐亜子の前の政治部長が開始したものだが、今まではリベラル寄りの中央新聞の読者に適した人選をしてきた。それなのにオールドタイムズに高堂藺が「過去に右派ポピュリズム的な発言をしていた」と暴かれたのだから、間抜けな話である。佐亜子は高堂藺が辞退したのを機に、思想は関係なく、保守だろうが、極端な左派だろうが、自分の意見をきちんと持つ人間が必要だと、メンバーを総取っ替えした。和田編集局長からすぐに「これではうちの新聞がブレてると思われる」とクレームが入ったが、「そんなことを言ってるから新聞は要らないって言われるんですよ。今は自分と異なる意見を一般人が探し出し、ネットで反論して言論を盛り上げていく時代ですよ」と言い返した。「うちのサイトが炎上したらどうするんだ」とも言われたが「攻撃されないサイトなんて、出世争いでライバルともみなされない安《あん》パイみたいですね」と言うと、和田は顔を真っ赤にしてそれ以上はなにも言ってこなかった。

記事は担当記者を通じて出稿用のワークステーションに届いていた。それをプリントアウトして、泊り番が仕事をしている社会部のヤマから離れた静かな場所を探す。この時間なら会議室が空いているはずだ。だが扉を開けると粕谷雅美がいて驚いた。

「雅美、どしたのよ、徹夜？」

くまで目許がくすんでいた。机にはパソコンと、おそらく数百枚はありそうなプリント用紙、さらに歴史書、時代小説などが散らかっている。

「あっ、すみません。部屋、使いますか?」

「あたしも勝手に原稿を読もうと思っただけだから。それより、あんた、まさか菅原しずるの原稿、全部チェックしてたの?」

昨日から、粕谷はコピペを疑っていた。真面目な彼女は一晩中、調べたのだろう。机の上にはおにぎりの包装紙と、栄養ドリンクの空瓶が置かれていた。

「で、どだったの、コピペはあったの?」

「完全なコピペはありませんでした」そう言われて佐亜子も胸を撫で下ろした。さらに粕谷は「本もいくつか読みましたが、まんま引用している部分は今のところありません」と答えた。

「そっかぁ。だったら良かったじゃない」

ねぎらうつもりで顔をほころばせたが、彼女に笑みはない。

「でも近い部分はありました」

「近い部分って」

「彼女の原稿の一部分を検索にかけてもヒットすることはないです。でも《龍馬、武器売買》《龍馬、小栗流》《龍馬、チャラ男》とか打つと、いろんな文献やブログが出てきます。その中でも検索上位に出てくるサイトと、菅原先生の原稿とを読み比べると、内容が酷似してます。主語の位置が変わっていたり、語句の順番が違っていたり、その合間に形容詞が入っていたり、会話文を挿んだりしてますけど……」

「ちょっと貸してみ」

佐亜子は奪うようにテーブルに散らかっているプリント用紙を手にした。彼女はパソコンで見つけた原文をその都度プリントアウトし、それと酷似した菅原しずるの原稿にもアンダーラインを引いていた。

確かにそのままではなかった。似た語句は散見されるが、これだけではコピペしたとは言えないだろう。形容詞や比喩で描写をすることで独自の文章、世界観を出している。なによりも菅原しずるらしいライトな文体になっている。

これならそれほどめくじら立てることもないんじゃないの、そう言おうとしたが、その前に「雅美が見て怪しいと思った箇所、全部でいくつあったの？」と確認した。

「今のところ、九十七ヵ所です」

「九十七って、何ページ中で」

「原稿用紙で三百枚弱です」

「三枚に一回は盗用、コピペが疑われる部分が出てるってこと？」

「はい」と返事をした。声も掠《かす》れていた。

いくら独自の文体に書き直していようが、さすがにこれだけの数の類似点があるなら偶然と言い張るのは無理があるだろう。これでは他人が書いた原文を分解して、繋ぎ合わせただけ。引用、参考文献の域は超えている。なによりも「幕末ラプソディ」は独特の史観が読者に受けている作品でもある。その魅力とされている部分が盗用だったなんて目も当てられない。

「雅美、すぐ和田局長に報告して。それから泉川取締役に伝えなさい。オールドタイムズに暴露されたら、大変な騒ぎになるわよ」

彼女が呆然としたまま立ち上がった。とはいえ、半年も連載している小説を今さら中止できるのか。佐亜子には予測がつかなかった。

5

友人の中島里恵に連絡しても良かったが、彼女の夫、中島嵩史は捏造記事の責任を取って辞表を出したと聞いた。今は家庭が混乱しているだろうと、佐亜子は里恵への連絡を諦め、かつて暮らした千歳烏山《ちとせからすやま》のマンションに向かった。

佐亜子も優作も自分の部屋が必要なタイプだったので、３ＬＤＫを借りた。一人では広すぎるが、面倒くさがりの優作なのでもしかしてまだ……と思って来てみると、居住中なのは分かった。一階の駐車場に、太いタイヤを履き、ボンネットやフロントスポイラーなどをカーボン素材に付け替えた走り屋仕様の優作の愛車が停まっていたからだ。両サイドが他の居住者のベンツのゲレンデとレンジローバーなのも三年前のままだった。佐亜子には、毎晩仕事から戻ってくるたびに、大型車の合間で、行儀《ぎょうぎ》よく主《あるじ》の帰りを待っているペットのようで可愛く思えた。

夜の十時、優作は一人で飲み歩くタイプではないので、会合でもなければ帰ってきていても不思議はなかったが、二階の角部屋の灯りは消えていた。今日は火曜日、オールドタイムズの『Ｒｅａｌ ｏｒ Ｆａｋｅ』は毎週金曜日の朝にアップされるから、取材は佳境に近づいているのかもしれない。いったい彼らはどこまで菅原しずるのコピペに気づいているのか。最後は必ず本人を直接取材し、動画で撮影するはずだから、それも撮り終えているのか。

オートロックのチャイムを押すが返事はなかったので、ボンネットにもたれかかって待つことにした。昔なら間違いなく一服していた。この家に住んでいた頃は結構なヘビースモーカーだったが、米国に赴任し、出張のたびに禁煙の長時間フライトを強いられているうちに思い切って禁煙した。無理だと思っていたが案外スムーズに依存症から脱却できた。

四月に入り、マンション前の桜並木は散り始めていた。バルコニーからでも花見ができるのに、優作はこの時期になると桜前線を追いかけるように南は伊豆《いず》、北は信州や東北へとドライブに出かけ、出不精の佐亜子も強引に連れていかれた。あれは桜を見たかったのか、ドライブをしたかったのか……どちらにせよ優作のおかげで佐亜子は結構な桜博士になった。ワシントンで毎春行われる桜まつりの取材では、他紙が「日米友好の懸け橋」「尾崎行雄《おざきゆきお》東京市長から贈られた」など当たり障りのないつまらない記事を書く中、「昔は桜にはエフェドリンという漢方薬でいう麻黄《まおう》の成分があるという間違った知識があって、だから男性は桜の木の下に女性を呼んで口説いた」とか「桜餅は葉の掃除が面倒だと思った寺の門番が、桜の葉を塩漬けして餅を包んだのが始まり」など優作から聞いた蘊蓄《うんちく》を織り交ぜた。

佐亜子の助言を受けた粕谷は、編集局長の和田が出社するなり疑惑を報告した。和田は「きみ、なんてことをしてくれるんだ！」と編集局中に聞こえる声で粕谷に激高し、その後、文化部長、デスク、担当記者らが呼ばれての緊急会議が行われた。

和田の慌てぶりから、連載中止の判断が下されると思ったが、途中で情勢が変わったらしい。会議の途中から参加した泉川が「この程度なら連載終了後に引用先を補足しとけば問題ないだろう」と言い出したのだ。

粕谷は「それでは収まりません」と異議を唱えたが、デジタル局の最高責任者であり、大昔とはいえ著名な文学賞を獲って本を刊行している泉川から許容範囲内だと言われると、なにも言い返せなくなったそうだ。結局、和田も意見を曲げ、連載継続で会議は終了した。

会議室から出てきた粕谷は睡眠不足に心労が重なり、自席に戻るなり、床にへたりこんだ。くずおれる瞬間を見ていた佐亜子は駆け寄った。汗だくだった彼女の額に手を当てると明らかに熱があった。すぐに他の女性社員と両肩を支えてビル内の産業医のもとに運んだ。

車にもたれかかっていると、つまさきが痛くなってきた。百五十三センチと小柄の佐亜子だが、優作の車は車高を下げているので椅子にするにはちょうどいい。「ごめんよ」と独りごちて、片方のパンプスを脱いで、ボンネットの上に尻を乗せる。

「あれ、佐亜子じゃないか？」

まもなくして優作が帰ってきた。ジャケットにコットンパンツというカジュアルな恰好。お洒落ではないがだらしなくもない。三年振りだが、歳を取っていないと感じるほど変わっていなかった。

「遅いから車に座らせてもらったわよ。ボンネットがへこんだかもしれないけど」

降りた佐亜子はロングスカートをはたいてから、敬意をもって車も手で払った。

「軽量で、鉄より強い平織《ひらお》りのカーボン製だぜ。佐亜子の体重ごときじゃへこみはしないよ。それよりどうしたんだよ、急に」

交際していた頃のように普通に話しかけてくる。最後に顔を合わせたのは三年前だ。ワシントンに赴任して三ヵ月で別れを切り出した時もビデオ通話だったし、その後は連絡していない。一応、今さらながら別れた理由——といっても一人の男と何年も一緒にいるのが自分としてはもったいないと思ったという、まるで大人になりきれない若者が言う程度の言い訳は考えてきたが、そんな話をする必要はなさそうだ。

「優作に話があってきたのよ。個人にというより、オールドタイムズの編集長さんに」

「さては菅原しずる先生の件だな」

説明する手間も省けた。

「こんな場所で話すのもなんだから、家に入れてよ」

彼がマンションの前から動こうとしないので佐亜子から催促した。

「それはまずいだろう」平然としていた優作の顔に少し動揺が見えた。

「ありゃ、新しい彼女さんでもできたの？」

「できないよ、っていうか必要としてないし」

「じゃあいいじゃんか。あたしも元住人なんだし」

それでも彼は動こうとしなかった。

「もしかしたら変なことになったら困る、とか心配してんの？」

「するか」優作はすぐさま言い返してきた。「付き合おうと言い出したのも、別れると言ったのも佐亜子だぜ。一緒に住んでる時だって俺から迫ったことは一度もないぞ」

「そういうところが不満だったのよ」

「えっ、そうなの」また動揺した。

「うそうそ、女を無理やり自分のものにしようとする男をあたしが嫌いなのは知ってるでしょ」そう話してから、必ずその話をした時に付け加える「あたしは自分から迫るのが好きなのよ」と言った。冗談だが、記憶を失うくらい酔っぱらうと、冗談ではなくなるらしい。

「その気の強さが佐亜子の良さだからな。人に迷惑をかけても、憎まれないのも生まれ持っての才能だ」

「なによ、その言い方、一緒に住もうと言った時は喜んでたくせに」

「そりゃ、佐亜子さまと暮らせて喜ばない男はいないだろ」

「あら。やっとご機嫌になることを言ってくれたじゃない」

会話が弾んだせいで三年ぶりという距離感も一気に縮んだ。

元から物分かりのいい男だった。別れを告げた時も「佐亜子がそうしたいなら」と受け容《い》れてくれた。しばらくして中島里恵に連絡すると「うちの主人や仲間を誘って毎週、失恋旅行に行ってるわよ」と聞かされたが、行き先が富士《ふじ》スピードウェイとか鈴鹿《すずか》サーキットと聞いて呆れた。それではシングルになって人生を謳歌《おうか》しているだけではないか……。

「私も久々にアバルトくんに乗って、自慢のエンジン音も聞きたいし」そう言ってさっきまで座っていたボンネットを遠慮なく叩く。

「おっ、嬉しいことを言ってくれるじゃんか」

彼はそう言うとリモコンキーで運転席を開け、頭を下げて競技用シートに潜りこんだ。助手席に散らかるペットボトルを片付ける。車を見た限り、新しい女の影はなかった。

軽自動車ほどの狭さだが、佐亜子には窮屈さは感じない。シートベルトを装着した時には、優作はエンジンキーを回していた。マフラーから爆音が響く。今は午後十時だが、深夜なら近隣住民の何人かは驚いて目を覚ますだろう。優作は「行くぞ」と言い、ギアをローに入れたまましばらく引っ張る。佐亜子も運転はするし、いろんな男の運転を見てきたが、ローギアで五千回転まで引っ張るのは優作くらいだ。彼はそれを「エンジンがこの日最初の歌声を聴かせてくれるんだ」と調子よく言う。

「相変わらず車にお金使ってるみたいね」

ボンネットやドアミラー、ドアハンドルなどの外側のパーツだけでなく、車内のフロントパネルやスイッチカバーの類いもカーボンに変わっていた。当時から優作は「カーボンは魔物で、一つ変えるとあれもこれも変えたくなるんだよな」と言いながら、毎月のように買い足していた。佐亜子は「これ、なんの効果があるのよ」と呆れたが、ただの淡いグレーの車がいたるところにカーボンを装着して変貌していく様は、節制した男が筋トレで体を鍛えるような魅力があった。

「金喰い虫だけど、自分だけの一台になったと思うと、金が惜しいと思わないんだよね」

「それは優作が他に趣味がないからよ。もう少し違うものにもお金をかけたら」

「会長からも、新聞記者はいつも領収書を切って自腹で食べないから食のありがたみが分からないって、強烈な皮肉を言われたよ」

会長の庵野はまだ二十代だ。オールドタイムズの動画に出た時は、今風の草食系男子に見えたが、ＩＴ起業家だけあって厳しいのか。

「オールドタイムズはたいした活躍ね。こんな短期間で認知されたメディアって過去になかったんじゃないの？」

発足して五ヵ月、動画配信を始めて二ヵ月だ。その浸透度の早さには脱帽するしかない。

「まぁ、ウェブだし」

そう言った時は、優作は謙遜しているのかと思った。

「なんか優作らしくないね。ウェブだろうが紙だろうがメディアであることには変わりない。それが記者クラブにも入らない夕刊紙で育った優作のプライドじゃなかったの」

「そう言いたいところだけど、一度痛い目に遭ってるからな。それにたった七人で一週間に一本出せているのには理由がある。新聞だったらもっと取材に時間をかけ、どんな読者にも理解できるように丁寧に嚙み砕いて記事にする。だけど俺たちはウェブなんだから、モヤッとした感じで作ったニュースを、読者がモヤッとしたまま見終えてもいいと俺は思っている」

「モヤッ？」

「読者が完全に理解できなくても、今は関連情報をスマホで検索もできるし、事実さえきちんと提示すれば、ユーザーが調べてさらに拡散していくわけだからね」

「なんだか耳の痛い話ね」

素直にそう思った。紙の新聞だって一部の読者はスマホを片手に読んでいる。それなのにいまだに「難しい語句は使うな」「カタカナは極力使うな」と読者を見下したことを言う上司や記者が多い。

「まぁ、今のはナカジの受け売りなんだけど」

「なーんだ。優作にしてはずいぶん新しい話をするって感心してたのに。いつからそんなにデジタルに詳しくなったんだって」

冗談まじりで突っ込んでおく。甲州街道を走っていた車は調布《ちょうふ》インターチェンジから中央道下り線に乗った。

「そういや、佐亜子が最後にこの車に乗ったのも桜の季節だったな」

ギアを高速に上げていきながら、優作が話を変えた。休日だけでなく、平日も中央道で河口湖《かわぐち》あたりまで夜桜見学に行った。明け方に戻ってくると、高速道の先、東の空から顔を出した太陽がとても幻想的だった。寝不足のまま出社し、暇な時は官邸クラブで昼寝をした。若手が働いているのに休んでいる後ろめたさがあったからこそ、夜回りでは他の記者から「ジジイ殺し」と言われる「おだて」と「勝負勘」で特ダネを取った。

「そうそう、最後にもう一度桜を見に行こうって話をしてたんだね」

「そうだよ。佐亜子が『奇跡の桜』を見に行きたいっていうから、俺は有給まで取ったのに、佐亜子の都合で行けなかったんだよ」

「あれは本当に申し訳なかった」両手で拝むように謝った。

奇跡の桜とは、三年前、中央新聞の一面に写真が掲載された、季節外れの満開の桜のことだ。山の中にあるソメイヨシノで、福島《ふくしま》県の山あいの小さな村で農業を営む男性が、人工的に付近より十日間ほど遅らせたタイミングで桜を満開にさせることに成功したという。写真に添えられた短い記事によれば、男性は、二〇一一年の東日本大震災で唯一の肉親である妹を亡くした。妹は桜が好きだったが、誕生日が四月二十五日で、その地域では花が散る時期だった。男性は天国にいる妹に、誕生日に満開になった桜を見せたいと、毎年様々な取り組みをしてきたらしい。そして妹が五十歳を迎えるはずだった三年前の四月二十五日、ついにその努力が実った。記事には「この桜が復興のシンボルとなり、たくさんの人が福島に来てほしい」という男性の実名とともにコメントが載っていた。

そんなエピソードがある桜なら、散りかけでもいいからひと目見てみたいと、掲載から三日後に二人で有給をとり、福島に出かける予定だった。ところが前日になって、当時の編集局長だった泉川から、帰国した駐米大使を紹介すると電話があり、旅行はキャンセルになった。

「あの桜を咲かせた農家って、まだ続けてるのかな」

「どうだろうね？　佐亜子がワシントンに行ってから話題になって、パワースポットのような観光名所になったらしいけどね」

「じゃあ、福島のシンボルになって、復興の活力になってほしいという農家さんの想いは伝わったんだね」

「伝わったとしたらそれは中央新聞が一面で掲載したおかげだよ」

「優作は行ってないの？」

「去年行こうとしたけど、リストラ候補にされてそれどころでなくなったんだよ」

話しながらも彼はマメにギアを四速に落としたり五速に入れたり、左手は忙《せわ》しなく動く。スピードに乗れば高いギアで巡航する方が燃費はいいが、それではつまらないと優作はブレーキもすぐには踏まず、シフトダウンでエンジンブレーキを効かせて速度を落としていく。カーブもきびきび曲がる。最初は久しぶりに車酔いしそうだったが、体が思い出してきてその揺れまでが楽しくなってきた。

「あのこと、文句を言わないんだね、結果的にナカジを会社から追い出してしまったこと」

しらばっくれているのは性に合わないので自分から話題にした。

「ナカジは佐亜子は社会部じゃないから知らせないかもと言ったけど、俺は佐亜子なら絶対に連絡すると言ったよ」

「まるであたしは性悪女みたいだね」

「天使ではないけど、ジャーナリストなら書くだろうよ。それにそっちから見ればオールドタイムズなんてまだ数本スクープ書いただけで、調子に乗ってると思ってただろうし」

「調子乗ってるとは思ってないよ。うちの有料電子版より注目されて読まれてるし。認知されてたからこそ、うちとしてもニュースバリューがあると思ったのよ」

「伝統ある中央新聞にそう言ってもらえるとは光栄だ」

車は府中《ふちゅう》市に入った。ユーミンの歌にある「右に見える競馬場、左はビール工場」

のあたり。だが実際は防音壁があるためどちらも見えない。府中市内で育ち、子供の頃から家族の車で何度も中央道を走っていた佐亜子は、優作に聞くまでユーミンがこの道を走ったことがないままその詞を書いていたことを知らなかった。

「そういう理由だから俺は佐亜子からなにを頼まれようが、今回の記事の取材に関して忖度《そんたく》はしないよ」

「忖度ってなによ」

「知ってて惚けるな、作家の不祥事だよ」

菅原しずるの名前が出た時点で、きっとそう言うだろうと思っていた。

それでも朝まで原稿のすべてを調べ、覚悟を決めて会議で連載中止を訴えた粕谷の顔を浮かべると、おいそれとは引き下がれない。

「ねえ、優作、取引しようよ」

顔を向けてそう言った。視線を感じたのか、彼の黒目が動いた。横顔をみると彫りが深くてなかなか渋い顔をしている。

「取引ってなにさ」

「今回のネタは目を瞑ってもらう。その代わり、あたしがそれに見合うネタを今度、オールドタイムズに渡す」

なにかアテがあったわけではない。でもそうでもしないことには優作は受けないだろう。

「見合うネタってなによ」食らいついてきた。

「今、一日の最大PV数ってどれくらいよ。五万？　十万？」

「ヤギが言うには二十万かな？」

「二十万!?　ずいぶんおっきくでたわね」

中央新聞のスクープ記事のPV数でも一日十万程度だ。しかも電子版には他に社会、政治、経済、スポーツ、文化と多種多彩な記事を載せている。オールドタイムズには動画ニュース以外は、読み物を毎日十本弱アップしているだけだ。

「疑うならヤギに聞いてくれ。俺が佐亜子に嘘をついてもしようがないだろ」

「じゃあ、信じるわよ。だったらそれだけのPV数を得るだけのネタってことにするわ」

「そんなの佐亜子の一存でできるのかよ」

「言っとくけど、あたしこれでも政治部長よ」

本来は政治部長の権限で決められるものではない。だが菅原しずるの小説は泉川取締役の提案で始まった。ライバルの和田に足を引っ張られたくない泉川も今回は許してくれるだろう。

優作に今週の掲載を見送ってもらうだけでも充分だ。その間に菅原しずるを説得し、不自然にならないように連載を終了させる。デジタルに残る過去分も抹消《まっしょう》すれば、あとでオールドタイムズに指摘されても、先に対処していたと言い訳がつく。

ハンドルを握り、優作は口笛を吹いている。乗ってきた——そう思ったが聞こえた声に愕然《がくぜん》とする。

「なんだか佐亜子らしくないな」前方に顔を向けながら、「まさか政治部長になったら考え方も変わったとか言うなよ。ガッカリするからさ」と言った。

「そんなことは……」

自分の顔が引きつっていくのを感じる。

「新聞社は記者が本当に書きたい物を書かせない。だから新聞は衰退してくって、佐亜子は口癖みたいに言ってたじゃんか」

確かによくその話をしていた。新聞各社にはそれぞれ主張、論調がある。そこからはみ出す記事は面白くても載せると上からクレームがつく。また残虐な事件の被害者取材、高校野球や五輪などのイベントはお涙頂戴記事を求められる。そうした縛りの中で仕事をしているから、記者に自由な発想がなくなる。

消費税をさらに上げて、沖縄だけ免税にすれば、高級ブランド店が次々出店して買い物客が増え、沖縄島民の怒りも少しは和《やわ》らぐ。衆議院の選挙から比例代表枠をなくして、逆に参議院は比例のみにすれば、議員数は縮小できる。高校野球は準々決勝から先は中三日にすればピッチャーの投球制限の議論なんてなくなる……そんな言いっ放しの素人のブログに賛否のコメントがつき議論されるのを見るたびに、自分たち新聞がえらく時代遅れな気がした。情報が遅いから新聞が読まれなくなったのではない。皆が知っている当たり前のことしか書いてないから読まれなくなったのだ。

「だけど優作、今回の件は菅原しずる担当の女性デスクが、連載小説のどこに瑕疵《かし》があるかを徹夜して調べたのよ。彼女はその上で、このままで掲載を続けたらまずいと上司に進言した。新聞が連載小説を途中で中止すればどんな問題になるか、担当デスクとしてどんな責任を背負わされるかすべて覚悟の上で申し出たのよ」

「瑕疵？」

右手でハンドルを握って前を見ていた優作の横顔が一瞬、訝《いぶか》しんだ。さらにコーナーを曲がって四速から五速に上げるところで、三速にシフトダウンした。エンジンブレーキがかかり、佐亜子の体はつんのめりそうになった。

「ちょっとなによ、危ないじゃない」

「あっ、ごめん、話に集中した。操作ミスだ」

気さくに笑う。スピードメーターを見た。百キロを超えている。夜間で道は空《す》いているが、高速走行中にする話ではない。

瑕疵ではなく、優作はコピペ、または盗用と言いたいのかもしれない。

「こうして佐亜子が俺に会いに来たということは、連載中止の申し出は、会社から却下されたってことだな」

「お察しの通り」

昔の恋人にこんなことを頼む自分が情けないが、粕谷の胸中を慮るとこうするしかなかった。優作の横顔が綻んだように見えた。だがそれはわずかな時間で、彼は巻き込むように下唇を噛んだ。しばらくして声がした。

「無理だ」

「どうして、あたしが信用できないっていうの」

「そうじゃないよ。このネタはうちの茂木という記者の、義理のお父さんが見つけてきたんだ。そのお義父さん、腎臓が悪くて、人工透析を受けてんだけど、若い頃、ジャーナリストになりたかったんだって」

「ジャーナリスト？　小説家でなくて」

「ああ、ジャーナリストだ。その人が義理の息子に情報を伝えたことで取材が始まった。いくら佐亜子が俺にでかいネタをくれると言っても、彼とお義父さんの関係性を考えれば、俺がストップをかけるべきじゃない」

「事情は分かったけど、今回のネタ、オールドタイムズが標榜してるフェイクニュースじゃないわよね」

「うちはなにもフェイクニュースの暴露だけを目的としていない。ウェブニュース社であり、中央新聞と同じ、メディアだよ」

優作の黒目は佐亜子に向くことはなかった。八王子《はちおうじ》インターチェンジの出口表示が見えた。

「分かったわ。もう言わない。これでドライブは終わり。次のインターで戻ってくれる」

佐亜子も元恋人の顔を見ることなくそう言った。

6

「どうして連載をやめなきゃいけないのよ」

　菅原しずるはフォックス型の眼鏡より、さらに目を吊り上げて激怒していた。

　翌水曜の午後、佐亜子は粕谷と菅原しずる宅のカッシーナのソファーに姿勢を正して座っている。連載終了の口火を切ったのは粕谷だ。会社でも彼女は泉川取締役に対して、連載は終了すべきだと一歩も譲らなかった。本来なら文化部長が同行すべきだが、文化部長はあたふたするだけで役に立ちそうになかったため、成り行き上、佐亜子が付き合った。

「中止の原因には先生自身にお心当たりがあるはずです」

　粕谷は菅原しずるのきつい目を見返した。

「心当たりってなによ」

「ネットからコピペしてますよね」

「なにを証拠に言うのよ。そんな無礼なことを言うなら証拠を出してよ」

　やはりそう来るか。確実にコピペを示せる証拠は見つけられていない。それほど菅原しずるは巧妙にコピー元を書き直している。

「先生、パソコン見せていただけませんか」

「なんであんたに見せなきゃなんないのよ」

「ではこれを見てください」

粕谷はトートバッグから三百枚を超えるプリンアウトした原稿を出した。

「フォントが微妙に変わっている箇所を蛍光ペンで塗ってます。明朝で、同じ級数に変更したとしても、おそらく先生のパソコンは、コピペすると微妙に線の太さや濃淡に違いが出て、それ以降の文字まで変わってしまうんです。それら蛍光ペンの箇所はすべて、インターネットで検索すると同表現の記事が見つかりました。もちろん文章そのままではなく、微妙に改変されておられましたが」

「だからそれはUSBに保存したからって説明したでしょ」

「USBの主要メーカー、さらにITジャーナリストに確認したところ、USBへの保存で文字が変わることはないそうです。一方、ネットからのコピペにはそういう傾向があるそうです」

若い頃、元気が足りないと男のデスクに叱られていた彼女とは別人だと思えるほど、粕谷は強い口調で言い切っていた。菅原しずるも後ろ暗さがあるのだろう。唇を震わせているだけで、言い返してこなくなった。

「今なら先生の事情で中止にすることもできます。それなら先生の作家としてのこれまでの功績に傷がつくことはないと思いますが」

菅原しずるの事情ということで中止させる、そしてその事実は公表しない——それが今回、泉川が出した条件だった。粕谷は首を縦に振らなかったが、「それしかないんじゃないの」と佐亜子が納得させた。泉川のメンツもかかっている。いや、この点でいうなら佐亜子も保身に走っているか。

「この程度なら問題はないはずよ。私からの意思では終了しない。だけどあんたたちの責任でやめるならそれで結構よ。私は中央新聞に一方的にケチをつけられ連載を終わらされた、大新聞はこうやって私たちフリーランスを食い物にするとツイッターにあげるから」

菅原しずるがそう言ったことで、最悪の展開になった。彼女には十万人のフォロワーがいる。「大企業VS.個人」、こうした対立の構図が好きな人間がネットにはたくさんいるので、ネットが荒れるのは間違いない。

「これから作家を目指す若い人のためにも私は折れないからね。ツイートが拡散されて、あとで謝ってきても絶対に許さないからね」

菅原しずるは最後まですごい剣幕だったが、粕谷は動じることなく「好きなだけつぶやいていただいて結構です。ではまたお電話しますので」とソファーから立って一礼し、リビングを出た。お手伝いさんが見送りにこようとしたが、奥から「行かなくていい！」とヒステリックな声が響いた。

佐亜子はパンプスを履き、粕谷と玄関を出る。ガレージの脇を通ると、屋根がついているにもかかわらず覆われている車のカバーが、横風で外れかかっていて、彼女の眼鏡と同じ、赤の車が覗いていた。佐亜子はカバーの埃《ほこり》が服につかないように注意して通り過ぎた。

「私からは終わらせない」「ツイッターにあげる」と言ったくせに、佐亜子たちが会社に戻ると、菅原しずるから文化部長に体調不良で連載中止にしてほしいと連絡が入っていた。

「良かったわね、雅美」

佐亜子は彼女の背中に手を回した。

「はい、良かったです」気が張っていた彼女は佐亜子の腕にもたれそうになった。

これで金曜日にオールドタイムズが指摘してきたとしても、その前日の木曜の紙面で連載は終わらせたことになる。体調不良を理由にしたのは他のメディアから責められるだろうが、継続しているよりは批判は軽減できる。

翌々日の金曜日も佐亜子は午前七時には出社し、「新外交白書」の新しい執筆者の原稿を読んだ。三十歳の若い学者は大胆な発想で行き詰まった年金制度改革について提言していて、夢中で読んだ。いつしか社内が騒がしくなっていた。みんなスマホを眺めている。金曜の七時五十分、オールドタイムズの『Real or Fake』の投稿時間を失念していた。

佐亜子もポケットからスマホを出した。動画の再生ボタンを押すと画面に愛車のベンツから降りた菅原しずるが映った。カバーがかけられていた赤の車だ。なぜか最初にフロントグリルが映った。擦った傷がある。カメラが動き、菅原しずるの顔がアップになる。フォックス型の眼鏡をかけているが、いつもの迫力はなかった。

〈今年三月七日、駐車場で当て逃げをしたことが防犯カメラに映っていました。そのことで警察から連絡を受けた菅原さんは、秘書である妹を身代わり出頭させましたね〉

男性記者が質問していた。佐亜子は自分の耳がバグったかと思うほど、記者の言っていることが頭に入ってこなかった。

〈ごまかせると思ったようですが、警察は運転者をあなたと特定し逮捕しました。そして警察の調べに、本名が非公開であるのをいいことに、あなたは谷岡《たにおか》和代《かずよ》とだけ答えた。それはいいとして仕事はフリーの校閲者と言い張り、作家であることは隠した

そうですね〉

いつもなら金切り声で喚く女流作家がこの日は静かに俯《うつむ》いている。

〈その件についてはすでに被害者と示談が成立してますし、それ以上話すなと言われていますので〉彼女の声がした。やけに弱々しい。

〈それは誰に言われているのですか？　罰金刑で済んでますから、今さら警察や弁護士が話すなと言うことはないはずです〉

〈ごめんなさい。お引き取りください〉

動いたカメラのレンズを塞《ふさ》ぐように手を動かし、立ち去ろうとする。

〈秘書を兼ねていた妹さんは罪を擦《なす》り付けられたことが悔しくて出ていったそうですね。我々は妹さんの証言も取っています。このことはオールドタイムズで報じます〉

記者は質問を続けたが、その時には彼女は隠れるように家の中に入った。

7

錆《さび》が目立つ金属製のドアを佐亜子は思い切り蹴飛ばして開けた。中にいた人間たちが呆然と自分を見ている。

「ちょっと、なんなんですか」

近くにいたくるぶし丈のカーゴパンツを穿いた若い女性が言ったが、佐亜子は無視して机の前に座る優作に近づいた。月曜の朝、彼はプリントアウトした資料をチェックしていたが、佐亜子が来たことに気づき、手を止めた。

「どうしたんだよ、佐亜子」

「えっ、もしかして不動さんの元奥さん」

カーゴパンツの女性は驚いていた。佐亜子は彼女を見てニッと笑ってから、優作が座る机の上に、パンツスーツのまま腰をかけた。

「優作、あんた、まんまと騙してくれたわね。三年も一緒に暮らしたあたしを」

金曜にも怒鳴り込みに行きたかった。だが社内が大騒ぎになり、泉川取締役、和田編集局長まで出席して緊急会議が開かれ、佐亜子も呼ばれた。書類送検でも事件を起こしたのだから、連載を終了して正解だった。だが中央新聞はまったく知らなかったのだ。泉川などは自分が菅原しずるを推薦したことを棚にあげ「あんな弱小ウェブニュースにきみたちは何をやられてんだ」と社会部長とデスクを叱責していた。

「佐亜子が勝手に勘違いしただけだろ？　俺は小説に瑕疵があったなんて初めて知ったよ」

「自分から菅原しずるの件だって言ってきたじゃないのさ」

「菅原しずるの件で間違いはなかったろ。俺はてっきり中央新聞も身代わり出頭のニュースを摑んでたのかと思ってたけど」

迂闊《うかつ》だったのは自分の方だ。少なくとも「瑕疵」と言った時、優作はギア操作を誤った。レーサー並みの腕がある優作が動揺した時点で、気づくべきだった。

頭が熱くなった佐亜子は、汗ばんできたのでグレーのジャケットを脱いだ。

「じゃあ、義理のお父さんのジャーナリスト云々《うんぬん》のくだりはなんなのよ。いかにもうちの社員によく本を読んでいる身内がいるって言いたげだったじゃない。ジャーナリスト志望だからコピペに気づいたと勝手に腑に落ちちゃったのよ。ったく、いけしゃあしゃあと適当なことを並べて……」

「ジャーナリスト志望だったのは本当です」

部屋の真ん中に立つ少しぽっちゃりした若者が言った。動画で質問をぶつけていた記者の声だった。

「父が通っている病院の患者が、以前菅原しずるがクイズ番組に出てたのを覚えていて、彼女が乗ったベンツがパーキングで他の車に当たったのに、止まらずに路上に出たのを目撃したんです。そのことを父から教えてもらった僕が警察署を調べたら、すでに防犯カメラから菅原しずるの車だと判明していました。しかも彼女が身代わりに妹を出頭させていたことも警察にバレていました」

なんだか自分が早合点していただけのようでますます頭にくる。それでも冷静さを装い「つまり書類送検された後だったってことなのね？」と確認した。

「本来なら有名人なので警察発表されるものですが、菅原しずるはすぐに示談にし、しかも彼女は作家だと言わずに、フリーの校閲者と嘘をついていたため、警察は発表するタイミングを逸したようです」

「それに俺は佐亜子に、今回はフェイクニュースじゃないとは言ったはずだぞ」

それも確かに聞いた。だが佐亜子はフェイクニュースではなく、フェイクノベルも似た意味だと、勝手に解釈して突っ込まなかった。迂闊だった。あたしもヤキが回ったか。

「永田さんだって、うちのライターが捏造記事を書いた時、中島さんになにも知らない振りして訊いてきたそうじゃないですか」

カーゴパンツの女性が生意気な口調で割って入ってきた。

「だれ、この子？」指をさして優作に訊く。

「この子？」

彼女はこめかみに青筋を立てて「オールドタイムズの相沢ですけど」と名乗り、目力では誰にも負けないと言われてきた佐亜子に勝るとも劣らない迫力で睨んでくる。

「そうね、あのせいでナカジは辞表を出したんだものね、ナカジには悪いことしたわ」

「ナカジ、ナカジって、永田さんは中島さんよりも年下なんじゃないですか」

「三つ下だけど、なにか」

「先輩に対してそんな呼び方、失礼です」

「年上に『さん付け』するなんて、グローバルスタンダードではないでしょ。あなたもアメリカに行ったらあたしのことサアコって呼び捨てにしてくるわよ」

「ここはアメリカじゃありません。日本です」

「だけどあたしはあなたのことガールって呼ぶけどね。ヘイ、ガールって」

「ガールですって？」

青筋どころかこめかみが痙攣《けいれん》しだした。彼女はまだなにか言いたげだったが「ごめん、その口、ちょっとの間だけ一時停止にしといてくれる」と手で制し、優作に顔を向ける。

「最後に教えてよ」

「なんだよ」

「菅原しずるに直当てした動画、あたしが優作に会った後、それとも前？」

「さぁ、どうだったかな」首を傾けて惚けた。

「じゃあ、そこの今週のヒーローくん」部屋の真ん中に立つぽっちゃりの記者を指す。

「あなたが直接取材をしたのは水曜日より前、それとも木曜日？　ちなみにあたしは火曜に優作に会って、水曜日の午後二時には菅原しずる宅に行ってるの。とても直撃取材を受けた後のような動揺は彼女からは感じなかったけど」

返答に窮していたが、顎をしゃくった優作に許可されると、彼は「木曜です」と答えた。

「そっか、つまり優作はすでにあたしからコピペの疑惑があると仄めかされてたのに、そのことは質問させなかったんだね」

もう一度優作を見る。

「そうだ」

「どしてよ、優作」

「当たり前だろ、それはうちが摑んだネタじゃないからだよ」

「なるほど武士の情けってことか」頷いてそう言った佐亜子は、「だったら、今回はこのへんで許しといてあげるわ」と座っていた机から飛び降りた。

関西出身の政治家には大概ウケる冗談もダダ滑りしていた。仕方ないのでシラッとジャケットを担ぎ、出口に向かう。

後ろを振り返ることなく出ていくと、背後から「不動さん、よくあんな失礼な人と事実婚してましたね」と相沢とか名乗った女性の声が聞こえてきた。

オールドタイムズに行った後、とくに用事もなかったのでカフェで昼間まで時間をつぶした。スマホを弄ると、たまにサイトを覗くせいで、外車のプログラマティック広告が出た。二十代の頃は佐亜子も車を所有していたし、アメリカでも運転していた。部長になり手当もついたし、久々に車でも買うか。

中央新聞では入社すると五年は地方支局勤務になる。同僚は先輩から受け継いだおんぼろ国産車に乗っていたが、佐亜子はＢＭＷのＺ４の中古車を六十回ローンで買った。スカーレット・ヨハンソンが「あの車は私にはワイルド過ぎて乗りこなせなかったわ」と言ったオープンカーである。佐亜子にはたいしたじゃじゃ馬ではなく、事件や火事の一報を聞くと、かっ飛ばして現場に一番乗りした。そのおかげで「きみはやり手だね」と警察官からすぐに顔を覚えられた。

しかし車の購入計画はすぐに却下した。東京では必要ないこともあるが、車にはどうしても男の影がチラつく。シングルライフを楽しんでいるのだ。一人で運転していたら寂しくなりそうだ……。

会社に着いたので、泉川に報告しておこうと、本社ビルとは別棟に入っているデジタル局に向かった。部屋は静かだった。全国紙でも出遅れているため、社員の数も多くなく、専門に採用した中途社員、および契約社員が中心だ。知っている人間はいないし、相手も名物社員扱いされる佐亜子のことを知らないようで、声すら掛けられない。

奥にある泉川の部屋はドアが閉まっていた。ドアに嵌められたガラス面から応接ソファーに二人の来客がいるのが見えた。来客中でも佐亜子はノックしてドアを開け、こっちも忙しいから早く終わらせてくださいよと笑顔のプレッシャーをかける。

だがこの日はノックする前に手が止まった。

それは泉川と向き合って座る二人の男の顔が見えたからだ。一人は体が大きくてラガーマンのような男、もう一人は短髪に白髪交じり、泉川と同じ五十代ほどの男性だった。二人とも顔も名前も知っていた。

体軀のいい男とは優作と一緒に何度も酒を飲んだ。オールドタイムズの社長である大八木で、優作の親友だ。中央新聞をあわや窮地に追い込むスクープを書いたオールドタイムズの社長が何の用なのか。和解にきたのかと思った。そうなるともう一人が気になる。その男は優作の元上司、東亜イブニングの三宅専務だった。

自分の姿が見えないようガラス戸から姿を隠しドアに近づく。三宅の声が聞こえた。

「大八木も、泉川にちゃんと伝えなきゃダメだよ。あわや泉川が、自分で自分の首を絞めるところだったんだぞ」

「本当だよ。書類送検されてることを先に聞いてたら、とっとと中止させた」

泉川の声だ。ここまではよく耳を澄まさないことには聞き取れない声だったが、大八木の太い声はよく聞こえた。

「まさか私がマカオのカジノに広告獲りに行ってる間に、こんなことが起きてるとは思わなかったんですよ。一応、今週は菅原しずるの件とは聞きましたが、私はまったく本は読まないので、中央新聞の電子版で連載しているのも知らなくて」

「結果オーライで良かったよ。うるさい女どももたまには役に立つな」

泉川の声に続き、「これなら社長が合弁会社に反対することもないだろ、なぁ、泉川？」と三宅が同意を求めた。

うるさい女にカチンと来たが、合弁会社とはなんなのだ。三人はいったいなにを話しているのだ。

佐亜子も、そして優作も知らない大きな企みが隠されていることだけは間違いない。

エピソード8　R．I．P．

1

仲間に裏切られたことが、俺は一番悔しいんだよ……。

不動優作はつぶやこうにも、怒りで喉が震え、声にならなかった。

火曜朝、優作は正面に座るデカい男をじっと睨む。いつもは並んで座る大八木と、この日はコの字型に並べられたテーブルの反対側に座った。社員の残り五人も優作の横に座っている。

大八木が東亜イブニングの三宅専務と中央新聞の泉川取締役と、中央新聞社内で会っていた——。昨日、永田佐亜子からそのことを聞いた優作は、すぐさま大八木に電話を入れた。なかなか捕まらなかったが、深夜に折り返してきた電話に「ヤギ、いったいどんな理由で三宅と中央新聞の取締役と会ったんだ」と問い詰めた。三宅からはリストラされたが、それでも今はあの時の怒りは消えている。三宅の問いかけがもう一度、自分のすべき仕事はなにか、誰かが意図して流した虚偽のニュースをみんなが信じた時こそ怪しむ、いわゆるフェイクニュースを暴くことがメディアの役割の一つだということを思い出させてくれた。オールドタイムズが大成功した折には「専務に背中を押してもらって第二の人生が拓《ひら》けました」と礼を言っていたかもしれない。

だが、大八木が東亜イブニングを退社したのは優作のようなリストラではなく、裏があったようだ。三人の会話を盗み聞きしていた佐亜子によると、部数減の中央新聞が生き残っていくためにデジタル改革を託された泉川は、中央新聞とオールドタイムズによる合弁会社を画策しているというのだ。

普段は大声でまくしたてる大八木が、昨夜の電話ではダンマリだった。「おい、ヤギ、これから押し掛けるから、家から一歩も出るな」と脅すと〈明日、みんなの前で説明するよ〉とようやく口を開いたのだった。

会社で大八木がすべてを明かした。驚いたことにオールドタイムズの設立は、元々は三宅から大八木に持ちかけられた話だった。三宅は中央新聞の泉川取締役とは慶和大からの親友で、以前から中央新聞のデジタル部門の立て直しを相談されていた。全国紙以上に先が見えない夕刊紙に不安を抱えていた三宅は、大八木に声をかけ、既存の新聞社の色がつかないウェブニュース社の設立を勧めた。そして成功した暁《あかつき》には、中央新聞が出資して合弁会社にし、中央新聞ホールディングスの傘下に入る……すらすらとそのような目論《もくろ》みを話す大八木を見ながら、優作は詐欺にあったようで五《ご》臓六腑《ぞうろっぷ》が煮えくり返りそうになった。

「それをどうして俺に言わないんだ。そうなるとヤギと三宅が計画的に俺をクビにしたってことか」

「不動がリストラリストに入ってたなんて俺は知りもしなかった。おまえが三回目の面談を受けたと聞き、これは渡りに船だと誘ったんだ」

「だとしてもおまえは俺を誘ったことを三宅に伝えたんだろ」

「ああ、伝えたよ。言った瞬間、空いた口が塞がらないって顔をしてたよ。だけどおまえは紙メディアが好きだから、ウェブニュースなんてすぐやめるだろうと思ってたみたいだ」

「ひと言説明があってもいいだろ。こういう計画があり、成功したら後から三宅が入ってくると」

「言ったらついて来たか？　リストラといっても早期退職だから居残ることもできた

んだぞ。あの時、三宅への怒りがあったからこそ、おまえは決心してくれたんだろ」

確かに三宅の名前を聞いていたら、即座に断っていた。

「じゃあヤギが言ったあのセリフはなんだったんだ」

「セリフってなんだ？」

「アップルやマイクロソフトがＩＢＭを超えたように、数年後には俺たちが全国紙を飲み込み、メインになる時代がくるぞって言ったセリフだ。あれこそフェイクだろ」

「フェイクじゃねえだろ。東都や毎朝新聞にとって脅威のデジタルカンパニーが生まれるんだから」

「違うだろ。ただ中央新聞という全国紙の傘下に入るだけでなにも変わらないじゃないか」

「だから言ってるじゃないか。グループには入るけど、別会社、対等合併なんだ。その証拠に先週だって、俺は菅原しずるの取材を止めなかっただろ」

「それはたまたまヤギがマカオにいたからだろ。カジノに夢中になって〈今週はなにをやるんだ〉と酔っぱらって電話をかけてきただけだった。俺が『中央新聞で連載している作家のスキャンダルだ』と言ったらどうした？　予定を繰り上げて帰ってきたんじゃねえのか」

図星だったのだろう。なにか言いかけた大八木だが、奥歯を鳴らしただけで反論はなかった。

傘下といっても、オールドタイムズと中央新聞の立場は対等で、庵野、大八木以下、優作もそして休職中の中島も役員待遇、もしくはそれにふさわしい株式を金額に換算してもらえる話になっているそうだ。

陰でこそこそやられたことを差し引いても、合弁会社に同意はできなかった。小さな独立系ネットニュースが、毎週スクープを出すことに応援してくれていた読者もいる。それが実は裏で大新聞の支援を受けていて、一緒になると知ったら、そっぽを向かれるに決まっている。ここまでたった七人でやってきたのだ。いまさら大新聞の傘下になど入れるか。

「会長はこのことは知っていたんですよね」

唇を噛み、顎に皺を寄せていた畑が質問した。茂木も相沢も不信感を募らせている。

「もちろんです」庵野は隠さずに答えた。

「会長は関係ないよ」大八木が庇ったが「関係ないことはないだろ」と優作は言い返す。

「その通りです。無関係ではありません。ただ僕は、あくまでも投資として大八木社長からこの話を受けました。正直、僕の本業の一つの転職求人サイトは最近ライバルが多くなってきて、赤字にならないうちに売り抜けしようかと悩んでいたんです。そのような時にウェブニュースを作ると聞いて、これは新しい事業として面白いかなと思ったんです。大企業がスタートアップに関わらずに、ウェブメディアを成功させたという例はあまり聞いたことがなかったですから。とはいえ、うちがこんなに早くPV数を増やして、中央新聞との合弁まで進展するとは思ってもいませんでした。頑張って五年持てば、そういう可能性も出てくるかなと思ったくらいです」

「会長は途中からすごくやる気になったじゃないですか。動画ニュースを始めたのだって、会長が指示してくれたからですよ」

相沢が口を挿んだ。

「あれは本当に資金がピンチだったからです。でもおかげですごくいい経験をさせてもらいました。皆さんの力も見せてもらったし、僕の父が隠していた裏の顔を暴くこともできました」

優作は再び大八木に顔を向けた。

「その資金難だったオールドタイムズが、今や新しいネットニュースとして耳目《じもく》を集めてるんだぞ。きっかけが三宅と泉川とかいうやつの話だったとしても、やつらは一銭も出資してないんだろ？　そんな口約束いくらでも破れるだろうが」

「不動は本気でそう思ってるのか？」

大八木の眉間が寄り、呆れたように見えた。

「本気って、当たり前じゃねえか」

「おまえはなんも分かってねえな」

「だから、なにがだよ」

「無知で世間知らずで能天気だ」

大八木がため息をつく。「うちがここまでやって来られたのは、中央新聞が自社の広告審査で通らなかった広告を回してくれたからだ。少し怪しげな消費者金融、健康食品、アダルト系の漫画サイト、男性の精力増強剤、競馬の有料サイト……どれも中央新聞のサイトには載せられない。東亜イブニングもその手のものはやってたけど、うちはさらに広告基準を低くした。だから中央新聞だけでなく、三宅専務からも結構な数を回してもらった。もちろん反社や特殊詐欺グループ関連、薬事法に触れる商品の広告は、一切載せてないけどな」

広告は大八木一人でやっていたのだ。有料コンテンツなしに広告収入だけで運営しているのであれば、編集スタッフより広告部員が多くいてもおかしくない。だが大八木のことだから、東亜イブニングからのコネクションや下請けの広告プロダクションを使っているのだと単純に考えていた。

「不動はうちの広告なんてまともに見てねえだろ」

「見てないこともないけど……」口籠った。

「それに中央新聞の資金が入ればナカジにも退職金が払える。俺が約束した十倍はいかなくても、ナカジが出資した額の倍は出せる」

「会長はだからあんなことを言ったんですね」

優作は庵野に顔の向きを変えた。出資金を返してほしいと頼んだ時、「今、出資金を返してしまえば中島さんがあとで悔しい思いをされます」と言った。

「すみません、あの時に話そうかと迷ったのですが」素直に謝る。庵野のことは責めたくなかった。彼も乗せられた一人だ。

「俺は反対だ。中央新聞のグループになど入らん。こんなの合弁でも合併でもない、大新聞社による乗っ取りだ」

「無理にとは言わん。不動は会社に残ればいい。だがオールドタイムズという社名、そして『Ｒｅａｌ ｏｒ Ｆａｋｅ』は貰うぞ」

「おい、俺が付けた社名だぞ」

「誰が付けようが、承認したのは社長の俺だ。それだけじゃない。『週7そとめし』『食う寝るダラける』『邁進!!　男塾』などすべてのコンテンツもいただいていく」

「それまで持ってかれたらこっちはなにも残らないですよ」畑が心細そうに声を出す。

「ネットの入り口はニュースだけではない。リアフェイの知名度が上がったことで他のコンテンツを楽しみにしてくれている読者も増え、中央新聞は合弁会社の発足を決められたんだ。だからみんなも来てほしい」

大八木は強気だった。上場してすでに何百億円を得たようなドヤ顔をしている。たかが全国紙の子会社の役員になるだけで、下手したら東亜イブニングにいた頃となにも変わらないというのに。

「ああ、なんでも好きなだけ持ってけ。俺は残ったメンバーと別の社名でやるから」

「言っとくけど、商標権が移譲される以上、『元オールドタイムズの社員が作ったウエブニュース社』というのも使えないからな」

「そんなセコいことするか、一からウェブニュースと人気サイトを立ち上げて、そんな合併会社、すぐに追い抜いてやる」そう言ってから「いいですね、会長」と庵野の顔を見た。

新会社のトップには中央新聞の泉川、二番手はおそらく泉川の親友の三宅が、腹心として呼ばれるのだろうから、庵野は配当金をもらって、経営には入らないはずだ。その資金があれば、新会社として再出発できる。

「別名でやるのはいいと思いますが、僕がこれまで通り関わるのは無理です」考えあぐねていた庵野が真剣な目で答えた。

「どうしてですか、会長も毎週の会議でアイデアを出してくれていたじゃないですか」

発足直後と、『Ｒｅａｌ ｏｒ Ｆａｋｅ』を始めてからの庵野は別人のように変わった。今風のつかみどころのない若者という印象だったのに、部下たちを気に掛け、時には優作たちと冗談を言い合うようになった。

「広告収入を得る手段がない状況で出資は難しいです。僕は投資会社も抱えていて、そこには従業員がいます。求人会社とオールドタイムズの売却で得る資金で、次は確実に利益を得る事業を興さないことには、社員たちが路頭に迷ってしまいます」

断られたこと以上に「確実に利益を得る」と言われたことがショックだった。中央新聞から広告を譲ってもらえない限り、今のオールドタイムズに未来はないということだ。

「僕もここにいるのは難しそうです」

茂木の声がした。

「どうしてだよ、もっくん。先週、菅原しずるのスクープを抜いたのはもっくんじゃないか。もっくんなら中央新聞の力なんか借りなくてもジャーナリストとしてやっていけるよ」

「僕も不動さんにここまで鍛えてもらってすごく感謝しています。でもさすがに給料が出ないのでは……」言葉に詰まった。

「出ないとは言ってないだろ。俺が新たなスポンサーを探す。大八木より優秀な広告担当を引っ張ってくる」

あてつけるように横目で大八木を見た。

「僕、父が元気なうちに、家を建てたいと思ってるんです。中央新聞の傘下なら、これまでの貯金を頭金にして、ローンも組めると思います。でも新会社となると……不動さんを見放すようで申し訳ないですが」

透析中の継父を出されるとなにも言えない。

「畑はどうだよ？」

彼なら残ると思った。人見知りの畑だが、優作には心を開いてくれた。茂木同様、ここ数ヵ月はエース級の働きだ。

「残りたいのは山々ですが、コンテンツも一から育て、さらに新しいスポンサーと広告営業をする人を探さないといけないんですよね。その人たちがどんな考えなのか分からないし、知らない人に利用されたくないし。それなら大八木社長やもっくんがいる方が気軽にできそうな感じがして」

「相沢さんはどうだ、やっぱり不安はあるか」

腕組みして思案していた相沢に訊く。彼女も一人暮らしだから生活面の問題はある。

「私は……少し考えさせてもらえますか」

少し間を置いて答えた。私も残りたくない——優作にはそう聞こえた。

「分かった。みんなの人生まで俺が決めるわけにはいかない。だから大八木社長についていく人間はそうしてくれ。きっと今より給料は上がって、待遇もよくなる」

こんないじけた言い方をして自分に同情を引いているようだと、優作は口にしてから反省した。

「とりあえず今週の仕事はやろうよ。昨日みんなで決めたんだから」

歌手と暴力団組長が写った写真が、SNSで発見された。歌手はたまたまゴルフ場で写真を頼まれただけだと自身のSNSで反論した。が、このネタがネット上でとくに盛り上がっているわけではない。その歌手は五年ほど前に一発ヒット曲が出たくらいの知名度で、優作も曲のタイトルには記憶があったが、顔はネットで名前を検索するまで思い出せなかった。

「分かりました。では僕は二人が写真を撮ったと言われているゴルフ場に行ってきます」

畑が腰を上げたが、乗り気ではなさそうだ。

「いや、やっぱりこんな状況で取材してもいいものはできない。今週は休載にして、みんなが今後を考える週にしよう」

それでも誰かが、このメンバーでもう一度やりましょうと言い出してくれるのではと期待したが、そんな声は上がらなかった。優作は泣きたくなった。

2

怒りをどこにぶつけたらいいのか分からないまま、優作だけが編集部に残った。つい今週は休載しようと言ってしまったが、毎週金曜日七時五十分の『Ｒｅａｌ ｏｒ Ｆａｋｅ』のアップを楽しみにしてくれている視聴者がいると思うと、小さなネタであってもなにか載せたい。だが歌手の黒い交際では食指は動かない。それにあのネタは畑が見つけてきたものだ。

すがる思いで三年ぶりに電話番号を押していた。午後一時なので会議でもやっているかと思ったが、佐亜子はすぐに出た。優作の声に元気がないのを察したようで〈どしたのよ、しょんぼりして〉と言われた。事情を説明した。〈優作なら、俺は中央新聞との合弁会社なんかには行かないって言うと思ったけどね〉と彼女は優作の性格を分かっていた。

「最初は俺と一緒に怒ってたはずの若手三人から、『残れない』『考えさせてほしい』と言われたのが悲しかったよ」

〈みんな不安なのよ。今はまた就職氷河期がくるって言われてるから、転職先も簡単に見つからないだろうし〉

「俺も不安だけどね」つい本音を吐いたが、自分が弱気では金曜までにネタを探せない。「だから佐亜子に相談してるわけよ。いいネタをくれるって言ってたじゃないか」と気を取り直して明るい声で話した。

〈それって菅原しずるの交換条件でしょ？　断ったのはそっちじゃないの〉

「虫がいい頼みなのは分かってるけど」

大八木が三宅と結託して中央新聞の取締役と会っていたことを教えてくれただけでも佐亜子には感謝している。

そこまで都合のいい頼みは無理だろうと、「冗談だよ、同業者に頼むのは筋違いだな」と言った。彼女から〈今すぐにはなにもないけど、テッパンネタを訊いたら連絡あげるわよ〉と言われた。

「おいおい、いいのかよ」自分で言っておきながら、心配になった。

〈これでも、あたしはそれなりに知られた政治記者よ。さすがに部下が取ってきたネタは教えられないけど、電話一本掛ければ、永田町の噂話くらい聞き出せるわ〉

「違うよ。俺は政治部長の立場を心配して言ってんだよ」

優作が尻ごみしてしまう。だが佐亜子はどうやら、気が立っていた。

「佐亜子の方でも何かあったのか」

〈別に。ただ政治部長といっても任期二年の、女性躍進の形ばかりのアピールに使われただけだというのがよーく分かったからね〉

投げやりに言った。事情を聞くと、佐亜子は今朝、編集局にやってきた泉川を捕まえ、オールドタイムズとの合弁会社とはどういうことなのか強い口調で問い質したそうだ。その場では泉川は「そういう提案が来ただけだ。まだやると決まったわけではない」「やるとしても社長が了承するか分からない」とのらりくらりとかわした。佐亜子は「それなら菅原しずるの問題が起きた時に言ってくださいよ」と言ってその場は終わったが、泉川との口論は政治部内にも伝わった。年上の部下である吉岡デスクが「泉川取締役も、部長に内緒で元旦那の会社と組むとは、ずいぶん冷たいんですね」とにやついた顔で挑発してきた。

佐亜子は以前、料理店の個室で隣から聞こえてきた話を持ち出し、「吉岡さん、『あんな女の下で二年もやれませんよ』と悪口言うのは勝手だけど、あなたも記者なんだからまず隣の個室に誰かいるか確かめた方がいいわよ。隣に『あんな女』がいたんだからさ」と言うと、吉岡は凍り付いた。

さらに「ジジイ転がしに負けるのが悔しかったら、あなたもあたしをギャフンと言わせるようなネタ取ってこいよ」と毒を吐き、「だいたい政府の号令に従って、短期間だけ女を部長に据えときゃ体裁が保てるなんて上《コレ》の考え方が、外に漏れたら今時、大炎上よ」と彼らがしたように親指を立てて脅したという。

ところがその途端に強ばっていた吉岡というデスクの表情が変わり「そのコレが泉

川取締役だったらどうしますか？」と歯茎を見せて笑ったらしい。

「つまりこういうことか。佐亜子を二年だけのお飾りみたいに言ったのは泉川さんだと」優作も驚いて聞き返した。

〈吉岡に問い詰めたけど、そこからはしらを切り通されたけどね。でも泉川は、部下が菅原しずるの件で大変な目に遭ったのに「結果オーライ」と言ったのよ。あたしたちを「うるさい女どももたまには役に立つな」って。社員の前では「これからは女性記者の活躍が必要だ」とか「産休や育休がキャリアのマイナスにならないようにうちは率先して改革していく」ときれいごとを並べてるけど、実際はいまだに新聞社は男社会で、新聞は男が作るものだと勘違いしてる、旧時代の人間よ〉

佐亜子は完全に泉川を見切っていた。

〈じゃあなにかつかんだらＬＩＮＥするわ。あたしのＩＤ言うから登録しといて〉

「はいはい、分かったよ」

忙しいのか佐亜子は一方的にそう言って電話を切った。登録してからトイレに行き、売店で買い物をして戻ってくるとＬＩＮＥに着信マークがついていた。さっそくネタをくれたかと開いてみると、宮崎の前田からだった。

《僕の車も不動さんと同じＥＣＵをチューニングしようとしてるんですけど、どうで

すかね》

車のカスタムの相談だった。ECUとはエンジン・コントロール・ユニットという、エンジンの性能を上げるコンピューター装置のこと。趣味の話をする気分ではなかったが、せっかく連絡をくれたのだ。彼も待っているだろうと返信を打つが、途中で面倒臭くなって電話にした。

「大丈夫ですか、前田さん、今話しても」

〈不動さんなら電話がかかってくるだろうと待ってましたよ。今は昼休み中です〉

「僕の車はECUを書き換えたことで、百三十五馬力から百七十馬力に、およそ二十六パーセント、馬力がアップしました」

〈そんなに上がったんですか〉

「前田さんの車はノーマルで百七十馬力あるでしょ？」

ベース車は違う二人の車だが、重量はほぼ同じなのでパワーが同じなら理論上は同じ速さになる。だが前田の車の方が車体が低く空気抵抗がない分、若干速い。

〈今でも充分満足ではあるんですが、不動さんの車に乗せてもらった時の吹け上がりの良さがもう強烈すぎて、いつかはやりたいと思ってたんです〉

「そう言ってもらえるのは嬉しいけど、僕のと同じソフトだと十五万円しますよ」

優作は五年落ちの中古車を買ったが、前田は新車で購入した。それにすでに運転補助装置に、タイヤ、ホイール、マフラー、車高を下げるロワリングスプリングなど、相当な額を注ぎ込んでいる。

〈実は週末に、桜花賞《おうか》が当たったんですよ〉

優作は競馬担当になったことはないが、競馬が金曜と土曜のトップ面になる夕刊紙に長年いたため、それなりの知識はある。桜花賞は毎年四月上旬に開催される三歳牝《ひん》馬《ば》による一年で最初のクラシックレースだ。その名の通り、桜の見頃の季節に行われ、発走前には必ず阪神競馬場を取り囲む満開の桜が映り、花吹雪が舞う中を馬たちが駆けていく。

〈僕の車で友達と阪神競馬場に行ったんです。パドックで馬を見てから結構買い足したおかげで、相当プラスになりました。外れたら泣きながら長いオケラ街道を帰るハメになるところでしたが〉

前田がそこまでの勝負師だとは思わなかった。元々は車いすバスケット選手だったのだ。勝負する時はとことん行くタイプなのだろう。

「桜花賞って毎年四月の頭じゃないですか。昔はプロ野球の開幕と同じだったから、どっちを一面にするか毎年のように社内で議論してたんですよ。今はプロ野球の開幕が三月になりましたが」

〈へえ、そうだったんですか〉

言いながらもこんなことはどうでもいい蘊蓄だなと優作は思った。

「今は年によっては四月の一週目だったり、二週目だったりズレますけど、毎度よく満開のタイミングに合いますよね。今年もちゃんと咲いてましたか？」

〈満開でしたよ〉

首都圏は先月の三月二十日前後に開花し、先月末に満開になった。近畿は二、三日遅かったが、大体の地域では三月中に満開になり、三、四日で散り始める。それなのに阪神競馬場だけは先週末もまだ満開だったらしい。

「阪神競馬場の造園家の人たちの努力なんでしょうね。桜花賞のレースに合わせて毎年必ず桜を満開にするんですから」

真面目にそう話したが、前田は笑っていた。

〈博識の不動さんでも、あの都市伝説を信じてるんですか？〉

3

辰沢《たつざわ》商会と看板の出ている入り口からガラス戸越しに中を覗くと、長袖のポロシャツにスラックスを穿き、さらに社名が入ったエプロンをつけた中島が、段ボールから商品を店頭に並べていた。だが優作が知る中島とは別人のように手際が悪い。中島の義父の会社はここ日本橋《にほんばし》にある鰹節《かつおぶし》など乾物《かんぶつ》を扱う卸問屋だが、一般客にも直売りする店舗も一階に併設している。専務と聞いていたが、今はこうやって店頭に出て、一から仕事を覚えているのだろう。

引き戸を開けると、後ろを向いて仕事をしていた中島が「いらっしゃいませ」と振り向いた。

「不動さん……」

彼は驚いていた。

「なんだよ、勘のいいナカジらしくないじゃないか。爆音を上げた俺の愛車が、二回も店の前を通ったのに気づかないんだから」

「あっ、そういえば」

今頃になって、マフラー音を思い出したようだ。仕事以外に気を回す余裕がないくらい、覚えることがたくさんあるのだろう。

「今日はナカジに手伝ってもらいたい仕事があってきたんだよ。悪いんだけど、今から二日間、無理言って、抜け出せないか」

「なに言ってるんですか。僕はもうオールドタイムズを辞めてるんですよ」

辞表はまだ受理されていないなどと野暮なことを言うつもりはなかった。ただ「ピンチなんだ。みんないなくなってしまって、俺一人しかいないんだ」と頭を下げて、事情を話した。

「つまり大八木さんが、僕らに嘘をついていたってことですか」

「ああ、だけどヤギは、合併したら中央新聞からの資金で、ナカジの出資金も倍に戻してやれると、今朝言ってたけど」

言葉にしてから自分はなんて馬鹿正直なんだと後悔した。こんなことを言えば中島も、大八木の企みを受け入れてしまう。

それでも中島に自分がこれから取材しようとしていることを一通り話した。中島はしばらく口を結んで聞いていた。断られるだろう……そう思って「悪かったな、忙しい時にお邪魔して」と踵《きびす》を返そうとした。

「不動さん、ちょっと待っててください。今、社長と副社長に許可をもらってきますから」

中島は固結びしたエプロンを外し、奥に引っ込み、駆け足で階段を上がっていった。

一泊分の着替えをバッグに詰めて、ダウンジャケットで出てきた中島を隣に乗せ、優作は首都高から東北道へと車を走らせた。車内で前田に聞いた都市伝説を説明した。

「僕もてっきり意図的に競馬場が開花を遅らせているんだと思ってましたよ」

「そうだろ。俺なんか二十五年も夕刊紙にいたのにそう思い込んでたよ」

中島が言うには東亜イブニングで、新人の整理部記者から「どうして阪神競馬場は今頃、桜が咲いてるんですか」と訊かれた競馬デスクが「あれは合成映像だよ」と冗談を言ったら、写真のキャプションに《写真は合成です》と書いてしまい、降版《こうはん》寸前で直したことがあったそうだ。つまり阪神競馬場の桜の開花がなぜ遅いのか、その真実を優作も中島も、そして東亜イブニングの多くの社員も気づいていなかった。

「前田さんが言うには、去年、スポーツニュースで特集するまでは、競馬ファンでもそう信じている人がたくさんいたそうだ。実際、阪神競馬場の造園課も、開花を確実にレースに合わせようと、木の根っこに氷を置いたりしたんだけど、どう工夫しても効果はなかったんだって」

けてたのに？」

「今年だってレースに合わせて咲いたんですよね。近畿地方の他の地域はほぼ散りかけてたのに？」

阪神競馬場は兵庫県宝塚市《たからづか》にある。最寄りの仁川《にがわ》駅は西宮北口《にしのみやきたぐち》駅から電車で五分と、それほど内陸部というわけではない。

「それは六甲《ろっこう》おろしの影響らしい。山から直接、冷たい風を受けるところに競馬場があるため、それで開花が他より遅れるみたいだ」

「そこで不動さんの耳に『奇跡の桜』がビビッときたわけですね」

「そうだよ、だけどその真偽を明らかにしたからといって、天地がひっくり返るニュースになるかは分からないけど」

「充分なニュースですよ。それに相手は全国紙の中央新聞ですよ。東亜イブニングでは何度も『きみたちは記者クラブに入ってないんだから、ここから出てってくれ』と偉そうに追い出されましたからね。僕らタブロイド記者にとっては巨大な敵でした」

中央新聞に掲載された『奇跡の桜』は、福島の山あいの村で植木職の勉強をした佐《さ》藤洋《とうひろし》という山菜農家が、蔵で貯蓄した雪で桜の木の根元を覆うように冷やすなど工夫をし、付近より十日ほど遅い四月二十五日、亡き妹の誕生日に合わせて満開にさせたと書いてあった。

「阪神競馬場の件が都市伝説だったからといって、福島の桜が嘘とはまだ断定できないけどな。東京でも山の上だと一週間くらい遅くなるみたいだし」

「自然現象だったら、その佐藤さんが発明したことにはならないでしょ？」

「発明したとは書いてなかったよ。ただ佐藤洋さんがいろいろ知恵を絞って開花させたと書いてあっただけだ」

「知恵を絞るって？」

「ネット情報だけど、佐藤さんの裏山は、駒止《こまど》湿原からの冷たい風の通り道になっていたみたいだ。その風が桜の木にまともに当たるように、佐藤さんは周りの木を次々に伐採した」

「まさに阪神競馬場の六甲おろしと同じ論理ですね。でも三年前の中央新聞の写真以外、遅らせて開花させた写真は出てこなかったんですよね？」

「ネットで調べると、翌年から観光客が妹の誕生日に来たようだけど、他の桜と同じ十五日頃に満開になり、誕生日は散った後だったみたいだな」

　去年も一昨年も、幹を雪で覆っただけの木の写真が出ていた。だけども観光客の個人ブログでは《なかなかうまくいかないようです。佐藤さんもがっかりしてました》《佐藤さんドンマイ、来年こそは奇跡の桜を咲かせて》《去年は妹さんの五十歳の誕生日だったから神様が咲かせてくれたのかな。だったら次は五十五歳の時と六十歳の時にもきっと咲くよ》などと激励コメントが寄せられていて、あの写真が嘘だと疑っている様子はなかった。

――えっ、嘘でしょ？　あの写真を撮ったカメラマンって、諸星凌太《もろぼしりようた》という、うちのエースカメラマンよ。

この疑惑にもっとも驚愕したのが佐亜子だった。カメラマンは写真協会賞も受賞したほどの腕利きらしい。仕事熱心なうえに、休日にバイクでツーリングしたり、海外に出かけたりして、たくさんの写真を撮った実績があるそうだ。

――そのカメラマンは農家に騙されて、嘘の写真をもらっただけかもしれないけど。

逸る気持ちを抑えようと、そう言った。

――そんなことありえないわよ。写真には諸星凌太のクレジットが入ってたのよ。彼はあの写真で写真部長賞の表彰をされたの。自分が撮ってない写真に自分のクレジットを載せたとしたら、カメラマンとしても失格よ。

佐亜子はカメラマンの関与を疑っていた。「私も調べてみる」と言ったが、優作は「周りに知られないように慎重にやってほしい」と頼んだ。事実なら中央新聞の社内調査より先に報じたい。これこそオールドタイムズ最後の仕事にふさわしいネタだ。

西那須野塩原《にしなすのしおばら》インターで東北道を降り、国道を走る。山沿いに入ると、四月なのに雪が残っていて、優作の車は途中で何度かスリップした。それでもどうにか佐藤の自宅まで辿り着いた。雨戸が閉まっていて、声をかけても不在だった。

「どうしようか、ナカジ」

「家を見た感じ、きちんと整頓されていて住んでいる感じですよね。待てば帰ってくるんじゃないですかね」

中島は郵便ポストもチェックしたが、郵便は溜まっておらず空だった。

「待ってても日が暮れるだけだし、明るいうちに桜がある裏山に行ってみるか。佐藤さんが戻ってきたら、その時は勝手に入ってごめんなさいと謝るしかないよ」

そう言ってから「佐藤さん、山に入りますからね」と大声で呼びかけ裏山に向かう。

途中「関係者以外立ち入り禁止」と書かれた看板が立っていた。それも無視して木が生い茂る山道を抜けると、視界が開けた。

切り株だらけのぽっかりと広がった景色に、写真で見た桜が一本だけあった。まだ四月九日、妹の命日には十六日も早いが、すでに咲き始めていた。

「もう諦めたんですかね」

「この姿を見る限り、そうなんだろうな」

写真で見た木の幹を覆う雪が今年はなかった。

その後、家の前に戻ってしばらく待ったが、佐藤氏が帰ってくる気配はなかった。

仕方なく車で人が住んでいる集落まで戻った。去年の観光客が来た様子を尋ねようと、最初に会った中年男性に「オールドタイムズというウェブニュースです」と名乗って、佐藤洋氏の話を切り出した。

「記者さん？」男は走って家に入ってしまった。次に会った女性もウェブニュースと聞いた途端、顔を曇らせ、逃げるように去っていった。

「ナカジ、どうなってんだ？」

「不動さん、これ見てください」

スマホを弄っていた中島が、奇跡の桜についてのスレッドが立った匿名掲示板を見つけた。《今年もダメだった》などと書かれているだけでたいして賑わっていなかったが、中島が指をさす十五番目くらいの書き込みにアルファベットが並んでいた。

「R．I．P．？　なんじゃ、これ」

「アール・アイ・ピー、ラテン語で『requiescat in pace』、安らかに眠れって意味です」

「それってまさか」

「そうです。佐藤さんは死んだってことですよ」

体は震え、しばらく声すら出なかった。

4

佐藤洋氏はつい先月、納屋《なや》で首を吊って自殺した。

発見したのは中学の同級生だった農協職員で、山菜の出荷がないことに心配になって様子を見に行った。人の気配がなく、周囲を探して回ると納屋から異臭がした。納屋では柱にロープで吊り下がっている佐藤氏を発見した。警察の調べだと死後一週間経過していた。

納屋には〈私には奇跡の桜を咲かせることはできません。すみませんでした〉と遺書が残されていた。同じ福島県内に住む親戚が葬儀に出し、家も片付けたようだ。このことを優作と中島は警察で教えてもらった。住人が取材に協力的ではなかったのもこうした事情があったからだ。

地元の人によるとかつての佐藤氏は明るくて、地域の農家のリーダー的存在だった。それが二十年程前に両親が相次いで他界したのに続き、震災で妹が亡くなってからは塞ぎ込み、会合にも顔を出さなくなった。

その頃から佐藤氏は、急に桜の勉強を始めて、会津《あいづ》の植木師の元に通い出した。そして雪で木の幹を冷やしたり、周りの木を伐採しただけでなく、日差しがいい日は放水していたこと、毎日桜の木に掛けた温度計で気温をチェックしてはノートに書き、合算した気温に、その後の週間天気予報の予想気温を照らし合わせながら、どうしたら妹の誕生日である二十五日に満開にできるか苦悩していた……佐藤氏が本気で「奇跡の桜」を咲かせようとしたのは事実だった。優作と中島は、伝聞での情報だけでなく、目撃証言も複数取った。

もっとも三年前にしても、本当に咲いたのかどうかは分からない。というのも三年前に中央新聞に載った「奇跡の桜」は実物を誰も見ていないからだ。

阪神競馬場の桜の話を前田からは聞くまでは、掲載後にたくさんの人がやってきていたと勝手に思い込んでいた。だが中央新聞に載っていた所在地は「郡」までで、三町一村ある地名までは書かれていなかった。佐藤という苗字は珍しいものではなく、地元住人は佐藤の桜とは思わなかったし、新聞を読んで興味を持った人も場所は突き止められなかったのだろう。

それが掲載から四ヵ月後の八月末に急に話題になった。それは匿名掲示板に中央新聞の写真が無断転載されたからだ。掲示板には中央新聞に書いてあった「被災して亡くなった妹のため」「この桜が復興のシンボルとなり、たくさんの人が福島に来てほしい」といった佐藤氏の実名入りのコメントも転載された。SNSで拡散し、写真の背景などたくさんの情報によって、佐藤氏の住所が特定された。

その結果、掲載翌年の二年前の四月二十五日には多くの人が県内外からきた。佐藤氏は一人一人に応対し、今年はすでに散ってしまったことを詫びていたという。ただ精神状態はどんどん追い込まれていき、去年の正月に農家仲間が「今年はどうだ。二年前みたいに咲くべか」と話しかけると、なにも答えずに走り去ったらしい。去年の四月は、佐藤氏は町役場からの問い合わせも無視し、咲き終えた後に見に来た人を癇《かん》癪《しゃく》を起こして追い返した。そして「立ち入り禁止」の看板を立てた。

佐藤氏はなにもせずに桜が咲いたと嘘をついたわけではない。それが今のところ、唯一の救いでもある。口が重い地元の人の中にはこんな話をする人もいた。

――洋はなにも復興とか、福島に人を呼びてえとかそんな思いで桜を遅く咲かせようとしていたわけでねえ。妹のためだけに、一人でこっそりやってたんだ。それが急に話が広がって、知らねえ人がたくさん来るから精神的におかしくなって、そんで重圧に耐え切れなくなって死んだんだ……。

「こうなると中央新聞の責任ですよね。最初は佐藤氏と諸星ってカメラマンの共犯かと疑ってましたけど、そうじゃないと思います。だって佐藤さんは観光客なんて来てほしくなかったのですから」

取材を終えた翌日の午後、東京に戻る車の中で中島が言った。

「俺もそう思う。佐藤氏はなんらかの形で不正を知っていたかもしれないけど、主犯はあくまでも諸星凌太で、彼が写真加工したんだよ」

最初は加工ではなく、咲いた写真の日付を替えて掲載したのではとも考えた。だが昨日、優作たちが見た周囲の景色に三年前の写真で見た春らしさはなかった。

「それで妹への想いだけでなく、復興とか観光客とか佐藤さんが望んでないエピソードまで勝手に書いたんだからひどい男ですね」

「ただ無断でカメラマンがやったのなら抗議をするだろうし、不正を知っていたのなら、なぜ佐藤さんは捏造の提案を受け入れたのかが気になるけどな」

妹の供養のための桜だ。嘘の写真なんて妹の死への冒瀆《ぼうとく》だと怒りそうな気がする。

「寄付金を得られるとか唆《そそのか》したのかと思ったんですけど、そのセンも消えましたものね」

町役場には支援の申し出が全国からあったというが、佐藤氏は断ったそうだ。

「どのみち諸星凌太に聞くしか謎は解けないな」

佐藤氏が自殺した今、方法はそれしかない。だがタイミングが難しい。いきなりぶつけても否定されるのは目に見えている。自分たちより先に、中央新聞が気づけば捏造を謝罪するかもしれない。

女流作家のコピペ問題と違って、今回は中央新聞自体のスキャンダルだ。内密に取材を続けて、諸星カメラマンが否定できないだけの証拠をぶつけ、たとえ認めさせることはできなくても、彼が明らかに嘘をついているとわかるシーンを動画に収めたい。

東北道に乗る直前に佐亜子から電話があった。ハザードを点灯させて路肩に停車し、「なにか分かったか？」と電話に出た。

〈写真部の仲のいい子に聞いたんだけど、諸星凌太の写真、フィルムだったというのよ〉

「今時フィルムカメラで撮影したのか？」

〈そう、彼はマニュアルカメラもコレクションしてて、古いライカとかマミヤも持ってるんだって。そういうのは休みの日に使うんだけど、あの桜の写真も彼が休日にプライベートで東北をツーリングした時に、そんな噂を聞いて撮影したって言ってたらしいから〉

「フィルムなら合成ってことはないのかな？」

〈一概にそうは言い切れないけど、デジタルで撮るほど加工はできないだろうね〉

「ネガはどうなんだ。社内で保存されてるはずだろ？」

フィルムでもネガはデジタルデータに落として社内で保管されているはずだ。

〈そのネガのデータがないのよ。諸星凌太は紙焼きのみをデスクに渡したみたい〉

「プライベートだったとしても、普通、デスクはネガを見せろと言うんじゃないのか？」

〈彼は写真部のエースなんで、デスクも彼に余計なことは言えなかったみたいね。一面に載せたくらいだからデスクが見ても疑いようのない見事な出来映えだったんだと思うよ〉

「そういや写真協会賞とか過去にいくつも賞を獲ってるって言ってたもんな」

〈テクニックもそうだけど、フットワークが軽くて、公私関係なくいい写真撮ってきてたって言うからね。一応、会社の仕事ではデジカメを使ってるけど、プライベートではマニュアルカメラって本人の中では分けてたらしい〉

「なぁ、それって、もしかして……」

ふと浮かんだことを言おうとした。だが他社のことにそこまで憶測で物を言うのも失礼かと、それ以上は口にしなかった。佐亜子は優作がなにを言おうとしたか分かっていた。

〈優作が思ってる通りよ。諸星凌太がこれまで社内を圧倒してきた美しい絶景写真や珍百景は、すべて彼がプライベートで撮った写真、つまり紙焼きなんだって。あたしはそこにカラクリがあるんじゃないかって疑ってるわ〉

紙焼きにしたからといって、不正が隠せるのか、カメラにもデジタルにも疎い優作には判断がつかない。ただネガを見せないのはやはり怪しい。

〈だけどその農家の人を追い詰めた責任の一端はあたしにもあるんだよね〉

「どうしてだよ」

〈だって三年前にあたしと優作は見に行こうとしてたんだよ。出発は新聞掲載の三日後だったからもし諸星が撮影した段階で満開だったなら、散り始めていたとしても花は少し残ってたでしょ。不正ならそこで気づけたはずよ〉

確かにそうだ。だが佐亜子の仕事のためで中止はやむをえなかった。「佐亜子が責任を感じることはないよ」と慰めた。

そこで携帯のバッテリーが残り僅かなことに気づいた。昨夜は隣の会津若松《わかまつ》市内まで移動し、宿で充電したが、今朝から警察や農協に取材しただけでなく、電気会社、ガス会社の調査員、昔付き合いがあった農業仲間、彼が桜の勉強をした会津の植木師などに片っ端から電話したためにバッテリーを消耗していた。

「ナカジ、携帯の電池は残ってるか？」

残っているのならナカジの電話でかけ直そうと思ったが、中島も「僕も十パーセントくらいです」と言った。

「佐亜子、悪い、電池切れになりそうだ。二時間ちょっとで会社に戻るから掛け直す」

〈まったく二人して、モバイルバッテリーくらい持ってなさいよ〉

佐亜子は呆れていたが、〈これから知り合いの写真家に当たって、加工が可能かどうか訊いてみるからちょうどいいわ〉と言った。

「助かる、連絡を待ってるよ」

自社の大不祥事になるかもしれないというのに、佐亜子が協力的なのは助かった。

西那須野塩原インターから高速に乗ってしまえば日暮里まで一時間半ほどの計算だったが、途中で事故渋滞に遭遇し、二時間半かけて都内に戻った。すでに暮夜《ぼや》が迫っていた。

車をパーキングに停めて、中島とビルに入る。つけっぱなしの電気に、昨日消し忘れて出てきてしまったかと思った。扉を開けると、庵野と相沢がいることに驚く。

「不動さん、何度も電話したのに、どこ行ってたんですか」相沢に言われた。

「ごめん、電池が切れてたんだよ」

「あれ？　中島さん、戻ってきてくれたんですか」今度は庵野が目を丸くして訊いた。

「僕はその……」中島が答えづらそうだったので、「ナカジには今回だけという条件で取材を手伝ってもらったんです」と言う。なにを取材したのか相沢に訊かれたが、それよりこの状況の方が気になる。相沢と庵野のパソコン画面を見て逆に質問した。

「二人こそ、どうしたんですか、その画面、この前、テーマに上がった暴力団と付き合いのある歌手のブログやＳＮＳじゃないですか」

相沢と庵野は顔を見合わせた。最初に話したのは相沢だった。

「考えた末、やっぱり私はここで不動さんと仕事をしたいと思ったんです。大手新聞資本が入って別物になったオールドタイムズより、たった七人のオールドタイムズの方が。あっ、ずっと七人では困りますよ、人が増えないと私、稲葉さんのコンサートにも行けないし、その前に倒れちゃうので」

苦笑いしながら言う。隣の庵野も笑みを浮かべて口を開いた。

「僕も同感です。というか、本当は売り抜けするつもりだったのですが、もう少しメディアの仕事をやってもいいかなと思ったんです」

「別事業の方は大丈夫なんですか。資金難だって言ってたじゃないですか」

「そうならないようにこっちで儲けを出すよう工夫しなきゃならないですね。少なくともまた二万、三万もリツイートで拡散されるようなスクープをして」

「それはいきなりすごいプレッシャーです」

「既存のメディアのように規制が厳しくないウェブメディアなら寄付金を募ったり、クラウドファンディングで資金を集めたりする方法もあります。実際、ある日本の大学のジャーナリズム研究所はそうやって調査報道メディアを維持しているそうですし」

オールドタイムズが残れる可能性が出てきた。厳密に言えば、庵野が資金を得るには社名は譲渡しなくてはならないのでオールドタイムズではない。しかもたった一人の広告担当がいなくなり、今まで協力を得ていた中央新聞と東亜イブニングの助けも無くなるから、楽な道ではない。

　そこでドアが開き、畑と茂木が入ってきた。

「あれ、どうしたんですか、中島さんまで」

「ナカジは今回だけ手伝ってもらったんだ。だけどどうしたは、こっちのセリフだよ。二人とも先が不安だから大八木についていくって言ってたじゃないの」

　優作が、畑と茂木に尋ねた。

「二人とも考えを改めたんですよ」

　庵野が代弁した。

「畑さんも茂木さんも、やっぱり不動さんの方がいいと思ったんですよ」

　相沢が笑みを含んだ声で言った。畑も茂木も照れ臭そうに笑っている。

「あっ、それより不動さん、摑んできましたよ」畑が声を弾ませると、続けて茂木も「あの歌手、暴力団組長との交際を認めましたよ」とバックパックの中からハンディムービーを出した。

「子供同士が同じ小学校で、町内会のお祭りで、一緒に神輿《みこし》担いだり、盆踊りに参加したり、サシで飲みにいったりもしてました」

「組長が町内会の祭りに出るのか」

「小さな組だし、そういうのが好きなんですよ。歌手は事務所に内緒の闇営業で、組の宴会にも出て、歌を披露して報酬をもらってます。そのことは警察も摑んでいて、すでに歌手は、都の暴排《ぼうはい》条例違反で『反社との密接交際者』として、取調べを受けています」

インパクトは小さいが、たった一日でそこまで取材し、本人に認めさせたのだから、二人ともたいしたものだ。

5

「これが本当ならすごいネタですね。全国紙の威信が揺らぎますよ。僕が子供の頃、カメラマンがサンゴ礁《しょう》に落書きした自作自演の捏造写真事件がありましたけど、今回のはそれに匹敵するんじゃないですか」

畑は平成元年に世間を騒がした全国紙のカメラマンが起こした事件を覚えていた。

「この奇跡の桜の写真、八月になって、ネットで盛り上がったってことは、仕掛けたのも諸星ってカメラマンなんじゃないですか？」

「R．I．P．って書いたのもそのカメラマンですよ。死なれたことでこれはまずいと思って、今年は観光客が来ないように書き込んだんじゃないですかね」

茂木と畑が興奮しながら言うが、優作は「本人に問い詰める材料にはなるけど、そこまで決めつけるのは性急だよ」と諫《いさ》めた。

「問題は写真が捏造であるかどうか、証拠を突きつけられるかどうかですよね」と相沢。

「そこは佐亜子次第だけどな」

「永田さんならやってくれるんじゃないですか。たとえ会社の損害になることでも、その辺はドライに徹しそうだし」

佐亜子が来た時は、その態度の悪さに一触即発状態だった相沢だが、今は自社の不正を暴く勇敢な記者として期待しているようだ。

佐亜子の知り合いの写真家は、写真を凝視し「合成の可能性がある」と指摘した。デジタルで撮ったものをアナログ風に露光調整の他、様々な数値を変えるソフトがあるそうだ。

――アナログにしては不自然なバグが入っているって言ってたわよ。

——どういうこと？

——アナログ写真には出ないバグってこと。桜の木の上に光の線が入っているでしょ。この線に別の方向からの光も混じっているっていうの。太陽の位置から考えても、この位置に光が差し込むのはおかしいって。

確かに光が入っている。だがそれも言われてみればなんとなく、という程度だ。

——アーティストクラスになると、別の場所の写真と二重撮りをする技術もあるからこういう写真もあるかもしれない、でも報道写真でこの光の入り方は不自然だって。

——そこまで専門家が言うなら、捏造で間違いないんじゃないのか。

これなら本人にぶつけられるし、諸星が否定しても充分、疑惑記事としてユーザーに問いかけることができそうだ。

——ただ、その写真家は新聞やネットの写真だけでなく、紙焼きの実物を見てみたいって言ってたの。そうすればもっと確実に判断できるって。だからあたしもなんとかして紙焼きを手に入れると約束したんだけど。

そこまでしようとする佐亜子に、優作は心配になった。

——大丈夫なのか、佐亜子は。

——なにがよ。

——だって本来、会社の所有物である紙焼き写真を、外に持ち出したことになるんだぞ。

内部告発制度は今はどこの会社にもあるが、それは社内の総務部、もしくはそれ専門のセクションに通報するものだ。佐亜子は外部の、しかも同業のメディアに伝えようとしている。発覚すれば政治部長という立場も危うくなる。

——あらあたしの将来を心配してくれてるの？　だったら心配無用よ。

——まさか会社を辞めるつもりなのか？

信頼していた泉川に、お飾り女部長のように言われていたことを知って、すっかり嫌気がさしているのかと思ったが、佐亜子はそんな弱い女性ではなかった。

——なんであたしが辞めなきゃいけないのよ。正しいことをしてんのにさ。

——だけどあとで問題になるぞ。政治部の改革に取り組むならまだしも……。

話してる途中に遮られた。

——自分の部だけ立て直しても新聞への信頼は取り戻せないわよ。この際悪い膿《うみ》は全部出し切らないと。

強気に言い放った。佐亜子が頼った写真部員は若い女性社員で、彼女にまで責任を及ぼすわけにはいかないため、佐亜子は今晩、写真部長を呼び出し、保管している紙焼き写真を貸してもらえるよう頼んでみるそうだ。幸い、写真部長は泉川取締役派でも、和田編集局長派でもないらしい。

オールドタイムズに集った面々には、佐亜子の報告を待ってから、どう動くか相談しようと言った。ところが次第に会話が逸れていく。

「これだけ広まったオールドタイムズの名前を取られるのって、なんか癪《しゃく》ですね」畑が庵野に顔を向けた。

「配当金は要らないから、オールドタイムズの社名は渡さないという選択もできますよ。そこは交渉次第です。想像以上の金額を提示されれば、社名を手放した方がいいのかもしれませんし」

「僕は給料が減ってもいいんで名前はオールドタイムズのままがいいな」茂木が話す。

「私もそうしたいですよ。愛着があるし」相沢も続いた。

「会長がこっちについたんだから、取締役会を開いて大八木社長を解任すればいいんじゃないですか。だって取締役は不動さん、中島さんを入れて三対一じゃないですか」茂木が閃いたように言う。

「それがいいですよ。そしたら合弁会社の計画はおじゃんになって、大八木社長は出資金すら返ってこなくなるわけだし、いい気味ですよ」畑が愚弄する。

「畑さん、出資金が返ってこなくなるかもしれないのは大八木社長だけじゃないですよ」相沢が気を利かせると、「あっ、そうか。すみません」と畑は優作に謝った。だが優作は隣の中島を見て、「ナカジすまないな」と謝罪した。

「えっ、なにがですが」

分かっているくせに中島は惚けた。

「悪いのは全部、大八木社長ですよ。中島さんまで騙してたんですから。それなのに中島さんは協力してくれたんですから大感謝です」

畑は大八木に責任を転嫁したが、優作はそこまで大八木のことを恨めなかった。隠していたことは頭に来るが、彼は広告のエースで、本来なら東亜イブニングに残ることができた。それなのに三宅専務の口車に乗せられて、しかも会社の言うことを聞かないからとリストラリストに入れられた優作を仲間に加えてくれた。幸いにも予定を大幅に上回る速度で、中央新聞の泉川が目論んでいた合併段階まで知名度は上がったが、途中に訪れたいくつかの幸運に恵まれていなければ、ヤツも退職金の一部を失っていた。

それより気に食わないのは三宅だ。夕刊紙よりステータスが上の全国紙傘下の新会社のナンバー2になれる。計画が頓挫していたとしても、あの男は知らん顔で東亜イブニングに残るのだ。三宅が路頭に迷うことはない。

「明日の木曜日までに、諸星ってカメラマンに当てられたら、今週は二本立てですね」

皆から感謝されたことが照れくさかったのだろう。中島は無理矢理仕事の話に戻した。

「なに言ってるんですか、僕らが取ってきたネタなんてどうでもいいですよ。その歌手のことなんてもう忘れましょうよ」と茂木。

「そうですよ。中央新聞のカメラマンの捏造写真一本で行きましょう」畑の威勢のいい言葉に、相沢も庵野も賛成した。農家が自殺しているとしたら、ただの捏造問題ではなくなる。亡くなった妹のために桜の開花時期を遅らせようと必死になっていた農家の思いをカメラマンが利用した？　そうなればこれは人としての信義に背《そむ》く行為だ。

だがそこで、ふと考えが変わった。

「やっぱり今週は、歌手が暴排条例で取調べを受けたことをやろうよ」

優作が言うと、相沢は「それもやろう、では？」と聞き返してきた。

「いや、歌手が反社会勢力と交際していた件一本で行く。中央の捏造写真は見送りだ」

そう言うと、全員がキョトンとし、しばらく声を発する者はいなかった。

6

俺は大金持ちになるはずだったんだぞ……。

大八木《おおやぎ》卓也《たくや》は心の中でそうつぶやいたが、できることならこの場で大声でぶちまけたかった。

今秋に発足する予定の新生オールドタイムズでは社長に就任する泉川、副社長の椅子が用意された三宅、常務になる卓也の三人が、泉川の贔屓の日本料理店の座敷に集まっている。

先週金曜日、今週は休載だと聞いていた『Ｒｅａｌ ｏｒ Ｆａｋｅ』が、歌手と暴力団組長の黒い交際を報じた。サイトで見た時は驚いたが、直後に卓也の元に不動から電話があった。電話が終わると庵野からもかかってきた。

卓也はすぐに中央新聞の泉川取締役の元に出向き、三宅もその場に呼んだ。

「庵野氏は今のメンバーと残るそうです！」

そう伝えた時は、「なんだと、どういうことだ」と二人とも慌てた。だが「庵野氏は配当金をいただけるのならオールドタイムズの社名は使いたければ使っても構わないと言っています」と話すと、彼らは強張った表情を戻し、「IT屋は所詮は金なんだな」と嘲笑して安堵していた。

それが週明けの今日水曜日になり、泉川から召集がかかった。泉川は慎重な男のようで、両隣の部屋には客を入れないように女将《おかみ》に伝えた。

電話では尖った声だったが、今は三宅と相好を崩して飲んでいる。酒豪を自負する卓也もビール、日本酒と調子よく盃《さかずき》を空けた。

「不動たちが、カメラマンの疑惑を探ってると聞いた時はどうなるかと思ったけど、元の写真を処分したのならこれで済みそうだな」

大学からの親友である三宅が、笑いを噛み殺しながら泉川に話を振った。

「俺も永田からその話を聞いた時はどうなるかと冷や汗が出たよ。だけど永田が言うには、専門家も紙焼きを見ない限りは捏造だと断定できないそうだ」

「永田って不動の元女房だろ？　泉川が昔から可愛がってきた」

三宅が「泉川」と名前を口に出した。

「可愛がってきたなんて誤解を生むような表現は勘弁しろよ。三宅」

すっかり顔を赤らめた泉川が「三宅」の名前を出す。大親友らしく、二人は卓也そっちのけで盛り上がっている。

「怪しい関係とは言ってないだろ。いくら次々男を乗り換えていく尻軽女だといっても、所詮は不動のお古だしな。おまえが部下として評価していたという意味だ」

「優秀な部下なんていくらでもいるさ。永田を評価するとしたらそれは『女としてまぁぁよくやった』、そんな程度だよ」

このやりとりを聞けば、永田佐亜子は大型台風のように殴り込んでくるだろう。怖い、怖い。

「しかし俺が三年前に帰国した駐米大使との会食に連れていかなければ、永田は桜を見に行ってたって言うんだからな。しかも当時の編集局長は俺だったから責任問題だったよ」

「そういうところで勘が働くのが泉川のすごいところだ」

「とは言ってもホステス代わりだけどな。あいつはオヤジキラーだから」猥雑《わいざつ》に笑った。

「中央新聞のホステスなんて、不動はいい嫁をもらったな、三年間でも。なぁ……」

三宅が卓也に顔を向けた。自分の名前が呼ばれると思い、わざと「クシュン」とくしゃみをした。くしゃみか咳か分からないおかしなものになった。おしぼりで洟を拭い「すみません」と謝る。

「しかし世の新聞も週刊誌も気づかなかったうちのカメラマンの不正を暴いたんだから不動という男も見くびれんな。三宅がクビにした不動のエースは」泉川が皮肉《ひにく》る。

「俺が不動のエースに育てたんだぞ」

「そこは三宅を認めるよ。それにフェイクニュースを暴くのを目的としてくれたのは、うちとしても得《え》たり賢《かしこ》しだ」

「ああ、メディアはけっして大衆迎合してはいかん。世の中のみんながその通りだと納得した時こそ、裏に罠が隠されていると疑ってかからんといかんのだよ。フェイクニュースに騙されることなく真実を知らせることに、我々メディアの存在意義があるんだからな」

三宅が胸を張った。おいおい、どれもこれも不動のセリフだろ。それをあんたは「時代に取り残されている」とか言って却下したんじゃなかったのか……。

「だけど泉川、その諸星ってカメラマンが後になって白状するってことはないよな」

昔の夕刊紙には多くいた無頼派の見た目をした三宅だが、案外、気は小さい。

「大丈夫だ。写真部長とデスクが事情聴取をして、自宅謹慎にさせた」

「こんな大掛かりなことをしたくせにすんなり本人が認めたのが意外だったよ」

「あの桜だけでなく、他に三本もやっていたことを突き付けられ、もう逃れられないと観念したみたいだ。今週中に退職させる。退職金が出るならと本人も同意した。会社都合にしてやったんだから、しばらくおまえが好きなツーリングに行ってこいと伝えた」

「不動はしつこいから、ツーリング先を探し出して行くぞ。そこで喋ったらどうするよ」

「その時はうちとは無関係の過去の人間がやった事件として、諸星本人に償わせるさ」

「まぁ、唯一の証拠の紙焼き写真は処分済みだもんな。ちゃんとシュレッダーにかけたんだろうな？」

「三宅に言われなくてもやったさ」

「そのもみ消し作業まで、そのカメラマンが独自の判断でやったと世間には思わせりゃいいんだよ、泉川。誰が処分したかなんて証拠はないんだから」

「俺がすべてを抜かりなくやってるから、いちいち指図するな、俺が社長だぞ」

「いいじゃねえか。俺だって副社長らしくアドバイスさせろ」

二人が高笑いした。卓也が質問しようとしていたことまで全部、三宅が訊いてくれた。

「それに不動が来ないと言ってくれて良かったよ。あの野郎の顔なんか二度と見たくねえ」

「夕刊紙のたかが一記者が、短期間でもフェイクニュースを暴くメディアだと脚光を浴びたんだ。彼も充分、満足したんじゃないか」

「その通りだ、泉川。アナログ男だったのが時代の最先端気取りでいやがるんだからな。だいたいオールドタイムズってなんだよ。新しさで売るんならもっと目新しい名前をつけろよ」

「そう言うな。三宅。名前はダサくても、うちはこれからその名前を使って、旧時代の象徴のように言われる全国紙のイメージを消し、ネットに移行してくんだ。ダサいが一周回って良かったに変わるかもしれないだろ」

二人とも言いたい放題だった。なにがダサいだ。なにが一周回ってだ。もう充分だろう。

卓也はあぐらをかいていた足を外し、立ち上がった。百八十五センチ、百二十キロの巨漢が急に立ったことに盃を持っていた二人は、仰《の》け反《ぞ》り気味に顔を上げた。

「なんだよ、大八木、急に……トイレか」

三宅が卓也の苗字を呼んだ。できれば自分の名前は出してほしくなかったが、不動や永田佐亜子はすでに出ているのだ。自分だけ無傷でいるわけにはいかない。卓也はズボンからスマホを出す。画面は「ボイスメモ」と表示が出て、赤い波線が動いていた。スマホを動かして二人に見せた。

「どういうことだ、大八木。今の会話、まさか録音してたのか？」

「そ、それをどうする気だ」

三宅も泉川も泡を食った顔をしている。

「録音したデータを、中央新聞の内部通報部門に渡そうかと思っています。やっぱり、不正の隠蔽はよくないと思うので」

「おまえ、なに言ってんだ」三宅が顔を赤くした。

「そうか、そうだよな。だったら私に渡しなさい。私はコンプライアンス担当の取締役でもあるから、私の方で対処するよ。やはり大八木くんの言う通りだ。こういうのははっきりさせないといけないよな」

泉川は冷静な振りをして手を伸ばしてきた。

「そ、そうだよ、そうしろ、大八木」

三宅も舌をもたつかせて言う。

「あの制度は内部社員が通報するシステムだから、大八木くんがやっても意味はないんだ。だってきみはまだ中央新聞グループの一員ではないわけだから」

穏やかに話しているが、声は震えていた。

「そうですよね」

スマホを渡そうとした。泉川の手がもうひと伸びしたところで、引っ込める。泉川は前につんのめりそうになって、テーブルに手を着いた。

「やっぱりこれは、オールドタイムズで流すことにします」

「オールドタイムズだと」

泉川は顔を真っ赤にして怒鳴った。三宅は膝立ちして部屋の四隅に目を配る。

「三宅専務、大丈夫ですよ。隠しカメラはありません。でもこの音声データだけで充分、お二人がカメラマンの捏造を隠蔽したことは伝わるでしょう」

「きさま、裏切ったのか」

「俺たちを嵌めたんだな」

二人の赤鬼が卓也を睨む。

「こんな隠し録り、意味ないぞ、大八木」

三宅が三白眼《さんぱくがん》で言う。

「意味があるかは視聴者が決めることです」

「さては永田が私に話してきたことからして、罠だったんだな。卑怯だぞ、大八木くん」

「彼女はただ事実を伝えただけですよ。それを泉川取締役が、独自の判断でもみ消そうとしたんじゃないですか」

「それはだな。ただ……」言葉が続かない。

「泉川取締役が事実を認める判断を下し、中央新聞として謝罪することを選ばれていたら、こんな録音データはなんの意味もなさなかったのですよ」

「大八木、これは、おまえだけの考えじゃないな。不動も関わってるな」

三宅の立てた膝はガクガクと震えている。

「はい。彼らは今頃、諸星カメラマンを取材しています。会社に命じられているわけですから、諸星氏は否定をするでしょうけど、このデータの公開後はどう言うでしょうかね」

泉川は「無関係の過去の人間がやった事件として、諸星本人に償わせる」と言ったのだ。諸星は裏切られたと態度を一変させるだろう。

「私は関係ない。すべて中央新聞の問題だから」三宅が急に責任逃れに走った。

「三宅、卑怯だぞ。おまえがもちかけた話だろ」

泉川が激憤する。赤鬼たちの仲間割れが始まった。

「いいえ、メディアに関わる人間がやってはいけないことをしたんですから泉川取締役だけでなく、三宅専務も同罪です」卓也はそう言い、さらに続けた。

「かつては国民から信頼されていた新聞やテレビが見放されるようになったのは、こうした隠蔽体質を積み重ねて信頼を失ってきたからです。お二人がしたことは、カメラマンがしたこと以上に重罪です。お二人にメディアを経営する資格なんてありません」

卓也は壁に掛けた上着を肩にかけ「では失礼します」と一礼して襖《ふすま》を開けた。靴べラを使って擦り減った革靴を履く。

不動、これでいいか。これで俺はおまえへの償いができたか。俺を許してくれるか。

そもそも傘下とはいえ大新聞系列の偉い会社の取締役なんて自分には不相応で、その椅子に座れたとしても尻がむず痒《がゆ》かったに違いない。

背後から赤鬼たちの文句は鳴り止まず、まだ声が聞こえてくる。

その時には卓也は、毎晩のように歌う『時代おくれ』を口笛で吹きながら店の廊下を進んでいた。

エピローグ

仲間っていいもんだな……不動優作はかつてアンチ探しのためにアカウントを作ったツイッターに、改めて本名を登録し、今朝、初めてつぶやきをした。

さらに仲間が一人ずつ仕事をしている写メを撮り、《メンバー紹介》とあげていったのだが、めざとく見つけて最初のフォロワーになった畑から「顔写真なんてアップされたら今後の張り込み取材に支障をきたしますよ」と言われ、「あっ、そうか」と慌てて消した。

「畑がすぐにメッセージをくれて良かったよ」

「スクショされたら一巻の終わりですけどね」

「えっ、そうなの？」

「だけど僕らの写真をスクショする人なんていないでしょうけど」

そう言われて胸を撫で下ろした。

ツイートにはさらに《新メンバー募集》と書いた。数秒で問い合わせが来たが、月曜の会議の時間が来たのでそのままにしている。

庵野からは最大でも三名、大八木からは、今後は自力で広告を取らなくてはいけないので全員広告担当にしてくれと言われた。応募者を勘違いさせないように、今回は《広告営業のみ》と書いておけば良かったと、今頃になって後悔している。

先週金曜日、中央新聞の写真捏造のスクープを諸星カメラマンに追及する動画映像と、泉川と三宅の幹部の密談音声は、過去最高のPV数を記録した。

優作たちの取材に、最初、諸星カメラマンは「不正はしてません」と否定したが、同日に流された泉川の発言を聞き、翌日は自分から連絡を寄越した。

〈スクープ写真を撮らなければならないプレッシャーから不正をしました。六年ほど前、福島をツーリングしている時に桜の開花を遅らせようと試行錯誤している農家がいると聞き、取材に行ったのですが、その時はすでに例年通りに咲いた後でした。それから三年間、何度も通って工夫の過程をカメラに収めましたけど実現できず、佐藤さんは『申し訳ない、諸星さん』と責任を感じられていました。それで『自分も自腹で来ているので一度だけでいいからなんとかしてほしい』と写真の合成を持ち掛けました。ただ自分がネットで広めたことで、翌年から多数の人が佐藤さんの元を訪れるようになり、それが佐藤さんを追い詰め、死なせてしまった。訪問客の誰かが調べて、自分が唆したことがバレては困ると、ネットにも《R．I．P．》と匂わせの投稿をしました。佐藤さんには申し訳ないことをしました……〉

彼は泣いて謝罪した。だが泣いても失われた命が返ってくることはない。

土曜日にアップしたその動画もツイッターのタイムラインにリンクが貼られ、PV数は前日の記録を一日で更新した。

その中でもとくに注目され、切り取られて拡散したのが、諸星が「泉川取締役から退職と引き換えに、黙っていることを命じられました」と語った部分だった。

隠蔽を謀《はか》った泉川取締役、中央新聞への批判は翌日曜日になっても止むことなく、テレビのニュース、他の新聞も大きく報じた。

掲示板にはオールドタイムズが罠にかけたと批判する声もあったが、それは少数だった。中央新聞は日曜の夜にもかかわらず、社長が緊急会見を開き、諸星カメラマンの捏造、泉川取締役の隠蔽工作をすべて認め、泉川、諸星の二人を謹慎処分にしたと発表した。

さらに第三者委員会を立ち上げることも明らかにした。委員会と内部調査の窓口として佐亜子が責任者に任命されたらしい。

また東亜イブニングでも臨時役員会が開かれ、三宅は専務を解任された。

高揚した気持ちのまま迎えた月曜の朝、とはいえ優作の「仲間っていいもんだな」との思いは、会議が始まってすぐに消え去った。

優作が今週のテーマに推したのは《大昔、国内フェスでマリファナを吸った》と書き込みした芸人から「あれはアカウントを乗っ取られて誰かに書かれたものです。警察に訴えられる前にオールドタイムズで書いてほしい」と電話してきたのを茂木が聞き取った件だ。

「不動、その芸人って、アンチからの書き込みに、酔っぱらって喧嘩腰で言い返して、その都度、炎上するヤツだろ？　そんなやつの言い分、信用できるのかよ」

いつものように大八木から反対される。

「酔って炎上する男だからって、薬物をやるとは限らないだろ？」

「だけど、アカウントの乗っ取りなんて警察だって実証できないし、そいつのアカウントを乗っ取る必要性なんてないだろうよ」

「信じてもらえないからこそ、彼の主張を流してやるんだよ。俺たちはウェブなんだから、読者がモヤッとしたまま見終わってもいい。それを見たユーザーが、彼が本当のことを言ってるのか嘘をついているのかを独自に判断してくれればいいんだ」

「不動、またおまえの悪い癖、いい人キャンペーンが出てるぞ。世の少数派の味方になっている振りをして、俺はなんていい人なんだと、陶酔してんだ」

「いい人キャンペーンだと？」

さすがに聞き捨てならなかった。優作がいい人気取りなら、大八木はただの小心者だ。毎回偉そうに反対するが、内心は炎上の巻き添えを食らうのが怖いのだ。デカい図体をしているくせに、昔から長いものに巻かれる方が安心するタイプなのだ。

「だったらヤギもアイデアを出せよ」

庵野のことは今も「会長」と呼んでいるが、大八木のことは「ヤギ」に戻した。社長なんて慣れない呼び方をしていたから、長い付き合いなのにヤツの魂胆に気づかなかったのだ。

「俺は畑が持ってきた、不登校の子にボランティアで教えていた男が、裏で金をもらってた可能性があるというネタの方がいいと思う」

教育本を最近刊行して話題になっている七十歳の元校長のネタだ。不登校生徒へのボランティア指導は、元々ネットから火のついた話である。

「もらったといっても月に一万円程度だろ？」

「一万円でももらえばボランティアではない」

いくら言っても大八木は引かなかったので、優作は「じゃあ採決を採ろうよ」と提案した。

「不動はいつもすぐ採決に走るな。裏で買収してんだろ」

毎回多数決で負ける大八木が口を歪めた。

ところが庵野が「大八木社長にはしばらく広告でご足労をかけるので、僕は棄権します」と愛用のヘッドマッサージャーを被り、回転椅子を回して背を向けた。電源を入れると頭皮を揉む機械音だけが聞こえる。

六人で、どちらかの案に挙手することとなった。大八木側には、話を持ってきた畑と相沢が、優作側には、電話を受けた茂木と以前と変わらず出社した中島が挙手し、三対三で割れた。

「えっ、相沢さんもそっち？」

同点になったことより、いつも味方をしてくれる相沢が大八木側に付いたことに、優作はショックを受けた。

「はい、不動さんの言う『耳当たりのいい言葉にこそ眉に唾をつけて考えよう』に当て嵌めるなら、畑さんの話の方が耳当たりがいいなと思って……」

「そうだよね、居酒屋の生徒の家で、飲み代を踏み倒してるとか、調べたら他にも疑惑が出るかもしれないよね」

「ちょっと、もっくんまで……待ってよ。芸人の電話を取ったの、もっくんだろ？」

「それにこの芸人の話、この前の暴力団つながりの歌手の下位互換な気がして」と茂木はすっかり大八木側に寝返った。

「だいたい『ボランティア教師』と名乗っているくせに、ちゃっかり印税をもらってるのが、なんか胡散くさいよな」

「ナカジまで裏切るなよ」

「いいぞ、いいぞ、いつもおまえが正義ではないんだ。どうだ、不動、思い知ったか」

肩をそびやかした大八木は、頬を弛《ゆる》めて嬉しそうだ。優作は歯軋《はぎし》りする。一対五なら議論する余地もないと諦めかけたところ、相沢が「両方やりましょうよ」と言った。

「相沢さん、いくらなんでもこの人数で二つは無理だよ」

「カメラマンの疑惑は、一週間前の時点でも載せられるレベルまで取材が済んでたじゃないですか。大丈夫、できますって」

「いいこと言うな、相沢さん。今までの俺たちはビギナーズラックでうまくやってこられたけど、取材なんて思い通りにならなくて当然なんだから、手をつける材料は多い方がいいんだよ」

中島に言われて、相沢は澄まし顔になった。

この調子だとこの後、庵野と大八木に掛け合って記者職も増やしてもらわないといけない。その時には優作も二本やる気になった。

「よし、今週は二本立てだ。頑張ろう」

優作は右手を突き上げて声を出した。

「不動さん、どうしたんですか、急に」

隣に座っていた畑は驚いていたが、反対側に座る中島も「頑張ろう」と手を上げ、相沢、茂木、大八木、そしてマッサージャーを被った庵野までが続いた。

やっぱりつぶやきなどより、声を掛け合って仕事をする方が気持ちがいいものだ。

解説

温水ゆかり（ライター）

「あなたのよく知っていることから書き始めなさい」

これは小説家になりたいと志をたてた者への、オールタイムベストの金言だが、元スポーツ紙記者の本城雅人さんは最初から、すぐれてそれを実践している書き手だった。

デビュー作『ノーバディノウズ』はスポーツ紙記者が主人公で、『ストライク・スリーで殺される』や『沈黙のメッセージ』など、海外のスポーツミステリーを贔屓《ひいき》にしていた私は、〝日本のリチャード・ローゼンかハーラン・コーベンの誕生か〟と小躍りしたものだ。しかし以後に発表された作品を見ると、スポーツに特化しようという狭い料簡ではなかった。本城さんの持ち札はもっと多かった。

日本には、なんと言っても世界に誇る「カイシャ」がある。〈組織と個〉というOSに、事件やスポーツというアプリケーションソフトを入れて動かす。ざっくり言えば、これが本城雅人さんの流儀。特に新聞社という組織が大看板として掲げる使命とその裏にあるどろどろした出世競争に、正義や真実を追い求める記者の矜持《きょうじ》や怯懦《きょうだ》という光と影が絡み合うときは、読み応えがある。一般紙やスポーツ紙の記者、週刊誌記者などが主人公になる『トリダシ』『ミッドナイト・ジャーナル』『紙の城』『傍流の記者』『友を待つ』『時代』などがそれらの作品で、この『オールドタイムズ』はその延長線上で書かれるべくして書かれた超エンタメ作である。

ここ十年のメディアを取り巻く環境は激変した。本城さんはその変化をひしひしと肌で感じつつ、紙への愛と、紙に固執することへの危機感を、バランスよく作品に注入してきた。が、ついに〝そこにある危機〟は現実となる。

メディアの経営基盤は広告費収入にある。二〇二〇年はまだかろうじてメディア四媒体〈新聞・雑誌・テレビ・ラジオ〉への広告費がネット広告費を上回っていたものの、二〇二一年でついに逆転。インターネット広告費がメディア四媒体へのそれを上回った。

身近にこんな話がある。先輩記者に「いくつになった?」と聞かれ、「〇歳です」

と答えると、「お、じゃあ一千万超えたな」と喜ばしげに肩をポンとはたかれた。彼は〝そんな時代じゃないのになあ〟と、天を仰いで上の世代との断絶を思ったと言う。オールドメディアで働く者たちが迫りくる現実だとは分かりつつ、しかし自分が現役である間はどうか来ないでほしいと願っていた地殻変動。悪夢が現実化した今こそ、単行本から二年三ヵ月を経て文庫になるこの『オールドタイムズ』は、最高の読み時を迎えたと言っていい。

「Old Times」という欧文の書体が郷愁をそそるレトロな風雅さをたたえた表紙の本書は、日本のリベラリズムを代表する大手新聞社が早期退職者を募りまくっていると聞く昨今の、写し絵的なプロローグから始まる。

タブロイド紙「東亜イブニング」の応接室——。記者の不動優作《ふどうゆうさく》は三度目の面談で、三宅専務から肩が陥没しそうなほどの肩叩きにあい、憮然《ぶぜん》として〝絶対辞めるもんか〟と決意する。同期入社で親友の大八木《おおやぎ》にばったり出くわすと、彼は酔ったときのお決まりのジョーク、「不動のエース」とからかってくるが、優作は軽口を飛ばし合う気分ではない。するとこの巨漢の親友は優作の耳元で思いがけないことを囁く。自分はさっき辞表を出してきた。こんな先細りの会社にしがみついたってろくなことはない。ネットニュース社を立ち上げる。おまえも来い。ただの社員じゃねえぞ。経営に参画するんだ。

こうしてインターネットメディア「オールドタイムズ」が発足する。社名でありプラットフォーム名でもあるこの名は、優作が提案した。自分たちはオールドメディアの出身であるという誇りに、ほんの少しの自虐もトッピングして。

『七人の侍』や『荒野の七人』のように、個と個が化学反応を起こして連帯がうまれる小集団に、七というマジックナンバーはよく似合う。集まった古武士、若武者、女侍ら七人を年齢順に、登場人物表風に書き出してみよう。

大八木卓也《たくや》　四十八歳　百八十五センチ、体重百二十キロの巨漢。「オールドタイムズ」社長。広告を担当、出資者の一人。バツイチ。

不動優作　四十六歳　「オールドタイムズ」の取締役兼編集長。早期割り増し退職金の一部を出資。中央新聞の政治部記者佐亜子と三年間事実婚の関係にあったが、彼女の海外赴任を機に解消。趣味は車のカスタム。

中島嵩史《なかじまたかふみ》　古巣で事件面のデスクを務めていた、優作の四つ下の後輩。不動同様、早期割り増し退職金の一部を出資し、株式上場時のストックオプションを夢見ている。

インテリで生真面目。佐亜子は中島の共働きの妻、里恵の中高時代の同級生。
畑佑人《はたゆうと》　三十七歳　女性週刊誌「週刊ウーマン」からの転職。国内最難関の帝都大卒。都市銀行、保険会社、外資系コンサルと短期間で転職を重ね、大卒五年目にして「週刊ウーマン」を発行する第壱社に四度目の転職。荒木田編集長の下で約八年半働くも、新編集長になってからの荒れていく記事づくりに嫌気がさして退職。ネットの求人サイトで見つけた「オールドタイムズ」に入社する。
茂木和己《もぎかずみ》　三十三歳　制作会社で「ｎｅｗｓ11」を担当していた元テレビマン。継父の慢性腎盂腎炎が悪化し、定期的に人工透析を受けなければならなくなったのをきっかけに、両親を案じて東村山市の実家に戻る。母は看護師で、和己が五歳の時に離婚、和己が十九歳のときに現在の継父と再婚した。
相沢千里《あいざわちさと》　二十九歳　オンライン専門の旅行会社からの転職。B'zの稲葉のファン。旅行会社では旅行記事も書いていたが、タイアップ同然の記事がほとんどで、一般記事の取材経験はない。デジタルネイティブ世代で、紙の作法で丁寧に校正しようとする優作に、ウェブでは記事にそのつど修正や訂正をほどこし、アップデートすればいいと教える。商社のエリート男性と同棲中で、友人達に玉の輿《たまのこし》と言われる。
庵野龍二《あんのりゅうじ》　二十八歳　大学在籍中に転職求人サイトで成功した若きＩＴ起業家。六本木ノースタワーで複数のＩＴ企業を経営する。「オールドタイムズ」の大スポンサーにして会長。毎週月曜日に開かれる編集会議のために、「オールドタイムズ」の入った日暮里の雑居ビルに足を運んでくる。

さて、この七人で何ができるか。大八木は全国紙のヤメ記者を三十人集めると豪語していたが、当初は外部ライターとして働きたいと辞退する者が続出（オッズ勘のない連中だ……）。大八木と庵野会長は実戦部隊員ではないから実質五人である。ニュースというコンテンツを作るには兵力が足りず、先に立ち上げた情報コラムのサイトへのアクセス数も一向に伸びない。はて、どうしたものか。

庵野会長が、文字世界でやってきた人間では思いつかない案を出す。

「初心に戻ってニュースサイトをやりましょう」。ただし「一週間バズり続けるニュースを報じてください」、「そうだ。動画にしましょう。うちのニュースはすべて動画のみ」「動画ならユーチューブで、一気に拡散しますから」

常々「耳当たりのいい言葉にこそ眉に唾をつけて考えよう」と自分にも周囲にも言ってきた優作は、会長のこの発案で「フェイクニュースだ！」と閃《ひらめ》く。話題になっている人物や事象を取り上げ、取材してファクトを報じる。フェイクニュースとはデマや誤報だけを指すのではない。耳に心地いい言説に隠された虚偽や欺瞞《ぎまん》も暴く。「オールドタイムズ」が目指すべきニュースの基本姿勢はこれで決まった。

こうして本書は、プロローグとエピローグをブックエンドに、八つのエピソードがチェーン状に繫《つな》がっていく。次にあらすじを紹介しておこう。

エピソード1「ファーストラブ」――「ラブ・セレブリティ」という恋愛バラエティ番組で、自分は童貞だと告白して視聴者や出演する女性達の好感度を集めた児玉健太郎。彼の言っていることは本当なのだろうか。優作と相沢千里は、児玉の故郷宮崎に飛び、同級生達に取材する。

エピソード2「ミソジニー」――人もうらやむエリート商社マンと同棲しているのに、彼の言動に違和感と抵抗感を持ち始めている相沢千里。引き続きの児玉の周辺取材で、吉祥寺で働く美容師の切通あすみに話を聞くうちに、恋愛中に女性が男から受ける「圧」の正体に気づき始める。優作と相沢は児玉のインタビューにこぎつけるが、優作はその動画を没に。しかしそのことによって、「オールドタイムズ」の名は一気に知れわたる。

エピソード3「親衛隊」——舌鋒《ぜっぽう》鋭いコメントで人気の高堂繭准教授。彼女のファンはマユリストと呼ばれ、高堂繭が攻撃されたとみるや電子上で過激な反撃を行う。畑佑人のいた「週刊ウーマン」も廃刊に追い込んだ。彼女は自分をリベラルと称するが、過去にポピュリズム的な発言をしていることを佑人は知っている。部員達は手分けをして過去ツイートの中からアンチを探しだし、彼女の真の貌《かお》を見極めようとする。不倫やスキャンダルなど俗事に対してどこか冷笑的になってしまう畑佑人の性格が、もう一段深い部分で明かされる。

エピソード4「法の番人」——東京高裁の矢野幸雄判事がブレーキとアクセルを踏み間違えるという事故を起こす。判事はこの二年で七つの控訴審に異例の逆転無罪または差戻し判決を下していた。判事は認知症ではないかと疑う人が多くなる。優作に取材班キャップを命じられた茂木和己は、小手川最高裁判事の家を訪ねる。二度目の来訪。なぜ二度目なのか。大学を中退した茂木の生い立ちもひもとかれる。

エピソード5「オクラホマチキン」——中島が、外部ライターに書いてもらっている情報コラム「ジョン寅次郎」。来日した外国人を取り上げるが、今回は電車を乗り継いで九州まで往復した元フットボール選手の感動的な話だった。ところが息子が言うには九州の高校にアメフト部はないという。フェイクを暴く側ではなく、暴かれる側になったりして。そんな冗談が、現実の悪夢になる一編。

エピソード6「ダークテトラッド」——匿名だが、庵野会長の兄が五歳の息子に児童虐待をしたと週刊誌が記事にする。早速それを報じるテレビ。会長はサディストはネットで荒らしをして炎上することに快感を覚えていると言い、小さな子を虐《いじ》める自分の兄もサディストだと断じる。庵野会長は兄の事件の背景を調べないのかと部員達を挑発する。何が暴かれようとしているのか？

エピソード7「元カレ」——優作の事実婚の相手だった中央新聞政治部長の永田佐亜子。男どもの嫉妬と料簡の狭さに呆《あき》れながら仕事をする中、連載小説を担当する作家にコピペ疑惑が持ち上がる。別方向から、この女性作家を追いかけていた「オールドタイムズ」によって、コピペ疑惑は内々のうちに葬り去ることができたが、佐亜子はあり得ない三人が応接室で談笑する姿に黒い企《たくら》みの臭いを嗅ぐ。

エピソード8「R．I．P．」――佐亜子からの通報で大いなる裏切りが発覚する中、記者が自分一人となった優作はナカジ（中島）と共に福島へ。災害死した妹の誕生日に咲くように、農業を営む兄が取り組んで成功したという奇跡の桜を見に行くと、兄の佐藤氏は首を吊って自死していた。「R．I．P．」とはラテン語で「安らかに眠れ」の意。奇跡の桜を写した写真は実写なのか捏造《ねつぞう》なのか。「オールドタイムズ」の存続も絡まって、事態は急展開する。

たった七人でスタートした会社が、怪我の功名でPV数を稼ぎ、このまま勢いにのるかと思えば、自業自得で派手に撃沈。ノックアウト寸前からよろけながら立ち上がり、そしてまた超弩級《ちょうどきゅう》の動画を送り出して復活する。気持ちいぃ〜と叫ぶのは私だけではないだろう。先に「超エンタメ作」と書いたゆえんだ。

ところで、通常章立てと呼ばれるものが、どうして本書はエピソードという名称になっているのか。私はこれを、フェイクニュースは彼らの成長のエピソードと位置づけられているから、と読み解いた。フェイクニュースの取材・調査はあくまで従（とはいえ、面白いんですけどね）、メインは七人の絆が強まっていく、性別レスの友情共同体のありように見える。

相沢はミソジニーのエリート男と別れて息苦しくない自分を生き直し始め、優作はなんのわだかまりもなく元事実婚の佐亜子と気脈を通じる。身体差別、男女差別、ジェンダーによる仕事の区別や旧弊な家族観、ホモソーシャルなボーイズクラブ。思えばこれらこそが長年思い込まされてきた最大のフェイクニュースなのだった。

本書には、個と個が互いに尊重して生きていく社会への賛歌が満ち溢れている。紙のニュースからウェブニュースへという変化と同じように、これらも本城さんが胸に吸い込んだ現代の希望の空気の粒であるに違いない。

女性はことのほか励まされる読み物であること、返金保証いたします。

本書は二〇二〇年七月、小社より刊行されました。

|著者| 本城雅人　1965年神奈川県生まれ。明治学院大学卒業。産経新聞社入社後、産経新聞浦和総局を経て、その後サンケイスポーツで記者として活躍。退職後、2009年、『ノーバディノウズ』が第16回松本清張賞候補となり、デビュー。同作で第１回サムライジャパン野球文学賞を受賞。'16年、『トリダシ』が第18回大藪春彦賞候補、第37回吉川英治文学新人賞候補となる。'17年、『ミッドナイト・ジャーナル』で第38回吉川英治文学新人賞を受賞する。その他の作品に、『スカウト・デイズ』『球界消滅』『英雄の条件』『紙の城』『監督の問題』『時代』『崩壊の森』『にごりの月に誘われ』『残照』など。

オールドタイムズ

本城《ほんじょう》雅人《まさと》

2022年10月14日第１刷発行

発行者――鈴木章一

発行所――株式会社　講談社

東京都文京区音羽2-12-21　〒112-8001

電話　出版　(03)　5395-3510

販売　(03)　5395-5817

業務　(03)　5395-3615

Printed in Japan

講談社文庫

定価はカバーに表示してあります

KODANSHA

デザイン―菊地信義

本文データ制作―講談社デジタル製作

印刷―――株式会社KPSプロダクツ

製本―――加藤製本株式会社

ISBN978-4-06-529517-5

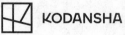

講談社文庫刊行の辞

二十一世紀の到来を目睫に望みながら、われわれはいま、人類史上かつて例を見ない巨大な転換期をむかえようとしている。

世界も、日本も、激動の予兆に対する期待とおののきを内に蔵して、未知の時代に歩み入ろうとしている。このときにあたり、創業の人野間清治の「ナショナル・エデュケイター」への志を現代に甦らせようと意図して、われわれはここに古今の文芸作品はいうまでもなく、ひろく人文・社会・自然の諸科学から東西の名著を網羅する、新しい綜合文庫の発刊を決意した。

激動の転換期はまた断絶の時代である。われわれは戦後二十五年間の出版文化のありかたへの深い反省をこめて、この断絶の時代にあえて人間的な持続を求めようとする。いたずらに浮薄な商業主義のあだ花を追い求めることなく、長期にわたって良書に生命をあたえようとつとめるところにしか、今後の出版文化の真の繁栄はあり得ないと信じるからである。

同時にわれわれはこの綜合文庫の刊行を通じて、人文・社会・自然の諸科学が、結局人間の学にほかならないことを立証しようと願っている。かつて知識とは、「汝自身を知る」ことにつきていた。現代社会の瑣末な情報の氾濫のなかから、力強い知識の源泉を掘り起し、技術文明のただなかに、生きた人間の姿を復活させること。それこそわれわれの切なる希求である。

われわれは権威に盲従せず、俗流に媚びることなく、渾然一体となって日本の「草の根」をかたちづくる若く新しい世代の人々に、心をこめてこの新しい綜合文庫をおくり届けたい。それは知識の泉であるとともに感受性のふるさとであり、もっとも有機的に組織され、社会に開かれた万人のための大学をめざしている。大方の支援と協力を衷心より切望してやまない。

一九七一年七月

野間省一

講談社文芸文庫

古井由吉

楽天記

夢と現実、生と死の間に浮遊する静謐で穏やかなうたかたの日々。「天ヲ楽シミテ、命ヲ知ル、故ニ憂ヘズ」虚無の果て、ただ暮らしていくなか到達した楽天の境地。

解説=町田 康　年譜=著者、編集部

ふA15

978-4-06-529756-8

古井由吉／佐伯一麦

往復書簡

『遠くからの声』『言葉の兆し』

解説=富岡幸一郎

ふA14

978-4-06-526358-7

二十世紀末、時代の相について語り合った二人の作家が、東日本大震災後にふたたび歴史、自然、記憶をめぐって言葉を交わす。魔術的とさえいえる書簡のやりとり。

田辺聖子 苺をつぶしながら
田辺聖子 不機嫌な恋人
田辺聖子 女の日時計
谷川俊太郎訳 和田誠絵 マザー・グース 全四冊
立花隆 中核VS革マル(上)(下)
立花隆 日本共産党の研究 全三冊
立花隆 青春漂流
高杉良 労働貴族
高杉良 広報室沈黙す(上)(下)
高杉良 炎の経営者(上)(下)
高杉良 小説 日本興業銀行 全五冊
高杉良 社長の器
高杉良 その人事に異議あり〈女性広報主任のジレンマ〉
高杉良 人事権!
高杉良 小説消費者金融〈クレジット社会の罠〉
高杉良 小説 新巨大証券(上)(下)
高杉良 局長罷免―小説通産省
高杉良 首魁《しゅかい》の宴《うたげ》〈政官財腐敗の構図〉
高杉良 指名解雇

高杉良 燃ゆるとき
高杉良 銀行大合併〈短編小説全集(上)〉
高杉良 エリートの反乱〈短編小説全集(中)〉
高杉良 金融腐蝕列島(上)(下)
高杉良 勇気凜々
高杉良 混沌《こんとん》 新・金融腐蝕列島(上)(下)
高杉良 乱気流(上)(下)
高杉良 小説 会社再建
高杉良 新装版 懲戒解雇
高杉良 新装版 大逆転!〈小説 三菱・第一銀行合併事件〉
高杉良 新装版 バンダルの塔
高杉良 第四権力〈巨大メディアの罪〉
高杉良 巨大外資銀行
高杉良 最強の経営者〈アサヒビールを再生させた男〉
高杉良 リベンジ〈巨大外資銀行〉
高杉良 新装版 会社蘇生
竹本健治 新装版 匣《はこ》の中の失楽
竹本健治 囲碁殺人事件
竹本健治 将棋殺人事件

竹本健治 トランプ殺人事件
竹本健治 狂い壁 狂い窓
竹本健治 涙《るい》香《こう》迷《めい》宮《きゅう》
竹本健治 新装版 ウロボロスの偽書(上)(下)
竹本健治 ウロボロスの基礎論(上)(下)
竹本健治 ウロボロスの純正音律(上)(下)
高橋源一郎 日本文学盛衰史
高橋源一郎 5と3/4時間目の授業
高橋克彦 写楽殺人事件
高橋克彦 総門谷
高橋克彦 炎《ほむら》立つ 壱 北の埋み火
高橋克彦 炎立つ 弐 燃える北天
高橋克彦 炎立つ 参 空への炎
高橋克彦 炎立つ 四 冥き稲妻
高橋克彦 炎立つ 伍 光彩楽土〈全五巻〉
高橋克彦 火怨〈北の燿星アテルイ〉(上)(下)
高橋克彦 水壁〈アテルイを継ぐ男〉
高橋克彦 天を衝く(1)～(3)
高橋克彦 風の陣 一 立志篇

講談社文庫　目録

講談社文庫　目録

講談社文庫　目録

富樫倫太郎　スカーフェイスII　デッドリミット〈警視庁特別捜査第三係・淵神律子〉
富樫倫太郎　スカーフェイスIII　ブラッドライン〈警視庁特別捜査第三係・淵神律子〉
富樫倫太郎　スカーフェイスIV　デストラップ〈警視庁特別捜査第三係・淵神律子〉
豊田　巧　警視庁鉄道捜査班〈鉄血の警視〉
豊田　巧　警視庁鉄道捜査班〈鉄路の牢獄〉
砥《と》上《がみ》裕《ひろ》將《まさ》　線は、僕を描《えが》く
夏樹静子　新装版二人の夫をもつ女
中井英夫　新装版虚無への供物(上)(下)
中島らも　僕にはわからない
中島らも　今夜、すべてのバーで〈新装版〉
鳴海　章　フェイスブレイカー
鳴海　章　謀略航路
鳴海　章　全能兵器AiCO《アイコ》
中嶋博行　新装版検察捜査
中村天風　運命を拓く〈天風瞑想録〉
中村天風　叡智のひびき〈天風哲人　箴言註釈《しんげんちゅうしゃく》〉
中村天風　真理のひびき〈天風哲人　新箴言註釈《しんげんちゅうしゃく》〉
中山康樹　ジョン・レノンから始まるロック名盤
梨屋アリエ　でりばりぃAge
梨屋アリエ　ピアニッシシモ
中島京子　妻が椎茸だったころ
中島京子ほか　黒い結婚　白い結婚
奈須きのこ　空の境界(上)(中)(下)
中村彰彦　乱世の名将　治世の名臣
長野まゆみ　簞笥のなか
長野まゆみ　レモンタルト
長野まゆみ　チマチマ記
長野まゆみ　冥途あり
長野まゆみ　45°〈ここだけの話〉
長嶋　有　夕子ちゃんの近道
長嶋　有　佐渡の三人
長嶋　有　もう生まれたくない
永嶋恵美　擬態
永井　均　内田かずひろ 絵　子どものための哲学対話
なかにし礼　戦場のニーナ
なかにし礼　生きる力〈心でがんに克《か》つ〉
なかにし礼　夜の歌(上)(下)
中村文則　最後の命
中村文則　悪と仮面のルール
中田整一 編/解説　真珠湾攻撃総隊長の回想〈淵田美津雄自叙伝〉
中田整一　四月七日の桜〈戦艦「大和」と伊藤整一の最期〉
中村江里子　女四世代、ひとつ屋根の下
中野美代子　カスティリオーネの庭
中野孝次　すらすら読める方丈記
中野孝次　すらすら読める徒然草
中山七里　贖罪の奏鳴曲《ソナタ》
中山七里　追憶の夜想曲《ノクターン》
中山七里　恩讐の鎮魂曲《レクイエム》
中山七里　悪徳の輪舞曲《ロンド》
長島有里枝　背中の記憶
長浦　京　赤刃《セキジン》
長浦　京　リボルバー・リリー
中脇初枝　世界の果てのこどもたち
中脇初枝　神の島のこどもたち
中村ふみ　天空の翼　地上の星
中村ふみ　砂の城　風の姫
中村ふみ　月の都　海の果て

講談社文庫　目録

中村ふみ　雪の王　光の剣
中村ふみ　永遠《とわ》の旅人　天地の理《ことわり》
中村ふみ　大地の宝玉　黒翼《こくよく》の夢
中村ふみ　異邦の使者　南天の神々
夏原エヰジ　Ｃｏｃｏｏｎ〈修羅の目覚め〉
夏原エヰジ　Ｃｏｃｏｏｎ２〈蠱惑の焰〉
夏原エヰジ　Ｃｏｃｏｏｎ３〈幽世の祈り〉
夏原エヰジ　Ｃｏｃｏｏｎ４〈宿縁の大樹〉
夏原エヰジ　Ｃｏｃｏｏｎ５〈瑠璃の浄土〉
夏原エヰジ　連　理　の　宝〈Ｃｏｃｏｏｎ外伝〉
夏原エヰジ　Ｃｏｃｏｏｎ〈京都・不死篇―蠢《しゅん》―〉
夏原エヰジ　Ｃｏｃｏｏｎ〈京都・不死篇２―疼《とう》―〉
長岡弘樹　夏の終わりの時間割
西村京太郎　華麗なる誘拐
西村京太郎　寝台特急「日本海」《メモリー・トレイン》殺人事件
西村京太郎　十津川警部　帰郷・会津若松
西村京太郎　特急「あずさ」《アリバイ・トレイン》殺人事件
西村京太郎　十津川警部の怒り
西村京太郎　宗谷本線殺人事件

西村京太郎　奥能登に吹く殺意の風
西村京太郎　特急「北斗1号」《スーサイド・トレイン》殺人事件
西村京太郎　十津川警部　湖北の幻想
西村京太郎　九州特急「ソニックにちりん」殺人事件
西村京太郎　東京・松島殺人ルート
西村京太郎　新装版　殺しの双曲線
西村京太郎　新装版　名探偵に乾杯
西村京太郎　南伊豆殺人事件
西村京太郎　十津川警部　青い国から来た殺人者
西村京太郎　新装版　天使の傷痕
西村京太郎　新装版　Ｄ機関情報
西村京太郎　十津川警部　猫と死体はタンゴ鉄道に乗って
西村京太郎　韓国新幹線を追え
西村京太郎　北リアス線の天使
西村京太郎　十津川警部　長野新幹線の奇妙な犯罪
西村京太郎　上野駅殺人事件
西村京太郎　京都駅殺人事件
西村京太郎　沖縄から愛をこめて
西村京太郎　十津川警部「幻覚」

西村京太郎　函館駅殺人事件
西村京太郎　内房線の猫たち〈異説里見八犬伝〉
西村京太郎　東京駅殺人事件
西村京太郎　長崎駅《ナガサキ・レディ》殺人事件
西村京太郎　十津川警部　愛と絶望の台湾新幹線
西村京太郎　西鹿児島駅殺人事件
西村京太郎　札幌駅殺人事件
西村京太郎　十津川警部　山手線の恋人
西村京太郎　仙台駅殺人事件
西村京太郎　七人の証人〈新装版〉
西村京太郎　十津川警部　両国駅3番ホームの怪談
西村京太郎　午後の脅迫者〈新装版〉
西村京太郎　びわ湖環状線に死す
仁木悦子　猫は知っていた
新田次郎　新装版　聖職の碑《いしぶみ》
日本文芸家協会編　愛　染　夢　灯　籠〈時代小説傑作選〉
日本推理作家協会編　犯人たちの部屋〈ミステリー傑作選〉
日本推理作家協会編　隠　さ　れ　た　鍵〈ミステリー傑作選〉
日本推理作家協会編　Ｐｌａｙ《プレイ》推理遊戯〈ミステリー傑作選〉

講談社文庫　目録

日本推理作家協会編 Doubt《ダウト》きりのない疑惑〈ミステリー傑作選〉
日本推理作家協会編 Bluff《ブラフ》騙し合いの夜〈ミステリー傑作選〉
日本推理作家協会編 ベスト8ミステリーズ2015
日本推理作家協会編 ベスト6ミステリーズ2016
日本推理作家協会編 ベスト8ミステリーズ2017
日本推理作家協会編 2019ザ・ベストミステリーズ
二階堂黎人 ラン迷宮〈二階堂蘭子探偵集〉
二階堂黎人 増加博士の事件簿
二階堂黎人 巨大幽霊マンモス事件
新美敬子 猫のハローワーク
新美敬子 猫のハローワーク2
西澤保彦 新装版 七回死んだ男
西澤保彦 人格転移の殺人
西村健 ビンゴ
西村健 地の底のヤマ(上)(下)
西村健 光陰の刃《やいば》(上)(下)
西村健 目撃
楡周平 修羅の宴(上)(下)
楡周平 バルス
楡周平 サリエルの命題
西尾維新 クビキリサイクル〈青色サヴァンと戯言遣い〉
西尾維新 クビシメロマンチスト〈人間失格・零崎人識〉
西尾維新 クビツリハイスクール〈戯言遣いの弟子〉
西尾維新 サイコロジカル(上)〈兎吊木垓輔の戯言殺し〉(下)〈曳かれ者の小唄〉
西尾維新 ヒトクイマジカル〈殺戮奇術の匂宮兄妹〉
西尾維新 ネコソギラジカル(上)〈十三階段〉
西尾維新 ネコソギラジカル(中)〈赤き征裁vs.橙なる種〉
西尾維新 ネコソギラジカル(下)〈青色サヴァンと戯言遣い〉
西尾維新 ダブルダウン勘繰郎《かんくろう》 トリプルプレイ助悪郎《スケアクロウ》
西尾維新 零崎双識の人間試験
西尾維新 零崎軋識《ぜろざききししき》の人間ノック
西尾維新 零崎曲識の人間人間
西尾維新 零崎人識の人間関係 匂宮出夢との関係
西尾維新 零崎人識の人間関係 無桐伊織との関係
西尾維新 零崎人識の人間関係 零崎双識との関係
西尾維新 零崎人識の人間関係 戯言遣いとの関係
西尾維新 xxxHOLiC アナザーホリック ランドルト環《かん》エアロゾル
西尾維新 難民探偵
西尾維新 少女不十分
西尾維新 本題〈西尾維新対談集〉
西尾維新 掟上今日子《おきてがみきょうこ》の備忘録
西尾維新 掟上今日子の推薦文
西尾維新 掟上今日子の挑戦状
西尾維新 掟上今日子の遺言書
西尾維新 掟上今日子の退職願
西尾維新 掟上今日子の婚姻届
西尾維新 掟上今日子の家計簿
西尾維新 新本格魔法少女りすか
西尾維新 新本格魔法少女りすか2
西尾維新 新本格魔法少女りすか3
西尾維新 人類最強の初恋
西尾維新 人類最強の純愛
西尾維新 人類最強のときめき
西尾維新 人類最強の sweetheart
西尾維新 りぽぐら！
西村賢太 どうで死ぬ身の一踊り
西村賢太 夢魔去りぬ

濱　嘉之　警視庁情報官　ハニートラップ
濱　嘉之　警視庁情報官　トリックスター
濱　嘉之　警視庁情報官　ブラックドナー
濱　嘉之　警視庁情報官　サイバージハード
濱　嘉之　警視庁情報官　ゴーストマネー
濱　嘉之　警視庁情報官　ノースブリザード
濱　嘉之　ヒトイチ　警視庁人事一課監察係
濱　嘉之　ヒトイチ　画像解析〈警視庁人事一課監察係〉
濱　嘉之　ヒトイチ　内部告発〈警視庁人事一課監察係〉
濱　嘉之　新装版　院内刑事《デカ》
濱　嘉之　新装版　院内刑事〈ブラック・メディスン〉
濱　嘉之　院内刑事〈フェイク・レセプト〉
濱　嘉之　院内刑事　ザ・パンデミック
濱　嘉之　院内刑事　シャドウ・ペイシェンツ
濱　嘉之　プライド　警官の宿命
馳　星周　ラフ・アンド・タフ
畠中　恵　アイスクリン強し
畠中　恵　若様組まいる
畠中　恵　若様とロマン

葉室　麟　風渡る
葉室　麟　風の軍師〈黒田官兵衛〉
葉室　麟　星火瞬く
葉室　麟　陽炎《かげろう》の門
葉室　麟　紫匂う
葉室　麟　山月庵茶会記
葉室　麟　津軽双花
長谷川　卓　嶽《がく》神《じん》〈上・白銀《しろがね》渡り〉〈下・湖底の黄金〉
長谷川　卓　嶽神伝《がくじんでん》　鬼哭《きこく》(上)(下)
長谷川　卓　嶽神列伝　逆渡《さかわた》り
長谷川　卓　嶽《がく》神《じん》伝《でん》　血路
長谷川　卓　嶽《がく》神《じん》伝《でん》　死地
長谷川　卓　嶽神伝　風花(上)(下)
原田マハ　夏を喪くす
原田マハ　風のマジム
原田マハ　あなたは、誰かの大切な人
畑野智美　海の見える街
畑野智美　南部芸能事務所 season5　コンビ
早見和真　東京ドーン

はあちゅう　半径5メートルの野望
はあちゅう　通りすがりのあなた
早坂　吝《やぶさか》　○○○○○○○○殺人事件
早坂　吝　虹の歯ブラシ〈上木《かみき》らいち発散〉
早坂　吝　誰も僕を裁けない
早坂　吝　双蛇《そうじゃ》密室
浜口倫太郎　22年目の告白〈―私が殺人犯です―〉
浜口倫太郎　廃校先生
浜口倫太郎　A　I　崩壊
原田伊織　明治維新という過ち〈日本を滅ぼした吉田松陰と長州テロリスト〉
原田伊織　列強の侵略を防いだ幕臣たち〈続・明治維新という過ち〉
原田伊織　虚像の西郷隆盛　虚構の明治150年〈明治維新という過ち・完結編〉
原田伊織　三流の維新　一流の江戸〈明治は「徳川近代」の模倣に過ぎない〉
葉真中《はまなか》顕《あき》　ブラック・ドッグ
原　雄一　宿命〈國松警察庁長官を狙撃した男・捜査完結〉
濱野京子　with you《ウィズユー》
平岩弓枝　花嫁の日
平岩弓枝　はやぶさ新八御用旅(一)〈東海道五十三次〉
平岩弓枝　はやぶさ新八御用旅(二)〈中仙道六十九次〉

講談社文庫　目録

本城雅人　ミッドナイト・ジャーナル
本城雅人　紙の城
本城雅人　監督の問題
本城雅人　去り際のアーチ〈もう一打席！〉
本城雅人　時代
堀川惠子　裁かれた命〈死刑囚から届いた手紙〉
堀川惠子　死刑の基準〈「永山裁判」が遺したもの〉
堀川惠子　永山則夫〈封印された鑑定記録〉
堀川惠子　教誨師
堀川惠子　戦禍に生きた演劇人たち〈演出家・八田元夫と「桜隊」の悲劇〉
堀川惠子・小笠原信之　チンチン電車と女学生〈1945年8月6日・ヒロシマ〉
誉田哲也　Qros《キュロス》の女
松本清張　草の陰刻
松本清張　黄色い風土
松本清張　黒い樹海
松本清張　ガラスの城
松本清張　殺人行おくのほそ道(上)(下)
松本清張　邪馬台国　清張通史①
松本清張　空白の世紀　清張通史②
松本清張　カミと青銅の迷路　清張通史③
松本清張　天皇と豪族　清張通史④
松本清張　壬申の乱　清張通史⑤
松本清張　古代の終焉　清張通史⑥
松本清張　新装版　増上寺刃傷
松本清張他　日本史七つの謎
松谷みよ子　ちいさいモモちゃん
松谷みよ子　モモちゃんとアカネちゃん
松谷みよ子　アカネちゃんの涙の海
眉村　卓　ねらわれた学園
眉村　卓　なぞの転校生
麻耶雄嵩　翼ある闇〈メルカトル鮎最後の事件〉
麻耶雄嵩　痾《あ》
麻耶雄嵩　メルカトルかく語りき
麻耶雄嵩　夏と冬の奏鳴曲《ソナタ》〈新装改訂版〉
麻耶雄嵩　神様ゲーム
町田　康　耳そぎ饅頭
町田　康　権現の踊り子
町田　康　浄土
町田　康　猫にかまけて
町田　康　猫のあしあと
町田　康　猫とあほんだら
町田　康　猫のよびごえ
町田　康　真実真正日記
町田　康　宿屋めぐり
町田　康　人間小唄
町田　康　スピンク日記
町田　康　スピンク合財帖
町田　康　スピンクの壺
町田　康　スピンクの笑顔
町田　康　ホサナ
町田　康　猫のエルは
町田　康　記憶の盆をどり
舞城王太郎　煙か土か食い物〈Smoke, Soil or Sacrifices〉
舞城王太郎　世界は密室でできている。〈THE WORLD IS MADE OUT OF CLOSED ROOMS〉
舞城王太郎　好き好き大好き超愛してる。
舞城王太郎　私はあなたの瞳の林檎
舞城王太郎　されど私の可愛い檸檬

2022年9月15日現在